eb

Theres Roth-Hunkeler

Damenprogramm

Roman

edition bücherlese

Für Posy, für Mariethé und für alle meine Freundinnen

»Das ganze Leben ist ein Horchen auf Schritte.«

Gertrud Leutenegger, *Späte Gäste,* Suhrkamp 2021

Alles zählt. Die Jahreszeiten, das Rauschen des Flusses, die Lieblingsbäckerei und ihr zuverlässiges Brot. Die Sommersprossen im Gesicht, die Muttermale am Rücken und die Dellen in den Oberschenkeln zählen. Und die nie ausbleichenden Vatermale. Es zählt dein Schweigen, Caro, das Bild, auf dem du Blumen im Haar trägst, und der kleine Koffer, der noch immer im Gästezimmer steht, gefüllt mit Woll- und Garnknäueln in allen Farben. Du wolltest stricken, wolltest häkeln. Einen Pullover, vielleicht eine Weste, ein Trägerkleidchen aus Garn für den Sommer. Dieser Sommer ist längst vorbei, auch der Herbst, endlich auch der zähe Winter, es steht wieder ein Frühling vor der Tür. Ein Frühling, in dem sich ein Tod zum ersten Mal jährt und in dem alles zählt. Die erwachenden Tulpenzwiebeln unter der Erde, die keimenden Narzissen. Die Schneeglöckchen und die Krokusse sind schon da. Auch sie zählen. Wie auch die Märztage. Gelegentlich noch morgendliche Bodenfröste und zwei gelblichfahle Tage voller Saharastaub. Alles zählt. Die stockenden Anfänge zählen. Die Ansätze, die Anfänge, die Abbrüche. Bilder kommen und gehen. Werden angeschwemmt und wieder fortgetragen. Zurück bleiben Steine, Muscheln und Schlick. Darin zu waten. Denn längst haben sich an den Fußsohlen Schwielen, verhärtete Stellen und gnädige Hornhaut gebildet. Auch das zählt.

Leuchtend rot blitzen die Zehennägel auf, wenn Anna über die schwarzweißen Fliesen geht. Durch das schmale Badfenster fällt ein Strahl Morgensonne genau dort ein, wo sie hintritt. Das zählt.

1

Es war der Frühling, in dem Anna begann, im Fernsehen Arztserien zu schauen und nicht mehr davon loskam. Und überlegte, sich bei ihrer Schwester zu entschuldigen, denn Alice verfolgte schon seit Jahren solche Serien und richtete ihren Tagesablauf so ein, dass sie keine Folge verpasste. Dass es Replay-TV oder Netflix gab, war an ihr vorbeigezogen. Anna hatte sich oft lustig gemacht über Alice, ließ aber die Entschuldigung bleiben, erzählte sie doch erstmal niemandem, dass sie diese Serien schaute. Und manchmal dabei weinte. Und sich schämte oder sich ärgerte, dass diese simplen Geschichten sie zu Tränen rührten. Wenn ein Kind zur Welt kam, zum Beispiel. Oder ein Kind nicht zur Welt kam. Wenn eine Frau eine schwierige Diagnose erhielt oder ein Mann eine OP nicht überlebte. Was sehr selten war. In der Regel war überall Rettung, in der Regel starb niemand.

Es war der Frühling der inständigen Hoffnung. Alles sollte sich zum Guten wenden. Daran wollte Anna mit aller Kraft glauben, obwohl sie wusste, dass nichts sich wenden würde. Alles würde so bleiben, wie es schon seit Jahren war: Auf der Kippe. Seit Jahren befand sich Caro auf unsicherem Gelände. Vielleicht würde etwas ins Rutschen kommen, vielleicht aber auch eine weitere, überraschend lange Zeit standhalten. Während bei Anna erst unmerklich und wie unter der Hand das Alter begann, sich in den Körper einzuschreiben, in die Gelenke und in die Knochen. Es beschrieb die Haut, die immer dünner und schließlich so dünn wie Papier werden würde, in immer neuen Entwürfen. Keine Reinschrift, nicht einmal im Gesicht, sondern ein Sudel, ein Pfusch gewissermaßen.

Ein Jahr war nun vergangen seit der großen Wende. Sie hatte nichts mit Caro zu tun, traf aber Anna noch immer jeden Tag: Arno war gestorben. Nachdem er einige Zeit vorher auf einen Schlag ein anderer geworden war. Im wahrsten Sinne des Wortes. Vaskuläre Demenz. Arno starb im vielversprechendsten Frühjahr aller Zeiten. Als die halbe Welt nach einer Pandemie aufatmete, was sich allerdings schon bald als voreilig erwies. Arno starb in einem Spitalbett. Allein. In einer Leermondnacht. Der Zeitpunkt des Todes könne nicht genau festgestellt werden, sagten die Ärzte, was aber sicher sei, Arno habe nochmals ein ›Ereignis‹ erlitten. Mit direkten Todesfolgen.

Arno und Anna. Eine lange Liebe. Viele Menschen haben eine große Liebe. Die hervorsticht unter den anderen Lieben. Die Liebe ihres Lebens. Was kaum jemand wusste und selbst Anna kaum zu denken wagte und Ruth vielleicht ahnte: Arno war nicht Annas große Liebe gewesen. Aber eine lange Liebe. Arno, ein Mann, der das No im Namen trug. Und doch so selten Nein sagte. Arno, der stets gedacht hatte, sehr alt zu werden. Du wirst ihn um Jahre überleben, hatten Annas Freundinnen hingegen immer mal wieder zu ihr gesagt, war Arno doch dreizehn Jahre älter gewesen als Anna. Es geht nicht immer der Reihe nach, hatte ihre Antwort auf solche Bemerkungen stets geheißen.

* * *

In einem weißen Zimmer lag in einem weiß bezogenen Bett eine bleiche Frau. Ihr wurde ein weißes Bündel überreicht, sie nahm es in den Arm und verlangte nach einem Glas eiskalter Milch. Es war Nachmittag, es war still und draußen begann es zu schneien. Die Frau bekam die Milch, aber sie war heiß, und vor dem Geruch heißer Milch hatte sie sich schon immer geekelt. Sie blickte in das Schneegestöber, sie war müde, die Hebamme hatte das weiße Bündel zurück in die Wiege neben dem Ehebett gelegt, es rührte sich nicht, das dritte Mädchen der Familie schlief. Während seine Mutter versuchte, sich in rasch wechselnden Anflügen von Gedanken, die aber noch ganz unfertig waren, zurechtzufinden. Die Nachwehen, die nach jeder Geburt heftiger auftraten, spülten jegliches Aufflackern von Überlegungen aus ihrem Kopf und der grelle Schmerz packte sie wieder und schaltete auch eine unbestimmte Angst aus. Ihr Mann war heute allein im Wald. Holz schlagen war jene Arbeit, vor der er noch immer großen Respekt habe, das hatte er zu seiner Frau am Mittagstisch erneut gesagt. Sie hatte da schon nichts mehr essen können, die Wehen waren bereits regelmäßig gekommen und auch der Durchfall, sie hatte nur genickt und zu ihrem Mann gesagt:

»Sei vorsichtig«, und sich dann leicht vornübergebeugt, um die nächste Wehe zu nehmen. Dann brach das Fruchtwasser. Der Mann hatte sie kurz angeschaut, hatte dann das Übergewand angezogen, die Stiefel, den Filzhut, zuletzt die gefütterten Arbeitshandschuhe. Es war gut, dass Frieda, die älteste Schwester der Frau bereits seit einigen Tagen da war, sie würde sich um alles kümmern. Eben hatte sie die beiden Kleinen zur Nachbarin gebracht. Anita und Alice. Die Mädchen bekamen dort Essen und durften bleiben, bis ihr Geschwisterchen auf der Welt sein würde, falls nötig, würden sie auch übernachten bei der Nachbarin, das war schon seit Tagen abgesprochen.

Der Mann also war gegangen. In den Wald. Den stillsten aller Räume, besiedelt von Spechten und von Eichelhähern. Von Mäusen, Maulwürfen und Mardern. Der Wald, bewohnt von Schüchternen und Scheuen, von Flieh- und Fluchttieren. Der Mann war eine Art Waldmeister. Er las den Wald wie ein Buch. Über Jahre schon ging er als Bezirksförster täglich durch die Wälder der nahen und ferneren Umgebung, auch durch jene der Höhenzüge, die das Tal auf beiden Seiten einfassten, mit einer speziellen Kreide bezeichnete er jene Bäume, die gefällt werden mussten, weil sie krank, krüppelig oder zu schnell in die Höhe geschossen waren. Im Frühjahr forstete er mit einem ganzen Trupp junger Männer, Insaßen der nahen Erziehungsanstalt, die Wälder auf, ein Lastwagen hatte Bündel von Jungtannen und Jungbäumen geliefert, die Pflanzen lagerten in mehreren Stapeln auf dem Vorplatz seines Hauses, und der Förster betrachtete sie immer wieder lange und mit Zärtlichkeit und war zufrieden, dass diese Pflanzen hier waren, bei ihm, dass es sie gab und er sie bald mit großer Sorgfalt auf den Pritschenwagen laden und sie mit den jungen Männern zusammen an den vorgesehenen Stellen im Wald einsetzen würde. Aufforsten. Im Sommer und im Herbst räumten sie gemeinsam die Wälder auf, er brachte Ladungen von Hackholz mit nach Hause, und in den Wäldern entstanden im Laufe der Zeit riesige Holzbeigen, die er im Auftrag des Bezirks an die im Nachbardorf angesiedelte Sägerei verkaufte. Auch im Winter, wenn der Holzschlag erfolgte, wurde der Förster meist unterstützt von Insaßen. Einige der jungen Männer gingen versiert mit den Motorsägen um, deren kreischende Geräusche je nach Windrichtung bis ins Dorf zu hören waren.

Das Terrain der Frau war der Garten, in diesem großen Geviert hinter dem Haus spürte sie, dass sie gerne lebte. Mit dem Hibiskus und den Himbeeren. Mit den Bohnen und den Blüten, mit Fenchel und Farnen und der stillen Akelei, die sie nicht etwa ausrottete, sondern umsorgte. Mit den blauen Kornblumen und im Herbst mit den Astern in allen Farben. Mit Leib und Seele war sie hier und jätete und harkte und hackte und zupfte und zog und spannte die Richtschnur und zog mit dem Setzholz eine schnurgerade Furche für die Setzlinge und die Stecklinge. Und sie atmete dabei, sie atmete die Luft dieses ihr vertrauten Klimas ein, die Luft der allgemeinen Lage, wie es im Radio hieß, und in manchen Jahren fiel zu früh ein Schnee, wie jetzt, an dem Tag, als sie ihr drittes Kind geboren hatte und die heiße Milch auf dem Nachttisch allmählich erkaltete und sich an der Oberfläche eine dicke Hautschicht zu bilden begann. Noch gäbe es Arbeiten im Garten zu machen, einige Sträucher mussten zurückgeschnitten werden, Feldsalat wollte geerntet, der Rosenkohl kontrolliert und einige der Beete und insbesondere die Rabatten sollten mit Reisig abgedeckt werden. Die bleiche Frau in ihrem weiß bezogenen Bett aber war müde, nur wie von weit entfernt hörte sie jetzt die Stimmen ihrer Zwei- und Vierjährigen, sie waren also wieder im Haus zurück, sie hörte die Stimme ihrer Schwester, ein Lachen manchmal, ein kleines Weinen und etwas, das wie Trost klang, ein Lied vielleicht. Wäre sie richtig wach, würde sie auf nichts anderes als auf das Geräusch des einfahrenden Traktors horchen, um endlich sicher zu sein, dass auch heute alles gut gegangen war im Wald. Aber sie war nicht richtig wach. Sie döste, und wenn der Schmerz wieder zerrte, quollen ein paar Tränen aus ihren Augen, liefen über die Wangen und rollten über den Hals, sie trocknete sie mit ihrem Nachthemd, sie wollte nicht weinen, es war ja alles gut gegangen, das weiße Bündel schlief noch immer, sie richtete sich ein wenig auf, streckte einen Arm aus und zog den Stubenwagen näher an ihr Bett. Beim Betrachten des kleinen Gesichtchens strömten die Tränen sofort. Ein wenig hatte sie gehofft, dass es dieses Mal ein Junge sein würde. Ein Benedikt. Sie hatte es für ihren Mann gehofft, aber er hatte stets gesagt, es spiele keine Rolle, ob Mädchen oder Junge, Hauptsache, das Kind sei gesund. Und gesund war das kleine Mädchen. Laut der Hebamme. Es hatte noch keinen Namen. Es würde ihr letztes Kind sein, das wusste die Frau schon jetzt, oder vielmehr hoffte sie es. Sie wünschten es sich so, ihr Mann und sie, bei drei Wunschkindern sollte es bleiben. Künftig würde er noch mehr aufpassen. Und sie maß schon lange täglich ihre Morgentemperatur und trug sie in einen kleinen Kalender ein. Verkehr nur an den ungefährlichen Tagen. Die Methode sei unsicher, hatte sie, etwas verschlüsselt zwar, in der Zeitschrift mit dem Untertitel *Für die Frau von heute* gelesen, aber bislang war alles gut gegangen. Wieder wurde sie geflutet, von Schmerz, vermischt mit einer Welle der Dankbarkeit. Dass alles gut gegangen war. Und ihr Mann würde bestimmt bald kommen, würde das weiße Zimmer betreten, würde sich über die Wiege beugen und seine dritte Tochter betrachten. Annabelle. Das passte. Der Name der Zeitschrift für dieses schöne Mädchen. Er passte zu den Namen seiner Schwestern. Anita und Alice. Und jetzt noch Annabelle. Und als der Mann endlich ins Zimmer kam, strich er über den Kopf seiner Frau und dann über das Köpfchen seiner neugeborenen Tochter. Seine Hände rochen nach Wald, nach Harz und nach Rinde.

Etwas später brachte Frieda die beiden Mädchen ins Zimmer, die ihre neue Schwester stumm betrachteten und dann ganz scheu zur Mutter schauten. Am Abend, als Anita und Alice schliefen, kam Frieda wieder und brachte ihrer Schwester ein wenig Suppe und kalten Tee. Sie hob Annabelle aus dem Stubenwagen, brachte sie der Mutter und half ihr, sie anzusetzen. Noch floss keine Milch, aber die würde sich demnächst einstellen. Ob der Name nicht ein wenig übertrieben sei, fragte Frieda, als sie das Neugeborene wickelte. Annabelle? Ihr jedenfalls erscheine er zu städtisch, irgendwie überkandidelt. Und vielleicht, gab sie zu bedenken, als ihre Schwester nicht antwortete, würde der Name das Kind später gar belasten, was wisse man denn. Es sei nicht selten, dass aus hübschen Babys eher hässliche Kinder würden, die sich auch später zu keinen Schönheiten entwickelten. Erschiene dann Annabelle in einem solchen Fall, der natürlich nicht eintreten müsse, ihr eigener Name nicht wie eine unerfüllbare Vorgabe? Und zu lang sei er doch auch, unpraktisch eigentlich. Die Wöchnerin in ihrem weiß bezogenen Bett sagte, ihr gefiele der Name Annabelle gut und sie habe sich gar nicht so viele Gedanken gemacht dazu.

* * *

Das meiste ging die ganze Zeit über gut. Im Wald. Im Garten. Im Haus. Im weißen Zimmer, aus dem Annabelle erst ausziehen musste, als sie eineinhalbjährig und endlich abgestillt worden war und nun doch meist nur noch Anna hieß. Mit der Zeit geriet Belle ganz in Vergessenheit, auch bei der Mutter. Erst viel später würde Arno seine Frau in feierlichen Momenten Annabella nennen und in anderen Momenten Belle. Jedes Mal, wenn die Mutter dem Mädchen – es besuchte längst die Schule – die Geschichte seines Namens erzählte, war es froh, nicht wie eine Zeitschrift zu heißen. Ihm gefiel sein schlichter Name. Anna. Er machte keine Umstände und enthielt eine kleine Sicherheit. Man konnte ihn drehen und wenden und auf den Kopf stellen. Anna blieb Anna. Nur noch im Pass und auf amtlichen Papieren begegnete Anna später noch dieser Annabelle, und der Name kam ihr seltsam fremd vor.

Nicht nur die Namensgeschichte, noch viele weitere Geschichten und insbesondere jede der drei Geburten erzählte die Mutter immer wieder. Und stets betonte sie, dass sie sich die ganze Zeit über Sorgen gemacht habe.

»Das Glück, das wir stets hatten«, sagte sie, »dass immer alles gut ging, das machte mir auch Angst. Ich misstraute ihm.« Einmal werden doch wir an der Reihe sein, mit einem schweren Schicksal, habe sie immer gedacht, denke sie bis heute. So richtig hören wollte Anna das alles erst wieder, als sie selbst ein Kind bekam. Carolina. Sie kam in einem überaus heißen Vorsommer zur Welt. Im Krankenhaus lagen die Säuglinge nur mit einer Windel und einem Kurzarmhemdchen bekleidet in ihren

Bettchen, und wenn sie schrien, liefen sie rot an, schwitzen konnten sie noch nicht. Carolina schrie die ganze Zeit über. Das blieb. Die ersten Wochen schrie sie mit kurzen Unterbrüchen fast dauernd. Sie wurde mehrfach gründlich untersucht, immer aufs Neue vermessen und gewogen, abgehorcht und abgetastet von Kopf bis Fuß, ihr fehlte nichts, sie schrie dennoch.

»Das kann doch nicht sein«, sagte Max, ihr Vater, und hielt sich die Ohren zu. Alles konnte sein oder nichts, jedenfalls, Carolina schrie und ihr Vater hielt sich die Ohren zu, er ging nicht in den Wald, aber zu seinen Kollegen, die noch keine Väter waren, und wenn er nach Hause kam, hatte er wieder Kraft, sein Kind zu übernehmen, er hielt es in seinen Armen und flüsterte ihm Dinge zu und wiegte es und sprach mit ihm wie mit einem kleinen Bäumchen, und als das Kind endlich schlief, sprachen sie miteinander, Max und Anna, der noch neue Vater und die noch neue Mutter, Eltern sollten sie nun sein, unglaublich erschien ihnen das, und sie wiegten sich und sie liebten sich und sie weinten, weil ihr Kind soviel weinen musste, und sie gaben ihm ihre Zweifel mit, ihre Ängste, etwas falsch zu machen, ja, alles ganz und gar falsch zu machen, und wenn sie sich ein wenig beruhigt hatten, begann es wieder von vorn: Carolina schrie. Carolina brüllte. Carolina kreischte und lief rot an. Bis Anna begann, mit ihr ins Freibad zu gehen. Es gab große Bäume dort, unter die sie das Kind legte, es eincremte und es dabei ein wenig massierte, vorsichtig nur, und Carolina schaute in die Bäume, in die Blätter, die ein Wind manchmal leise bewegte, und vor lauter Erstaunen über diese grüne Bewegung über ihr vergaß sie wohl zu weinen, die Schreianfälle jedenfalls hörten auf. Was Anna nie vergaß: Wie stark Carolina nach Körperinnerem gerochen hatte gleich nach der Geburt. Und ein Shirt, das sie selbst bei der Geburt getragen und auf das die Hebamme Carolina gelegt hatte, es hatte genau gleich gerochen. Körpertang, hatte sie gedacht. So fern. So nah. Keine sexuellen Anmutungen lagen in diesem Geruch, sondern etwas ganz anderes, etwas viel Unbekannteres. Das Baby war in ihr gewesen, in dieser Enge, in dieser Dunkelheit, zuerst in einem Nest, dann in einem kleinen Haus und gegen Ende in einem riesigen Zelt, und je länger die Schwangerschaft gedauert hatte, desto unheimlicher erschien es Anna, dass in ihr etwas wuchs, etwas Unbekanntes, das ein Mensch werden würde, ein Minimensch, mit Minihänden und Minifüßen und mit winzigen Schultern, und was, wenn es etwas ganz anderes würde, was in ihr sich bildete, das hatte sie die ganze Zeit denken müssen, kein Minimensch, sondern ein Gebilde, wofür es keinen Namen gab, am ehesten noch hatte Anna einen Seestern vor sich gesehen, jedenfalls nie ein Kind, nachts, wenn die Frage wie ein Befall über sie kam: Wer sagt denn, dass es ein Kind werden wird, das Wesen, inwendig in dir? Und dann war ihr alles unheimlich erschienen, die Nacht, die mit ihr Dinge anstellte, über die sie keine Macht hatte, die Schwangerschaft, die genau das Gleiche tat, ihr eigener Körper, der sich willig wölbte und wölbte, und am allerunheimlichsten waren ihr die eigenen Gedanken, mit denen sie mutterseelenallein war, und ja, es ging ihr gut, ja, die Schwangerschaft verlief problemlos und ja, und ja, und ja, wie sie sich freue, sie platze vor Freude, und das Wasser lief in Bächen aus ihr und dann kam Carolina aus ihrem Körperinnern heraus, warm und lebendig, aus diesem Binnenland, das Anna stets nur spüren, aber nie sehen konnte und das sofort nach dem Austritt Carolinas in sich zusammenfiel. Kleiner Seestern, begrüßte Anna ihr Kind. Und sie war unglaublich erleichtert, dass es Augen besaß. Zwei. Schultern. Arme. Hände. Beine. Füße, immer zwei und zwei.

Carolina war schon als Baby gerne draußen, an der frischen Luft wurde sie munter und wandte sich neugierig allem zu, was sich bewegte. Anna und Max zogen aufs Land, und das Kind gedieh gut. Als es sprechen lernte, nannte es sich selbst

Caro, bevor es begriff, wen das Wörtchen ›ich‹ bezeichnete. Caro Durst. Caro Teddy, hießen seine ersten Halbsätze, die es mit der Zeit erweiterte, aber der verkürzte Vorname blieb dem Mädchen. Caro.

Nur Caros Eltern waren nicht über die Maßen glücklich, nicht auf dem Land, nicht miteinander, aber das merkten sie erst zu spät und vielleicht erst dann wirklich, als Max zwei Jahre später nicht begriff, dass Anna um ihren Jungen trauerte, den es seiner Ansicht nach gar nicht gab. Ben hatte Anna den Fötus genannt, den sie im fünften Schwangerschaftsmonat hatte gebären müssen, nachdem er in ihrem Bauch gestorben war.

»Wir haben doch Caro«, hatte Max gesagt, »sei doch froh, dass sie am Leben ist und gesund.« Allerdings hatte ihm diese Tochter offensichtlich nicht genügt, war doch ein Jahr nach dem lebensunfähigen Ben ein Sven auf die Welt gekommen, geboren von einer Irene. Kurze Zeit später hatte sich Max entschieden, zu seinem Sohn und dessen Mutter zu ziehen. Und schon bald war es für dieses junge Elternpaar zu anstrengend gewesen, sich an jedem zweiten Wochenende neben dem Säugling auch noch um ein Kleinkind zu kümmern, das nicht nur heftig trotzte, sondern für seinen Halbbruder rein gar nichts übrig hatte. Dass Caro dauernd ihr Lieblingsspiel spielte, also Löwe, und den kleinen Sven mit ihrem Löwengebrüll zu ihrer Freude immer wieder erschreckte, war noch das Harmloseste. So war für Caro das Kapitel Vater und Halbbruder ein paar Monate nach ihrem dritten Geburtstag abgeschlossen und die folgenden Jahre, die sie allein mit ihrer Mutter verbrachte, waren für sie, wie sie später immer und immer wieder würde erzählen müssen, eine ganz normale Kindheit. Ihren Vater habe sie nicht vermisst, aber später Thore und Lars, die ihr bis heute fehlten, sagte sie ihren Gutachtern.

In Caros frühen Jahren war das Waldsterben das große Thema, und Anna war froh, dass ihr Vater an einem Herzversagen gestorben war, noch bevor dieses Wort Konjunktur bekam. Zwar stellte sich später heraus, dass die Experten eine Fehldiagnose gestellt und der Wald sehr viel widerstandsfähiger war als prognostiziert, der Wald blieb der Wald, mehr oder weniger, und im Laufe der Jahre wurde er stärker sich selbst überlassen, keiner räumte mehr regelmäßig auf, was ihm und seinen Bewohnern zu neuen Lebensmöglichkeiten verhalf. Anna liebte den Wald. Und Caro liebte den Wald. Sie liebte auch ihre Großmutter, die es übernommen hatte, anstelle ihres Mannes in die Wälder zu gehen, sie spazierte dort nur, gerne mit Caro an der Hand, Waldarbeiten verrichtete Annas Mutter keine. Auch den Gemüsegarten hatte sie aufgegeben, sie zog nur noch Blumen. Kam Caro von einem Aufenthalt bei Annas Mutter zurück, benahm sie sich widerborstig und wollte abends nicht einschlafen ohne die Großmuttergebete, die Anna kaum noch kannte.

»Du musst richtig beten, nicht nur sprechen«, sagte das Mädchen zu ihr, und als Anna antwortete, sie wisse nicht mehr, wie das gehe, richtig beten, wurde Caro zuerst wütend, dann traurig. Einmal hörte Anna ihre Tochter im Nebenzimmer laut flehen:

»Lieber Gott, mach, dass ich eine Schwester bekomme, aber bitte keinen Bruder.«

Als Max gegangen war, hatte Caro bloß noch ihre Großmutter, die beiden Tanten und vier Cousinen, alle vier Anitas Töchter, die einen Josef geheiratet und von ihm innerhalb drei Jahren zweimal Zwillinge bekommen hatte, Alice war kinderlos, aber außer der Großmutter zählten alle diese Verwandten nicht so richtig. Dafür zählte Ruth, die Patin, doppelt und dreifach, auch wenn sie keine Verwandte war, sondern viel mehr als das. Ruth war Annas Freundin.

Als Caro älter wurde und langsamer wuchs, begann sie, ihre Großmutter abzulehnen. Sie wollte nicht mehr essen, was die Großmutter zubereitet hatte, sie ekelte sich vor ihren Zärtlichkeiten und verlor sofort die Geduld, wenn Annas Mutter, die immer schlechter hörte, nicht alles, was geredet wurde, gleich beim ersten Mal mitbekam. Einmal, als sie zu Besuch war, machte Caro bei ihrem Anblick auf dem Absatz kehrt und kam zum ersten Mal für zwei Tage nicht nach Hause. Im selben Jahr starb Annas Mutter.

2

Liebe Mutter, die du bist im Himmel

Im Voraus und viel zu früh schon herzliche Glückwünsche zu deinem fünfundneunzigsten Geburtstag. Damit ich es bestimmt nicht vergesse. Du bist am Tag der Sommersonnenwende geboren. Dafür beneide ich dich noch heute. In den Gärten jetzt wieder die Pfingstrosen in allen Stadien, knospende, erblühte in dunkelrot, hellrosa und weiß, und bereits niedersinkende und ihre Blütenblätter fallenlassende. Ihr betörender Zartduft lässt mich an dich denken. Pfingstrosen waren deine, und es sind meine Lieblingsblumen, nur haben sie dir Jahr für Jahr Sorgen bereitet. Bereits, als sich erste Knospen bildeten, hast du dir vorgestellt, wie anhaltender Regen dereinst auf die mächtigen, in ihrer Vollblüte stehenden Blumen fallen würde, wie sich ihre Blütenköpfe mit Wasser vollsaugten, wie sie schwerer und schwerer werden würden und schließlich knickten. Immer schon hast du dir Katastrophen im Voraus herbeifantasiert und sie uns in allen Details geschildert. Immer schon hast du mit dem Schlimmsten gerechnet. Immer schon haben dich vorauseilende Ängste gelähmt. Und im Falle der Pfingstrosen hast du Frühjahr für Frühjahr vergessen, dass unser Nachbar den größten Blüten stets rechtzeitig kleine Stützen in Form von Holzstäbchen gab, an die er sie dann mit Gartenschnur festband. Und Jahr für Jahr konntest du dich erneut unbändig darüber freuen, dass er dir diesen Dienst erwies. Ein durch und durch dienstiger Mensch, dieser Nachbar, hast du gesagt, und das war das höchste Lob, das du für einen Mann hattest. Dienstig.

Nicht bloß die von dir vorgefühlten Pfingstrosenkatastrophen trafen nicht ein. Alle deine Prophezeiungen traten selten ein, eigentlich nie, aber es genügte, dass du sie uns drastisch ausmaltest, und zwar nicht einfach als die schlechteste unter anderen Optionen, sondern als die Einzige, die unmittelbar bevorstand. Du warst Weltmeisterin darin, dir die schrecklichsten Dinge auszumalen und deine Töchter zu überzeugen, sie würden wahr werden. Zwar sagtest du oft zu uns: »Habt keine Angst. Ihr braucht überhaupt keine Angst zu haben.«

»Ich habe keine Angst«, habe ich manchmal geantwortet. Dann hast du mir einen ungläubigen Blick gegeben. Heute weiß ich, dass du ständig Angst hattest vor bevorstehenden Katastrophen. Danke für dieses Geschenk. Deine Saat geht immer wieder auf. Du hattest nicht etwa Angst vor Mäusen, vor Ratten oder vor Gewittern. Nein, dich flutete immer wieder Angst vor dem, was zwar theoretisch geschehen konnte, aber doch sehr unwahrscheinlich war. Unser Vater hatte eine Bezeichnung für deine Lieblingstätigkeit. »Angsten« nannte er sie.

»Mutter angstet schon wieder«, sagte er, wenn eine deiner Töchter zum Beispiel sagte, sie würde den schulfreien Nachmittag mit ihren Freundinnen im Seebad verbringen. Deine Angst Nummer eins: Eine stürzende Tanne würde unseren Vater erschlagen. Weitere Ängste: Fahrradunfälle deiner Töchter. Ertrinken. Krankheiten, die unverzüglich zur Einlieferung ins Krankenhaus und zum Tod führten. Verbrühungen, die uns lebenslang entstellten.

Einmal hatte ich eine kleine Wunde am Schienbein, von der ich nicht einmal wusste, woher sie stammte. Es hatte sich auch schon eine Kruste gebildet, die sich aber löste, als ich aus Unachtsamkeit gegen die Bettkante stieß. Die Wunde blutete ein wenig, nicht schlimm, ich band ein Stofftaschentuch um die Wade und legte mich schlafen. Am Morgen, als ich vom Klo zurückkam, fiel dein Blick sofort auf das Taschentuch. Du hast dich mir in den Weg gestellt und gefragt: »Was hast du da?«, um dann mit geschicktem Griff das Taschentuch zu entfernen. Mein Bein hast du mit sorgenvoller Miene betrachtet und gesagt:

»Eine Verletzung am Schienbein …« jetzt nicktest du …, »endet stets mit einer Blutvergiftung.«

Ich erschrak. Nicht etwa über die Möglichkeit, dass die Bagatelle an meinem Schienbein in einer Katastrophe enden würde, daran glaubte ich keine Sekunde, hielt ich es doch ganz mit unserem Vater, der dein Angsten mit einer abwehrenden Geste vom Tisch wischte und dich stehen ließ. Was mich aber zutiefst erschreckte an diesem Morgen war das Wort »Blutvergiftung«. Es war mir noch nie begegnet, drang nun in mich ein und löste ein Unbehagen aus, so stark, dass ich meinte, mich übergeben zu müssen. In diesem Wort steckte ein Gift, das das rote Blut grün färbte und es durch das gesamte Adernetz kreisen ließ bis hinein in seine kleinsten Verästelungen und so den Körper langsam und unter quälenden Schmerzen zum Verstummen brachte, »in der Stunde unseres Absterbens. Amen.« »Absterben. Amen«, flüsterte ich. An diesem Abend lag ich in neben Alice, die bereits schlief, und immer, wenn auch ich kurz davor war, einzuschlafen, zuckte das Wort »Blutvergiftung« wieder auf und hielt mich wach.

Liebe Mutter, auch du warst eine schlechte Schläferin. Wenn deine heranwachsenden Töchter nachts noch nicht zu Hause waren, lagst du wach und lauschtest auf ihre Schritte und maltest dir wohl aus, was ihnen alles zustoßen könnte. Was außer deinem Angsten weiß ich sonst noch von dir? Wenig. Als du im Krankenhaus lagst, hattest du auch Angst. Nicht in erster Linie vor der in der Tat beängstigenden Diagnose, den Schmerzen und der bevorstehenden OP. Nein, du hattest Angst, etwas falsch zu machen. Du wusstest nicht, wie krank sein ging. Du hattest Angst, auch noch das falsch zu machen, das Kranksein im Krankenhaus. Als ich dich besuchte, hatte ich keine Ahnung, was ich hätte tun können, um deine Angst kleiner zu machen. Mir kam es so vor, als säßen wir beide wieder vor der Kapelle, in unserem Rücken die Sonnenuhr, die wir beide noch nie hatten lesen können. Bis heute nicht. Weil du die Königin der Angst warst und dich heillos verstricktest in dieses Gebiet, versuche ich, etwas Ordnung und Übersicht in dein Reich zu bringen:

Die Landängste und die Stadtängste und die ortsungebundenen Ängste.
Die frühen Ängste und die im Laufe der Zeit allmählich auftauchenden Ängste und ihr Spätwerk.
Nicht außer Acht zu lassen, die immerwährenden Ängste.
Feld-, Wald- und Wiesenangst.
Innen- und Außenangst.
Angst vor Abschieden (Gib das schöne Händchen).
Die Draußen- und die Drinnenängste.
Nächtliche Ängste und tagsüber sprießende und sofort ins Kraut schießende Ängste.
Helle und dunkle Ängste.
Kindliche Ängste und solche, die nur Erwachsene haben können.
Mütterängste, über Generationen weitergegeben und neu erworbene.
Die Angst vor der Angst und die Angst vor der Liebe und die Angst vor anderen Ängsten. Die Ängste vor Tieren, insbesondere vor Vögeln. Angst vor Fröschen und ihren Schallblasen.
Und die Ängste vor Männern. Insbesondere in der Dämmerung und in der dörflichen Dunkelheit die wachsende Angst vor Männern. Die Angst vor ihrem Treiben, ihren Trieben, ihrem Getriebe, ihren Taten. Angst vor Tätern.

Späte Ängste.
Angst vor dem Alter.

Angst, den Heimweg nicht mehr zu finden.
Angst, gar keinen Heimweg mehr zu haben.
Angst vor dem Heim.
Angst, den Verstand zu verlieren. Oder das Augenlicht.
Angst vor dem Zerfall.
Angst vor Rollstühlen.
Angst vor Schwäche.
Angst vor dem Ekel vor Schwäche.
Angst, die Angst vor dem Ekel vor Schwäche würde bemerkt.
Angst, dass das die Strafe sein würde. Schwäche.
Angst vor Ekzemen.
Angst vor Extremen.
Angst vor fröhlichen Menschen.
Angst vor Feiern und vor Festen.
Angst vor Gutgelaunten.
Angst vor Mitmachspielen.
Angst vor Geschunkel.

Auf dem Land kannte man besser als die Angst ihre Vorform. Die Furcht. Sie richtete sich stets auf Konkretes. Auf Ereignisse, die außen geschahen und eintreten konnten oder auch nicht.

Furcht vor den Kettenhunden.
Furcht vor den Mäusen in den Zwischenwänden.
Furcht vor Gewittern und vor Hagelschlag.
Furcht vor einem Blitzeinschlag in der Scheune.
Furcht vor dem Stier, der im Stall an der Kette reißt und mit den Hinterbeinen stampft. Vor dem Weiß seiner Augen. Spiegelei heißt auf dem Land auch Stierenauge.
Furcht vor der Überhitzung der Heustöcke und vor brennenden Scheunen.
Furcht vor umgehenden Brandstiftern.

Furcht vor Frühjahrsfrösten.
Furcht vor Tierseuchen, vor zu nassen Böden und Erntefäulnis.

Liebe Mutter, du bist leise, leise von dannen gezogen und hast mir dein Angsttalent hinterlassen. Ein dunkles Geheimnis, damit zu spielen. Das erfordert Mut. Heute tauche ich bis zum Grund und befördere ans Licht, was dort unten lagert. Schwärzeste Ängste.

Dass ich mich tagsüber in den Straßen verirre und nachts in mich selbst.
Dass Anita und Alice nicht mehr meine Schwestern sein wollen. Ruth nicht mehr meine Freundin.
Dass Caro stirbt.
Dass es nie mehr Tag wird. Nie mehr das erlösende Glück, wenn es bereits vor fünf Uhr hell wird. Nie mehr aufatmen.

3

Anna überprüfte nochmals den Plan, der am Kühlschrank hing. 5. März 1993, Karin, stand da. Aber Karin war noch nicht da, um Caro zu übernehmen, mit ihr zu spielen, später die Kleine in ihren Kinderstuhl zu setzen, mit ihr zusammen ein paar Schnittchen zu essen, sie dann bettfertig zu machen und das Einschlafritual durchzuspielen. Karin war Caros Lieblingsbabysitterin, eine von dreien, die im Turnus erschienen, Karin, Selina, Raphael. Sie waren zuverlässig, übernahmen seit einiger Zeit auch die Sonntage, an denen Anna arbeiten musste, was sie gerne tat.

Sonntagsdienst bei der Zeitung war besser bezahlt, aber jetzt war Donnerstag, Karin war noch immer nicht da, in zehn Minuten musste Anna zur Arbeit und Caro saß brüllend auf dem Wohnzimmerboden, weil ihre Mutter nicht mehr den Nerv hatte, zum zwanzigsten Mal einen Turm aus Bauklötzen zu errichten, den das Mädchen jubelnd zum Einstürzen bringen würde.

»Mehr, mehr«, schrie sie, stand auf und klammerte sich an Annas Jeansbein fest, stampfte mit dem Fuß auf und ließ sich schließlich auf den Boden fallen, damit sie mit beiden Füßen trommelnd ihr Gebrüll unterstreichen konnte.

Beinahe hätte Anna die Klingel überhört, obwohl sie das erlösende Zeichen herbeigesehnt hatte. Sie nahm die sich heftig wehrende Caro auf den Arm, sprach beruhigend auf sie ein:

»Hörst du, gleich kommt Karin«, sagte sie, als sie zur Wohnungstür ging und öffnete. Vor der Tür aber stand nicht Karin, sondern Raphael, der erklärte, dass er heute für Karin einspringe, sie sei verhindert, irgendwas mit der Familie, er wisse auch nicht genau. Dann ging Raphael zusammen mit Anna und der noch immer schreienden Caro ins Wohnzimmer, erfasste mit einem Blick die Situation, setzte sich auf den Boden und begann, Türme zu bauen.

»BumBum?«, sagte er fragend und schaute dabei zu Caro, die ihr Gebrüll zwar eingestellt hatte, sich aber noch an Anna festklammerte. Anna blickte auf die Uhr, löste die in ihrem Pullover verkrallten Finger der Tochter und stellte das Mädchen entschieden auf den Boden.

»Du weißt, wo alles ist«, sagte sie zu Raphael.

»Alles klar«, antwortete er lachend und zauberte aus seiner Hosentasche einen kleinen Kreisel, den er auf dem Boden tanzen ließ. Sofort griff Caro danach, Anna schlüpfte in ihre Jacke, nahm Caro nochmals in den Arm und verabschiedete sich. Vor ihr lag eine fünfstündige Arbeitsschicht. Wenn sie etwas gut beherrschte, so war es, sich auf diese Arbeit zu konzentrieren, auf die Wörter, insbesondere auf die Namen, denn schnell war passiert, dass in einem Artikel aus einem Heinz plötzlich ein Hans geworden war, auf die Satzzeichen konzentrierte sie sich, auf die Abkürzungen, die Abstände zwischen den Wörtern und am Schluss immer nochmals auf die Überschriften und den Lead.

Kurz vor Mitternacht betrat Anna wieder ihre Wohnung, sie betrat die Stille, betrat die Ordnung, die Raphael geschaffen hatte, zwei menschenhohe Türme hatte er errichtet, die restlichen Bauklötze eingeräumt in die Kiste, die Bilderbücher ins Regal gestellt, die Spielzeugautos, die Caro so liebte, nach Farben sortiert aufgereiht auf dem Boden, damit sich das Kind anderntags gleich wieder damit beschäftigen konnte. Auch aus dem Kinderzimmer war kein Laut zu hören, dennoch schaute Anna schnell nach Caro, machte dazu nur im Flur Licht, beugte sich über das Kinderbett und betrachtete einen Moment lang ihre Tochter, die friedlich schlief in ihrem wattierten Schlafsack, im Arm das Plüschschaf, das ihre Träume bewachte. Zufrieden ging Anna ins Wohnzimmer, wo nun Raphael vom Sofa hochschreckte, auch er war eingeschlafen. Obwohl sie müde war, bot sie ihm einen Tee an. Raphael erzählte wieder ganz munter vom Schulstress, schimpfte über das Essen in der Mensa, nur als Anna fragte, was denn passiert sei in Karins Familie, wurde er seltsam schweigsam und gab schließlich eine ähnlich vage Antwort wie bei seiner Ankunft, irgendetwas mit der Familie, mit dem Vater, denke er, die Polizei sei im Haus gewesen, dann lenkte er das Gespräch um.

Wenig später lag Anna im Bett und konnte nicht einschlafen. Niemand sang einer Dreißigjährigen ein Schlaflied. Niemand legte ihr ein Plüschtier in den Arm. Niemand legte sich neben sie und wünschte ihr eine *Gute Nacht.* Niemand begehrte sie. Dabei nahm sie absurderweise die Pille. Um ganz sicher zu sein, nie mehr schwanger zu werden. Nie, nie mehr. Sie hatte bereits zwei Kinder. Das genügte. Oder zählte ein Kind nicht, das nie gelebt hatte? Sie lebe in einem Paralleluniversum, hatte Max ihr vorgeworfen in der ersten Zeit nach der Totgeburt. Und er sei sich nicht sicher, ob Caro ihr wirklich immer noch wichtig sei, spräche sie doch die ganze Zeit nur über das Kind, das ja gar nicht existiere. Ihm mache das Töchterchen viel Freude, hatte er gesagt. Und es gut gemeint, wie er überhaupt alles gut gemeint hatte. Max war mit seiner Tochter spazieren gegangen und stolz gewesen auf sie und auf sich selbst, er hatte gespielt mit ihr und erst, wenn sie weinerlich geworden war und müde, war auch er ermüdet und hatte das Kind seiner Mutter übergeben, wohin müde Kinder seiner Ansicht nach gehörten.

Als Max gegangen war, tat sich Anna schwer mit dem Alleinsein. Sie wünschte sich Nähe, am liebsten frei Haus geliefert und am allerliebsten von einem Mann. Nicht unbedingt Sex, eher Zärtlichkeit, Verlässlichkeit und Entlastung. Wenn sie irgendwo ein Formular ausfüllen musste und bei der Frage nach dem

Zivilstand *geschieden* ankreuzte, dachte sie jedes Mal dasselbe: Geschieden? Klingt doch wie verschieden. Kann ich doch gleich ein Kreuz hinmalen. Es gab in dieser Zeit nur eine verlässliche Stütze in Annas Leben. Ihre Freundin Ruth, Caros Patin. Die ihr Caro immer mal wieder und freudig abnahm oder sie beide zum Essen oder zu einer Unternehmung einlud und immer im Vorsommer zu einem gemeinsamen Aufenthalt in das Ferienhaus im Süden, das Ruths Eltern gehörte.

* * *

Diese Signorina Ruth. Diese Signorina Anna. Sie fielen auf. Stachen den Dozenten im Institut in Florenz ins Auge. *Corsi die lingua e cultura italiana per stranieri.* Steckten immer zusammen, die beiden. Nahmen an jeder freiwilligen Exkursion teil, mindestens zu Beginn des ersten Semesters. Als es Gildo und Antonio noch nicht gab in ihrem Auslandsleben und Ruth und Anna so weit gingen, zusammen nur noch italienisch zu sprechen.

Sie hatten sich in den Gassen der Altstadt kennengelernt. Die eine lief ein kurzes Stück hinter der anderen her, bis diese sich umdrehte, weil sie spürte, dass da jemand war und sofort dachte: Die sucht bestimmt auch das Institut. Die andere schaute sie an, dann gingen sie schon nebeneinanderher. Ruth und Anna. Sie hatten sich gefunden, noch bevor der Sprachunterricht begann. Sie stiegen bereits gemeinsam die Treppen hoch, das Institut befand sich in der dritten Etage eines etwas baufälligen Palazzos, sie traten gemeinsam ins Klassenzimmer und fanden es nach kurzer Zeit seltsam, dass sie sich in Florenz kennengelernt hatten und nicht in der Schweiz, wo sie die letzten drei Jahre nur drei Straßenzüge voneinander entfernt gelebt hatten. Ruth hatte schon ein paar Jahre Kinder unterrichtet, sie war drei Jahre älter als Anna, die nach einem abgebrochenen

Geschichtsstudium beruflich noch nicht Fuß gefasst hatte und in einer Zeitungsredaktion als Mädchen für alles jobbte.

Nach ein paar Monaten in Florenz lernten die beiden Freundinnen auf der Treppe des Doms Antonio und Gildo kennen. Zwei junge Männer aus Apulien, die in Florenz in einer WG lebten, ein wenig Architektur studierten und viel Zeit auf der Domtreppe verbrachten. Du nimmst Antonio, ich Gildo, sagte Ruth. Anna war einverstanden, obwohl ihr Gildo besser gefiel. Nur, das hier war bloß ein Spiel, konnte nicht schaden, mal wieder was mit einem fremden Körper zu tun zu haben und dabei die Grammatikregeln aus dem Unterricht anzuwenden. Zu Annas Erstaunen aber nahm sich der dunkeläugige Antonio die Sache zu Herzen. Ruth und Gildo gingen bald schon zusammen ins Bett und hatten dabei Spaß, während Antonio von Anna zuerst Liebessschwüre wollte, die er ihr so zahlreich lieferte, dass ihr angst und bange wurde. Schließlich gestand er ihr, dass er unter fast unerträglichem Heimweh leide. Er wisse nicht, was er stärker vermisse, das Meer oder seine Mutter. Und Anna fühlte sich veranlasst, den Jungen immer wieder zu trösten, und als sie endlich zusammen schliefen, kam es ihr vor, als hätte Antonio ein Mittel gegen sein Heimweh gefunden. Sex. Was ihr recht war. Auf diesem Feld hatte sie Nachholbedarf, und Antonio war ein wenig schüchtern, sie war es auch, es brauchte seine Zeit, bis sie sich unbefangener begegneten und damit begannen, sich ihre Wünsche zu offenbaren, wofür Anna erst nach Worten suchen musste, sich mit der Zeit aber ein ganz neues Vokabular fern des Unterrichtes aneignete, was ihr gefiel. Während bei Ruth alles nach Plan lief. »Pragmatischer Sex ohne Gefühlsimplikationen«, sagte sie, und kurze Zeit später hatte sie sich einen zweiten Liebhaber genommen, Francesco, der stets ein schiefes Lächeln im Gesicht hatte, das ihm gut stand und der immer genug Geld hatte. Woher, interessierte weder Ruth noch Anna. Nur Antonio misstraute diesem Francesco und seinem Geld. Und er garantiere für nichts, denn sein Freund Gildo sei rasend eifersüchtig, ließ er Ruth wissen. Gut so, Gildo solle sich nicht so haben, erwiderte sie, sei er doch alles andere als ein Heiliger, was sie von ihm auch nicht erwarte, und Francesco, das müsse sie zu seiner Ehrenrettung sagen, sei nicht ohne und außerdem äußerst großzügig, zumal sie selbst nicht abgeneigt sei, ab und zu mal etwas anderes als ein Panino zu essen. Bis Ruth plötzlich dringend in die Schweiz fahren musste und erst zwei Wochen später wiederkam, bleich, schweigsam und in allem wie ein umgekehrter Handschuh. Der Unterricht interessierte sie nicht mehr, von Männern wolle sie nichts mehr wissen, Antonio sei der Einzige, mit dem sie überhaupt noch sprechen würde, denn der sei vergeben. »Er liegt dir ja zu Füßen und füttert deine Illusionen über Männer«, sagte sie zu Anna, und diese lächelte ein wenig und äußerte, sie glaube, sie habe sich auch ein wenig verliebt in ihn. Bis sie sich überreden ließ und mit ihm nach Apulien zu seiner Familie fuhr und dort umgehend der ganzen Verwandtschaft als Fidanzata d' Antonio vorgestellt wurde und im Zimmer seiner Schwestern übernachten musste und bei den Frauen zu bleiben hatte, während Antonio seinen Vater entweder in die Bar oder auf die Jagd begleitete.

»Die beiden erlegen Vögel. Stell dir vor, sie knallen Vögel ab«, erzählte Anna ihrer Freundin, nachdem sie fluchtartig und ohne Antonio nach Florenz zurückgekehrt war. »Und stell dir vor, Antonios Mutter ist gerade mal vierzig Jahre alt und sieht irgendwie aus wie eine Großmutter, bizarr schön zwar, aber ihr Leben himmelweit entfernt von einem Frauenleben, wie wir es uns vorstellen. Nur, man kann nie alles wissen und, was stimmt, so wundervoll wie dort habe ich in meinem ganzen Leben noch nie gegessen. Die Stunden, die ich mit Mutter, Großmutter, Tanten, Schwestern und Cousinen in der Küche verbracht habe, gehören zu den heitersten und lehrreichsten meines Lebens, obwohl ich den Dialekt, den diese Frauen untereinander sprachen, nicht wirklich verstanden habe. Aber die ganze *cultura italiana,* die sie uns im Institut beizubringen versuchen, ist nichts gegen diese Küchenstunden, gefüllt mit Handgriffen und Klängen, mit Stimmen und Düften und Ohs und Ahs, wenn wir von Sugos kosteten, die stundenlang vor sich hingeköchelt hatten, die Meer und Ufer und Land und Süden und überhaupt das ganze Leben der Frauen und der Männer enthielten, ihren Kummer, ihre Lust, Hartes, Weiches, was weiß ich.«

Erst dann erzählte Ruth von der Abtreibung, die sie in der Schweiz hatte vornehmen lassen, Arno, ihr älterer Bruder, habe ihr das Geld dafür gegeben, und Anna erklärte, sie könne nicht mehr mit Antonio zusammen sein, seit sie sein wirkliches Leben gesehen habe, denn das in Florenz, sage er immer, das sei alles nur provisorisch, nur auf Zeit, das wirkliche Leben sei dort, wo er herkomme und wo er hingehöre. So stieg Anna am Ende des zweiten Semesters zusammen mit Ruth und mit viel Gepäck in den Zug und bevor er losfuhr, kam Antonio ins Abteil und übergab ihr ein Abschiedsgeschenk. Einen von ihm selbst präparierten und ausgestopften großen Vogel mit einem gelben, spitzen Schnabel und trüben Augen. Dann stieg er sofort wieder aus, voller Angst, er würde sonst unfreiwillig mitfahren, blieb aber auf dem Bahnsteig stehen. Anna lehnte sich weit aus dem Wagenfenster, sie hielten sich an den Händen, bis sich der Zug endlich in Bewegung setzte. Antonio lief neben ihm her, Anna winkte und winkte und er rannte und schrie: »Allora scrivi!«

Das ausgestopfte Vieh auf dem Platz neben Anna stank nach Verwesung. Als die letzten Häuser der Stadt verschwunden waren, stopfte sie es in eine Tüte und warf sie aus dem Fenster. Zu Hause schrieb sie an Antonio und er schrieb und sie schrieb und einmal besuchte sie ihn noch in Florenz in seiner WG, eine Woche wollte sie bleiben, aber am zweiten Tag bekam er ein Telegramm aus dem Süden, seine Mutter sei krank, er reiste sofort ab und voll trauriger Wut ging Anna mit seinem Freund Gildo ins Bett und dann zurück nach Hause.

»Ach Gildo«, sagte Ruth bloß, als Anna es ihr erzählte. Antonios letzten Brief erhielt Anna Jahre später als Reaktion auf Carolinas Geburtsanzeige, die sie ihm in den Süden geschickt hatte, wo er längst wieder lebte. Als Postbeamter. Nun bist du am Ziel, schrieb er ihr. *Tanti auguri.*

Viele Jahre später erzählte Anna ihrer Tochter, dass ihr ein Mann einmal einen selbst präparierten und ausgestopften Vogel geschenkt habe. Caro hatte nicht verstehen können, dass ihre Mutter dieses Geschenk nicht aufbewahrt hatte, lange Zeit verzehrte sie sich nach einem ausgestopften Raubvogel, und als Ruth ihr eine Möwe aus Plüsch schenkte, stopfte Caro dieses Geschenk in die hinterste Ecke ihres Schrankes und spielte nie damit.

4

Anna und Arno. Wobei, Anna heiratete amtlich als Annabelle. Jenen Mann, mit dem sie schon seit fünfzehn Jahren zusammenlebte und der die Langversion ihres Namens mochte. Die sie ihm verbot. So machte er sich auch lange nach der Heirat einen Spaß daraus, sie Belle zu nennen. »Wenn schon die Kurzform, dann diese«, sagte er, worauf Anna stets mit der gleichen Bemerkung reagierte: »Wenn du mich nur einmal richtig anschauen würdest, verginge dir dieses Belle wie von selbst.« Schönheit sei relativ, parierte Arno ihren stets gleichen Einwurf, und für diese Bemerkung wiederum hatte Anna nur ein Schulterzucken übrig. Alter Romantiker, dachte sie.

»Nimm mich bitte ernst«, sagte sie.

»Das tue ich doch, Belle«, entgegnete Arno, und nun musste Anna lachen.

»Widerstand zwecklos«, sagte sie, Arno nickte, berührte sie kurz am Arm, vielleicht hätte sich die Geste auswachsen können zu einer Umarmung, aber Anna wollte jetzt nicht umarmt werden. Ist wohl das Alter, sagte sie sich, obwohl, verglichen mit Arno, war sie noch gar nicht so alt. Achtundfünfzig. Er war dreizehn Jahre älter als sie, und was ihr hundertfach vorausgesagt worden war, damals, als sie sich kennengelernt hatten, da war sie vierzig gewesen und Caro pubertäre dreizehn, das war nun eingetreten, nicht schlagartig, sondern allmählich: Der Altersunterschied zwischen ihnen zeichnete sich schärfer ab. Anna hatte Lust auf lange Reisen, Lust auf Unternehmungen, auf Einladungen, auf Besuche von Freundinnen und Freunden. Während Arno sich immer mehr zurückzog und seine Zeit am liebsten zu Hause verbrachte. In seltsamer Zweisamkeit. Denn es genügte ihm, wenn Anna da war, in ihrem Arbeitszimmer vor dem Bildschirm saß, sich im Wohnzimmer befand, auf dem Sofa, lesend oder einen Film guckend, er beanspruchte weder ungeteilte Aufmerksamkeit noch dauernde Gesprächsbereitschaft, bloß Annas Anwesenheit mochte er sehr. Und anwesend war sie oft, zu oft, wie ihr erschien, arbeitete sie doch schon seit Jahren zu Hause. Sie war Texterin, begonnen hatte diese Tätigkeit als sie, jung und unschlüssig, was sie beruflich tun wollte, in einer Zeitungsredaktion gearbeitet hatte, als Mädchen für alles zu Beginn, manchmal hatte sie die Telefonzentrale bedient, manchmal dem Korrektor ausgeholfen, ab und an hatte sie für die Redaktoren Artikel abgetippt, die vor lauter Korrekturen fast unleserlich gewesen waren, und sie hatte sich dabei immer häufiger die Freiheit genommen, allzu umständliche Formulierungen zu ersetzen durch elegantere Wendungen, was ihren schreibenden Kollegen nicht verborgen geblieben war. Schließlich hatte sie gelegentlich eine im letzten Moment verhinderte Korrespondentin ersetzen können, mit der Zeit wurde sie fix eingesetzt, und als eine Kollegin in Rente ging, rückte sie nach und nahm ihren Platz in der Redaktion ein. Bis sie aussortiert wurde und nach einer schwierigen Zeit der Akquise bei Redaktionen, Verlagen und Firmen zu einigen fixen Aufträgen gekommen war. Meist textete sie Jahresberichte und Newsletters für irgendwelche Firmen, überarbeitete Jubiläumsbroschüren, Werbeprospekte für ein neues Produkt, oder sie schrieb Gebrauchsanweisungen. Insgesamt nichts Spannendes, aber immerhin konnte sie sich ihre Arbeitszeiten selbst einteilen, meist arbeitete sie frühmorgens oder bis spät in die Nacht hinein, während Arno schlief. In dieser Zeit konnte sie auch ungestört mit Caro telefonieren, vorausgesetzt, Caro nahm den Anruf entgegen.

* * *

Arno aß nur noch winzig kleine Portionen. Wie eine Maus. Und er beklagte sich darüber, eine bestimmte Melodie nicht mehr aus seinem Kopf zu bringen, einen Ohrwurm, der ihn quälte. Auf ärztlichen Rat hin kaute er Kaugummi in der Hoffnung, die Kaubewegung unterbräche den inneren Singvorgang. Aber es nützte nichts. In seinem Kopf drehte »Bella ciao, bella ciao, bella ciao, ciao, ciao«. Ein Abschiedslied. Über alle die Jahre hatte er stets gerne Frühstück zubereitet, allerdings erst gegen elf Uhr vormittags. Seit seiner Episode war er dazu nicht mehr in der Lage, er war auch kein Gastgeber mehr. Lud Anna gemeinsame Freunde ein, war er oft mürrisch und ungehalten, wenn die Gäste da waren, und benahm sich so seltsam, dass sie sich viel zu früh wieder verabschiedeten. Dann stand Anna in der Küche und weinte, was Arno nicht kümmerte, wie auch, er konnte sich ja nicht einmal mehr richtig um sich selbst kümmern. Er wurde immer hinfälliger. Informationen verarbeitete er nur noch langsam. Und er sprach, wenn überhaupt, stockend und mit einer dünnen Stimme. Durchblutungsdemenz, nannten es die Ärzte, kein Alzheimer, aber dieser Art von Demenz lägen kleinere Schlaganfälle zugrunde, die jederzeit wieder auftreten konnten. Zu Beginn der Krankheit war Arno noch einigermaßen sicher auf den Beinen. Da bestand das gemeinsame Leben aus stummem Nebeneinandergehen, nach einem weiteren Ereignis aber bloß noch aus Nebeneinandersitzen. Jetzt gab es Versäumnisse, die waren nicht mehr nachzuholen. Und das Sonderbarste war, dass Arno seine Augenlider seit dem letzten Ereignis nicht mehr ganz schließen konnte. Sie blieben einen Spalt weit offen, als würde er immer sagen: Wir dürfen nicht vergessen, die Augen offen zu halten und hinzuschauen. Nur wohin, fragte sich Anna. Kaninchen, das wusste sie, schlafen mit halb geöffneten Augen. Und manchmal erschien ihr, Arnos vom Kopf abstehendes Haar, das sie ihm selbst schnitt, seit er krank war, verwandle sich allmählich in ein Fell. Gewundert hätte es sie nicht.

Nach einer weiteren, weit heftigeren Episode kam Arno zuerst ins Krankenhaus, dann wieder für kurze Zeit nach Hause und schließlich ins Pflegeheim. In der allerersten Zeit besuchte Anna ihn täglich im Heim. Aber schon bald baten sie die Pflegerinnen, nicht wiederzukommen, bis Arno sich in seiner neuen Umgebung eingelebt habe.

»Sie meinen, ich soll nicht mehr kommen, bis er mich nicht mehr wiedererkennt? Bis Sie ihn ruhiggestellt haben?«, fragte Anna. Die Pflegerinnen wandten schulterzuckend den Blick ab, was Anna auch tat, als sie leise anfügte:

»Einleben soll er sich hier? Genau das soll er nicht tun.« Kopfschüttelnd verließ sie das Heim und sagte halblaut zu sich selbst:

»Sterben sollst du hier, Arno, und das möglichst bald.«

Als Besuche wieder erlaubt waren, ging sie anfänglich täglich hin, dann noch jeden zweiten Tag und bald nur noch einmal die Woche. An guten Tagen verzog Arno den Mund, wenn sie sein Zimmer betrat, an schlechten Tagen nahm er, in seinem Sessel sitzend, überhaupt keine Notiz von ihrem Erscheinen, sondern schlief mit offen stehendem Mund, aus dem sich Speichelfäden übers Kinn bis zum Hals zogen, seine Augen standen halbwegs offen, er erwachte gar nicht erst. Zu Beginn schaffte es Anna manchmal, ihn in die Cafeteria zu lotsen, Arno hing schwer an ihrem Arm und machte unsichere Trippelschritte bis zum Aufzug, später schob sie ihn in einem Rollstuhl durch die Flure und war froh, dabei niemandem zu begegnen. An schlechten Tagen saß sie neben seinem Lehnstuhl oder seinem Bett und schaute ihn an. Arno, wie ein altes, schwaches Tier, und sie, Anna, seine herzlose Betrachterin. Ihr war kalt in diesem Zimmer. Sie fror, wie ein Schlosshund, hatte ihre Mutter früher gesagt, aber ein Schloss war das hier nicht, und sie war auch kein Hund. Ein

Hund hätte Arno wohl auch in diesem Zustand als seinen Menschen wahrgenommen, obschon die Krankheit ihn Tag für Tag stärker zu einem übel riechenden, triefnäsigen Siechen machte, mit dem sie am liebsten nichts mehr zu tun gehabt hätte. Das war nicht mehr Arno, dieses Wesen mit dem verlorenen Blick, das nun wenigstens schwieg, noch im Krankenhaus hatte er manchmal unverständliches Zeug gebrabbelt, an ganz schlechten Tagen hatte er plötzlich geschrien und um sich geschlagen und sie aus Tieraugen angeschaut, irgendein Tier, Anna wusste nicht, welches Tier so blicken konnte, so verzweifelt, so in heller Panik. Arno hatte Angst, obwohl er das Wort für die Angst längst nicht mehr wusste, er wusste überhaupt keine Wörter mehr, und selbst Anna fehlten die Worte für seine Verwandlung, einem Programm, das sich ohne sein Zutun gnadenlos vollzog. Sie bekam manchmal Angst vor diesem Wesen, sie klingelte nach der Pflegerin in solchen Momenten.

»Sie gehen nun wohl besser«, sagte die Frau im weißen Kasack, wenn sie das Zimmer betrat und mit einem Blick die Situation einordnete, und Anna ging, sie floh, rannte fast nach Hause und stellte sich dort unter die heiße Dusche und manchmal wartete sie darauf, dass Arno eintreten würde ins Bad, mit einem flauschigen Badetuch würde er sie abtrocknen, sie würden sich umarmen und die Zärtlichkeit genießen, sie nackt und er bekleidet, sie würde sich anziehen, er hätte für sie gekocht oder er würde sie zum Essen einladen, und es dauerte, bis sie merkte, dass dieser Arno nicht mehr existierte.

Später erzählte sich Anna immer wieder, was sie nicht gesehen hatte. Wie Arno starb. Wie er seinen Tod genommen hatte. Oder der Tod ihn. Er war ohne Publikum gestorben. Sein einsamer Tod quälte sie.

»Die meisten Menschen sterben allein«, sagte die Pflegerin, als Anna an einem frühen Morgen das Zimmer betrat, in dem Arno immer weniger geworden war und jetzt tot im Bett lag. Sie hatte einen Anruf bekommen von der Heimleiterin. Sie schaute sich im Zimmer um. Arno hinterließ zwei Kuhlen: Eine auf dem Kissen, das sie von zu Hause mitgebracht und auf seinen Polstersessel gelegt hatte, damit er weicher saß und ihn die Schrunden am Gesäß weniger schmerzten, die andere auf dem verstellbaren Kopfpolster des Sessels, sonst nichts. Kein Zeichen. Kein Brief. Wie auch?

»Ich bleibe hier«, sagte sie zur Pflegerin, »bis seine Schwester kommt«, sie deutete mit dem Kopf auf den Toten. Kurze Zeit später kam Ruth. Sie brachte Blumen mit.

»Für dich«, sagte sie. »Dein Mann ist gestorben.« Anna nickte, schaute ihrer Freundin ins Gesicht und sagte leise:

»Und dein Bruder ist gestorben. Auch du solltest Blumen bekommen«.

* * *

Arno ist tot. Mein Bruder. Zehn Jahre älter als ich. Mein erstes Männermodell. Arno, der Puffer zwischen den Eltern und mir. Der Pfeiler, hinter dem ich mich versteckte. Arno. Mein einziger Bruder. Und Annas Mann. Mit diesen Stakkatosätzen als Endlosschleife im Kopf starrte Ruth in den Spiegel im Bad. Sie wartete auf Tränen. Die nicht kamen. Kein Schmerz, keine Verzweiflung, keine Traurigkeit. Als hätte jemand einen dicken Samtvorhang gezogen, hinter dem sich, wer weiß, solche Dinge verbargen. Sie tuschte sich die Wimpern, zog ihre Lippen nach, legte ein wenig Parfüm auf und schaute dann an sich herunter. Wahrscheinlich passte heute die Bluse mit dem farbigen Blumenprint nicht. Passte die helle Hose nicht, aber Ruth besaß keine dunkeln Kleider. Die Kinder in der Kita wollten Erwachsene in fröhlichen Kleidern um sich haben. Heiter gestimmte Erwachsene, die Trennungsschmerz und schlechte Kinderlaune im Nu verwandeln konnten in einen Tag voller Versprechungen. Dieser Tag hier versprach nichts. Ruth würde ihn nicht in der Kita verbringen, sie hatte Claire, ihre Stellvertreterin, orientiert. Auf Claire war Verlass.

Im Blumengeschäft war Ruth zuerst ratlos. Blumen für einen Toten kaufen? Arno hatte sich nichts aus Blumen gemacht, aber weil er gewusst hatte, dass Anna Blumen über alles liebte, hatte er ihr oft Blumen geschenkt, große, ausladende Sträuße, zusammengestellt von der Floristin seines Vertrauens. Ruth wählte Annas Lieblingsblumen. Pfingstrosen. Sie bezahlte den Hauch von Rosa, in Cellophan verpackt und trug ihn so vorsichtig wie ein Baby zu ihrem Wagen, den sie verbotenerweise vor dem Geschäft geparkt hatte, legte den Strauß auf den Rücksitz und fuhr zum Heim. Draußen war ein Spätfrühlingstag, hellblau und zum In-die-Luft-beißen schön.

* * *

Liebe Ruth

Vor Kurzem habe ich das seltsame Wort »Liebesbiografie« in einem Zeitungsbeitrag gelesen. Dazu zählten laut Definition im besagten Beitrag bloß längere, verbindliche Beziehungen zu Partnerinnen und Partnern, keine One-Night-Stands oder wie auch immer geartete erotische Eskapaden, auch nicht die Liebe zu Eltern, zu Kindern, zu Geschwistern oder zu sonstigen nahestehenden Menschen. Sonderbar schmale Definition zwar, aber egal für den Moment, der Begriff »Liebesbiografie« beschäftigt mich aktuell aus mehreren Gründen. Arno ist tot. Seit einiger Zeit schon, aber der Satz durchfährt mich immer noch jeden Tag mehrmals wie ein Blitz und als wüsste ein Teil von mir immer noch nichts von diesem Tod. Du hast deinen großen Bruder verloren und ich eine lange Liebe. Ist mit dem

Tod des geliebten Menschen auch die Liebe zu ihm tot? Und weshalb gibt es eindeutig Lieben, die lange vor dem Tod aufhören? Für die zweite Frage gibt es einen konkreten Anlass: Max, Caros Vater, hat mir geschrieben. Wir haben uns seit sicher fünfzehn Jahren nicht mehr gesehen, er hat keinen blassen Schimmer von Caros Leben, sie hat den Kontakt zu ihm schon vor Jahren abgebrochen. Nun möchte er mich treffen. Noch habe ich keine Ahnung, ob ich das auch möchte. Ihm sei zu Ohren gekommen, schreibt er, dass Arno gestorben sei. Das tue ihm sehr leid für mich, er wisse, wovon er spreche, denn auch seine Frau sei gestorben, vor fünf Jahren bereits. Krebs. Sven gehe es so weit gut. Wie denn Caro so lebe. Liebe Ruth, nur schon die Ausdrücke *mir ist zu Ohren gekommen* und Sven geht es *so weit* gut und wie lebt denn Caro *so*? Dieser unverbindliche Ton, wenn es ihm nach einer Ewigkeit einfällt, mal wieder nach seiner Tochter zu fragen, überhaupt, dass man sich so ausdrücken kann, das bringt mich schon wieder in Rage und wirft mich schlagartig Jahrzehnte zurück in die Zeit, als Max, Caro und ich versuchten, so etwas wie eine Familie zu sein. Wirft mich noch weiter zurück in die Zeit, als er und ich glaubten, ein Paar zu sein. Mindestens nach außen gaben wir dieses Muster ab und haben vermutlich beide irgendwie daran geglaubt. Er auf seine Weise. Ich auf meine Weise. Aber daraus ergab sich keine Melodie, bloß Katzenmusik. Dennoch, Max figuriert wohl oder übel in meiner Liebesbiografie. Und natürlich Thore. Und sogar Antonio. Aber am verlässlichsten Arno. Und was nun? Soll ich diesen Max treffen? Was denkst du?

Liebe Ruth, was ich dir neben dieser Frage auch und vor allem sagen will, bei aller Trauer, die mich immer wieder überschwemmt, gemischt mit heftigen Einsamkeitsanfällen, in denen wie Hohn mein Satz von früher schwimmt, »ich bin gerne allein« – in der Grundschule mussten wir mal einen Aufsatz schreiben zum Thema »Allein zu Hause«, ich schrieb nur vier

Wörter: »Bin ich leider nie«. Bei alledem will ich dich daran erinnern: Alles zählt. Es zählt alles. Und vor allem zählt das Wunder, dass unsere Freundschaft alle unsere Liebesgeschichten begleitet hat. Unterfüttert, würde ich fast sagen. Die Glanzleistung: Wir sind die Freundinnen geblieben, die wir schon längst waren, bevor ich mich in deinen einzigen Bruder verliebte und lange bevor wir Schwägerinnen geworden sind. Wir gehören jetzt zur selben Familie, hast du gesagt, als Arno und ich heirateten. Ich habe mir keine Idee von eurer Familie gemacht. Nie. Alle die Jahre nicht, in denen wir beide uns bereits kannten. Denn wir haben uns nichts erzählt über unsere Herkunft. Es ging stets um unser gegenwärtiges Leben und um unsere Zukunft, woher wir kamen, fanden wir damals nicht wichtig. Du wirst deine blauen Wunder erleben mit dieser Familie, hast du bereits gesagt, als Arno und ich ein Paar wurden. Und es wiederholt, als wir heirateten. Aber die Wunder, wie auch die Wunden, sind für mich ausgeblieben. Wie schaffst du es, dich aus all den Verstrickungen herauszuhalten, hast du mich oft gefragt später. Es ist viel einfacher, als Erwachsene in eine Familie hineinzukommen, deren Geschichte man nicht erlebt hat und die man nur in Ansätzen kennt. Du warst von der ersten Sekunde deines Lebens dabei. Ich kam vierzig Jahre später dazu, eure Mutter war bereits gestorben, euer Vater war ein alter, etwas strenger Herr mit sonderbaren Gepflogenheiten und zwei längst erwachsenen Kindern. Mit einem Sohn, der bereits dreiundfünfzig Jahre alt war, verwitwet, kinderlos, Gymnasiallehrer, und mit einer Tochter, zehn Jahre jünger als ihr Bruder, auch kinderlos und damals noch Lehrerin. Und ich hatte eine dreizehnjährige Tochter, wenig Geld, und dein Bruder und ich verliebten uns ineinander am Fest zu deinem Geburtstag, zu dem ich gar nicht kommen wollte, weil ich mich vor Festen fürchte. Und während meiner ganzen gemeinsamen Zeit mit Arno sind du und ich zum guten Glück Freundinnen geblieben. Ein Zweiklang wie schon immer. Stirbt jemand, gerät alles durcheinander, für lange Zeit, vielleicht für immer. Aber zum Glück bist du da als eine Art Ordnung in meinem Leben. Und du musst bleiben, du darfst nicht auch noch sterben. Nicht jetzt. Weißt du das? Wir wollten doch noch Damen werden, schon immer, erinnerst du dich an unseren Satz?, fragt dich deine Anna.

PS: Ich werde mich nicht bei Max melden. Das ist mir während des Schreibens an dich klar geworden. Keine Lust auf Kontakt mit ihm. Aber vielleicht werde ich einem anderen Mann schreiben. Immer wieder denke ich in jüngster Zeit an Thore.

5

Zum ersten Mal begegneten sich Thore und Anna bei der Kinderärztin. Lars, Thores Junge, war ungefähr so alt wie Caro und die beiden litten zur selben Zeit an einer Mittelohrentzündung. Im Wartezimmer unterhielten sich Anna und Thore über die Krankheitssymptome ihrer Kinder und über ihr eigenes Schlafmanko. Lars, erzählte Thore, lebe die eine Hälfte der Woche bei ihm, die andere Hälfte bei seiner Mutter. »Kommt uns doch mal besuchen, wenn es Caro wieder besser geht«, schlug er vor und nannte Anna seine Adresse.

»Können wir tun«, Anna nickte, wusste aber, dass sie es bestimmt nicht tun würden. Die beiden Kinder waren zu krank, als dass sie sich ins Gespräch eingemischt hätten.

Als sie sich zum zweiten Mal auf einem Waldspielplatz begegneten, blieb mehr Zeit, miteinander zu reden, denn Caro und Lars waren längst wieder gesund und kaum hatten sie sich gesehen, damit beschäftigt, allerlei Vorräte zu suchen und zu vergraben für einen imaginären, harten Winter, den sie gemeinsam im Wald verbringen würden.

Thore stammte aus Tromsø und war als Jugendlicher zusammen mit seinen Eltern in die Schweiz gekommen. Allerdings, erzählte er, sei ein Teil von ihm in Norwegen geblieben. Jedes Jahr reise er nach Tromsø und verbringe die Zeit um die Sommersonnenwende dort. Tage voller Helle und fast ohne Schlaf. Die Mutter von Lars, Ingri, eine Norwegerin auch sie, sei bislang mitgekommen, obwohl der gemeinsame Urlaub zu dritt jedes Jahr schwieriger werde. Kommenden Sommer verbringe Ingri ihre Ferien anderswo, und Lars und er reisten allein.

Weil sich Caro und Lars gut verstanden, verabredeten sie sich selbstständig zum gemeinsamen Spielen. Daraus ergaben sich weitere Treffen, die mal bei Anna, mal bei Thore zu Hause stattfanden oder bei gutem Wetter auf dem Waldspielplatz, dem erklärten Lieblingsort der beiden Kinder. Da sie aber zu jung waren, um die verschiedenen Wege selbstständig zu bewältigen, sahen sich Thore und Anna nun regelmäßig. Meist spielten Caro und Lars Familie, und ab und zu wollten sie ihr Spiel um keinen Preis unterbrechen, oder es überwältigte sie unaufschiebbarer Hunger, was zu improvisierten kleinen Abendessen zu viert führte. Immer wieder lenkte Thore das Gespräch irgendwann auf den Norden Norwegens und schließlich auf Tromsø.

»Tromsø«, sagte Anna eines Abends und schaute Thore dabei an, und aus irgendeinem Grund schlug ihr Herz plötzlich schneller.

»Warst du schon mal so hoch im Norden?« Als Anna verneinte, äußerte Thore:

»Ich würde dir diese Stadt gerne mal zeigen. Dir und Caro. Und nicht nur die Stadt, auch das Land. Die Fjorde, die Fjelle, die Berge. Und die Luft würde ich dir gerne zeigen.«

»Wie zeigt man Luft?«, fragte Anna. Nun lächelte Thore bloß und vielleicht war es diese Bemerkung über die Luft, die er ihr gerne zeigen würde, in die sich Anna als Erstes verliebte, dann in Thore und später in Tromsø. Wo sie in den beiden folgenden Jahren den Sommerurlaub verbrachten. Zu viert. Sie wohnten in einem kleinen Haus von Verwandten Thores, die ihren Urlaub im Süden verbrachten und ihnen auch ihren Wagen überlassen hatten. Damit machten sie Ausflüge, übernachteten im Zelt, froren und waren dennoch die meiste Zeit heiter, während draußen die Nächte grandios versagten.

Caro und Lars vertrugen sich gut, gelegentlich stritten sie, meistens dann, wenn Thore sich in Lars' Augen zu stark mit Caro beschäftigte, die seine Nähe suchte. Lars vermisste in solchen Momenten seine Mutter, die ihm Anna weder ersetzen konnte, noch wollte. Während Caro verkündete, sie wolle Thore heiraten.

Es gab keine Heirat. Anna und Thore waren zwei Elternteile mit je einem Kind, die sich nicht Hals über Kopf in ein neues Familienunternehmen stürzten. Sie waren eine Frau und ein Mann. Ein Liebespaar. Mit wenig Zeit zu zweit. Caro und Lars besuchten mittlerweile die Schule, ab und zu konnte Caro bei Ruth übernachten, was sie liebte, denn Ruth brachte mehr Geduld auf für die Hausaufgaben des Mädchens. Die es reichlich bekam, behauptete doch Caros Lehrerin, das Mädchen träume oft in der Schule und ihm fehle jeder Zahlenbegriff.

»Sie ist erst acht«, tröstete Ruth, wenn Anna sich aufregte, dass Caro auch im zweiten Schuljahr noch immer Mühe hatte mit dem Zehnerübergang. Lars hingegen hatte zwar keinerlei Mühe mit Zahlen. Aber mit Übergängen. Allmählich machte ihm immer mehr zu schaffen, dass Anna zusammen mit Caro auch dann seinen Vater besuchte, wenn er bei Ingri, seiner Mutter war und dass Thore an seinen kinderfreien Abenden gelegentlich Caro hütete, wenn Anna arbeitete. Das störte ihn. Immer mehr.

»Papa gehört mir«, sagte er. Und waren sie nun alle vier zusammen, durfte Caro seine Spielsachen nicht mehr anfassen. Und in der Nacht wollte Lars nun in Thores Bett schlafen, das er oft wieder einnässte, wofür Caro ihn hänselte und Lars mit Bissen in ihre Arme reagierte. Oder mit den Fäusten. Auch bei seiner Mutter nässte er wieder ein. Schließlich wollte er nicht mehr in die Schule. Ingri machte Thore für diese Entwicklung verantwortlich. Er stelle sein eigenes Wohl über jenes seines Sohnes, werfe sie ihm vor, erzählte er Anna.

»Redest du vielleicht mal mit ihr «, bat er sie, als die Schwierigkeiten anhielten. Anna lehnte ab. Vielleicht, sagte sie, bräuchten sie alle gemeinsam fachliche Beratung. Er halte nichts von sogenannten Fachpersonen, erwiderte Thore, das Thema sei für ihn durch. Die Lage aber verschlechterte sich. Noch bevor die Liebe zwischen ihm und Anna ganz mürbe wurde, würgte Thore sie ab. Von einem Tag auf den andern. Kurz vor den langen Sommerferien. Die er dieses Mal allein mit Lars im Norden verbrachte. Er schickte Caro zwei Ansichtskarten und fügte auf der letzten Zeile Grüße für ihre Mama an. Anna hob die Karten nicht auf für Caro, die zu dieser Zeit zwei Wochen bei ihrer Großmutter verbrachte, sondern zerriss sie. Eines Abends rief Annas Mutter an. Caro sei verändert. Still und in sich gekehrt. Und sie wolle nie mehr nach Hause. Aber sie musste wieder nach Hause. Musste zu Anna zurück. Dort war sie nicht mehr still, sondern aufbrausend und laut. Als die Sommerferien vorbei waren, lief Caro zweimal weg. Thore brachte sie beide Male zurück. Caro habe weinend vor seiner Haustür gesessen. Beim zweiten Mal sagte er:

»Pass besser auf sie auf!« Anna zuckte die Schultern und knallte die Wohnungstür zu. »Merke es dir«, sagte sie zu Caro, »Thore will dich nicht mehr haben.« Caro schüttelte den Kopf, stampfte mit dem Fuß auf und schrie:

»Nein, falsch, dich will er nicht mehr haben! Niemand will dich haben.«

Anna zog einen dicken Strich unter alles. Der sich Nacht für Nacht auflöste. In stummen Ansprachen. Thore, du hast mir die Luft gezeigt. Nordluft. Tromsøluft. Luft und Liebe. Und nun soll sich die Liebe in Luft auflösen? Wie soll das denn gehen? Es stellte sich keine Antwort ein, wie denn auch, war Anna doch viel zu stolz, einzugestehen, dass sie litt oder erwog, Thore umzustimmen. Für eine Liebe zu kämpfen, wie es in Ratgeberbüchern stand, fand sie absurd. Wie sollten Liebe und Kampf zusammengehen? Einzig zu Ruth, die sie oft besuchte in jenem Spätsommer, sagte sie:

»Nun bin ich niemandes Liebling mehr. Genau wie früher. Diese Rollen besetzten meine Schwestern. Anita war Vaters Liebling, Alice nahm bei der Mutter Platz eins ein.«

»Ist es denn dein Ziel, jemandes Liebling zu sein?«, fragte Ruth. Anna schüttelte den Kopf.

»Mein Frauenleben«, sagte sie, »hält keinen weiteren Mann mehr aus. Ich bin eh nicht die Art Frau, die Männer sich wünschen. Ich arbeite viel. Ich habe ein Kind, das die Übergänge nicht schafft. Und ich habe ein enges Geld- und Zeitbudget.«

Ruth schwieg eine Weile, bevor sie äußerte, Caro sei ihr Lieblingskind und mache ihr Sorgen. Sie schließe sich doch völlig ein. Sie jedenfalls komme nicht mehr an sie heran. Caro mache ihr auch Sorgen, pflichtete Anna ihr bei. Obwohl, das Mädchen komme sehr wohl an sie heran. Mit Fäusten und mit Füßen.

»Sie schlägt dich?« Ruth schaute ihre Freundin bestürzt an.

»Ja, manchmal, ja, greift sie mich an. Und es braucht ziemlich viel Kraft, solche Angriffe abzuwehren. Und irgendwie kann ich sie sogar verstehen, dass sie so reagiert. Obwohl ich dieses Verhalten nicht tolerieren darf.«

»Ihr braucht Hilfe.«

»Die hätten wir vorher gebraucht, Caro und ich.« Anna schaute ihre Freundin schulterzuckend an.

»Oder Lars hätte sie gebraucht«, fuhr sie fort, »und Thore. Oder, noch besser, wir alle vier hätten sie gebraucht. Nur hielt Thore rein gar nichts von dieser Idee. Er sei, hat er mir immer wieder erzählt, mit Ingri über Jahre in Paartherapie gewesen. Sie habe nichts gebracht, bloß Unmengen an Geld verschlungen.«

* * *

Caro erholte sich langsam, was nicht hieß, dass sie Thore und Lars nicht noch lange Zeit schmerzlich vermisst hätte. Die Zeiten in Thores Haus, das Leben zu viert.

»Immer nur mit dir zusammen macht keinen Spaß«, sagte sie oft zu Anna. Ruth hatte dafür gesorgt, dass das Mädchen zuerst eine Spieltherapie bekam und später jede Woche ein Malatelier besuchen konnte. Dort malte Caro in einer Gruppe von Kindern im Stehen und für sich allein auf großformatige, an die Wand gepinnte, weiße Blätter Bild um Bild, ohne etwas erklären zu müssen. Es gab keine Vorgaben, die Bilder wurden weder bewertet noch besprochen. Im fensterlosen Raum, der immer gleich aussah, stand in der Mitte der Palettentisch mit den Farbtöpfen, gegenüber jeder Farbe befanden sich ein Wasserglas, zwei dünne und ein dicker Pinsel. Die Kinder sprachen nur das Nötigste miteinander, keine Musik und kein Außenlärm störten.

Caro liebte die Stunden im Malatelier. Und sie liebte es, zu Hause zu zeichnen, zu malen, zu basteln und zu kleben. In der Schule hingegen hasste sie das Fach *Handfertigkeit.* Sie wehrte sich dagegen, Dinge wie Topfuntersetzer, Mobiles oder Überzüge für Klorollenhalter herzustellen.

»Wir brauchen das nicht«, sagte sie zur Lehrerin. Und wenn diese gereizt zurückfragte: »Was braucht ihr denn?«, antwortete Caro:

»Nichts, rein gar nichts.«

Zwei Jahre später war Lars mit seiner Mutter nach Norwegen gezogen. Das hatte Thore Anna mitgeteilt, per Brief, den sie unbeantwortet ließ, obwohl sie spürte, dass der Brief ein erneutes Kontaktangebot, vielleicht ein Hilferuf war. Nur, langsam hatte sich nicht nur Caro, sondern auch sie selbst etwas erholt, langsam war der gut versteckte Schmerz über die Trennung, die sie nicht gewollt hatte, kleiner geworden. Mit Thores Brief aber war sofort die Angst hochgeschossen, alles würde sich wiederholen, sollte sie ihm antworten. Nein, ein Mann, der sie gezwungen hatte, eine Liebe auszureißen wie einen Neophyten, den wollte sie nicht wiedersehen.

Später hatte sich Thore offenbar in eine Valentina verliebt, die Anna aus den Medien kannte. Diese Valentina saß erst im

Stadtparlament, dann wurde sie zur Stadtpräsidentin gewählt. Als sie und Thore heirateten, berichtete die Lokalzeitung darüber. Während bei Anna längst Arno aufgetaucht war, der Bruder von Ruth. Die später zu ihr sagte:

»Nie im Leben hätte ich gedacht, dass du und mein Bruder euch sozusagen schockverlieben würdet und das an meinem Geburtstagsfest.« Aber so war es gewesen. Anna saß in der Zeit kurz danach oft stundenlang auf dem Sofa und staunte. Dass ihr das zustieß, diese Liebe. Als geisterhafte, als glänzende aber nicht fassbare Erscheinung kam sie ihr zu Beginn vor. Als ein einziger Taumel, der sie seekrank machte und ihren ganzen Alltag verfremdete. Manchmal traf Caro ihre Mutter so an, auf dem Sofa sitzend, schön zurechtgemacht, geschminkt, ihr Haar glänzte und duftete nach Zitrone, und das Mädchen schaute sie eine Weile lang an und stellte dann die Diagnose: Verliebt. Kopfschüttelnd verließ die Dreizehnjährige den Raum. Anna war nicht in der Lage gewesen, Caro die Situation zu erklären. Auf ihre mehrfache Bitte hin hatte Ruth sich erweichen lassen und die Aufgabe übernommen. Es war das zweite anspruchsvolle Gespräch gewesen, das Ruth an Annas Stelle geführt hatte. Das erste lag schon Jahre zurück. Vor Caros Eintritt in den Kindergarten war es auch Ruth gewesen, die Caro erklärt hatte, dass sie eigentlich einen Bruder hätte, zwei Jahre nach ihrer Geburt sei er aus unbekannten Gründen viel zu früh tot zur Welt gekommen. Anna war es über Jahre nicht möglich gewesen, darüber zu sprechen. Im Grunde hatte sie das Thema erst mit dem kinderlosen Arno bereden können, der ihr, als sie sich bereits gut kannten, erzählt hatte, dass Dora, seine verstorbene Frau, drei Frühgeburten erlitten habe und sie jedes Mal gemeinsam lange getrauert hätten um die winzigen, nicht lebensfähigen Wesen.

* * *

Liebe Valentina

Viele Jahre zu spät gratuliere ich dir in Gedanken zu deiner Wahl zur Stadtpräsidentin. Und sage dir auch, wie leid es mir getan hat, dass du nach zwei Amtsperioden abgewählt wurdest. Und dass ich keine Ahnung habe, ob du deine Abwahl je verarbeitest hast, noch, was du hinterher beruflich getan hast. Ich weiß auch nicht, wo du lebst, und ob du noch mit Thore zusammen bist. Ich nehme es an. Ich hoffe es, wünsche es sehr. Ich schreibe dir, denn ich wäre gerne deine Freundin. Das ist nicht möglich, ich weiß. Wegen Thore. Denn einst war dein Ehemann mein Freund. Wir waren nicht verheiratet. Aber Thore war die Liebe meines Lebens. Das stimmt, und ich sage es noch immer, selbst wenn es pathetisch klingt, auch in meinen Ohren, was soll's, und selbst wenn auch ich später wieder verheiratet war, im zweiten Anlauf, mit Arno. Der nun tot ist. Nur ein O verbindet die Vornamen unserer Ehemänner, die dennoch so verschieden klingen wie die Männer selbst. Der helle, blaue Thore und der dunkle, grüne Arno mit einem Stich ins Braune. Ich meine das nicht etwa politisch. Ich bin Synästhesistin. Thore weiß das, du wahrscheinlich nicht. Wobei, er hat bestimmt vieles vergessen, denke ich, denn ein gutes Gedächtnis hatte er noch nie. Du bist mein Gedächtnis, hat er oft zu mir gesagt, früher. Jetzt wird er den Satz wohl zu dir sagen. Jetzt wirst wohl du sein Gedächtnis sein. Schon sonderbar, diese Rochaden.

Du lebst nun vermutlich in Thores Haus, in dem ich zwar nie gelebt habe, aber oft war, manchmal allein, manchmal mit Caro, meiner Tochter. Manchmal war Lars auch dort, manchmal war er bei seiner Mutter. Bestimmt hast du Lars kennengelernt? Caro spricht noch immer von ihm und fragt sich, was aus ihm geworden ist. Und du schläfst vermutlich nun in jenem Zimmer, in dem auch ich geschlafen habe, neben Thore, vielleicht sogar im selben Bett wie ich. Noch vernehme ich die Stimme dieses Zimmers, wenn ich mich anstrenge.

Liebe Valentina. Wäre ich deine Freundin, würden wir auch über Sex sprechen. Aber das geht erst recht nicht. Obwohl das alles ewig her ist mit Thore und mir. Und ich vergessen habe, wie sich der Sex mit ihm angefühlt hat. Er war gut, aber was heißt das schon? Ich erinnere seine Küsse. Ich erinnere, dass wir nachher oft Mund auf Mund eingeschlafen sind. Wir waren, verglichen mit heute, ziemlich jung, ich Mitte dreißig, Thore noch keine vierzig. Du schläfst mit einem andern Thore als ich. Wie auch immer, passt gut aufeinander auf. Ich wünsche mir nichts so sehr, als dass Thore und du zusammen glücklich seid. Und ihr dürft nicht sterben. Du nicht und er ganz sicher nicht. Richte das bitte Thore aus. Von mir. Dass er nicht sterben dürfe. Ihm kann ich nicht mehr schreiben. Eine alte Briefschuld verunmöglicht es. Aber ich schicke viele Grüße. Für euch beide.

Von Anna. Und vermutlich würde auch Caro Grüße schicken, wüsste sie, dass ich Thore über Umwege grüßen lasse.

* * *

Liebe Ruth

Wenn ich dir schreibe, finde ich zu mir. Sonst bin ich oft irgendwo anders, außer mir, irgendwie, das ist so seit Arnos Tod. Die Tage vergehen, immer ist schon wieder Abend, ich versuche zu arbeiten, seltsamerweise habe ich noch nie so viele neue Aufträge bekommen wie jetzt. Allerdings bin ich weder fleißig, noch effizient, unterbreche ich doch die Arbeit mindestens zweimal pro Tag und gehe lange spazieren, bloß habe ich dabei das Gefühl, nur ein Teil von mir spaziere, der andere sei anderswo. Ich gehe durch die Straßen, gehe durch die dünne Wirklichkeit, am Ende eines Sommers, und ich staune, dass es Hunde gibt und Hundehalter und Kinder auf Laufrädern und dass der Verkehr funktioniert. Ich betrachte alles ein wenig von außen, als wäre ich nicht da. Was auch stimmt. Ich bin nicht da. Ich habe Arno verloren und habe mich verloren. Seine Asche im Gemeinschaftsgrab, sein Name und seine Lebensdaten eingraviert auf einer Stele des Friedhofs, einen Teil seiner Kleider hat Caro unter ihren Bekannten verteilt, den Rest haben wir entsorgt. Sein Arbeitszimmer aber noch genau so, wie es immer schon war. Ich habe es nie mehr betreten, seit ich die Unterlagen an mich nahm, die es braucht, um den Tod eines Menschen diversen Stellen zu melden und ihn bescheinigen zu lassen.

Es ist lange her, seit Arno in seinem Arbeitszimmer am Schreibtisch Zeit verbrachte, gesund und bei Kräften, oder seit er lesend in seinem Sessel saß und mich anblickte, sein Gesicht klarte auf, wenn ich sein Zimmer betrat, obwohl ich ihn in seinen Tätigkeiten unterbrach. Irgendwann muss ich dieses Zimmer aufräumen, aber das hat Zeit, und ich hoffe, du wirst mir dabei helfen. Im Moment beschäftigen mich andere Dinge, insbesondere Fragen wie: Darf man neben der Trauer auch erleichtert sein über den Tod des nächsten Menschen? Dürfen sich Trauer und Erleichterung die Waage halten? Darf nach Momenten der Scham über mein Versagen in mir die Erleichterung gar überhandnehmen, dass der Albtraum vorbei ist? Denn die Fürsorge für den kranken Arno, wie ich sie mir zu Beginn seiner Krankheit in den zartesten Tönen ausgemalt habe, die ganze Zuwendung und die Engelsgeduld, den stoischen Gleichmut beim Erledigen selbst unangenehmster Dinge, das alles aufzubringen, liebe Ruth, es ist mir nicht gelungen. Ganz und gar nicht. Leider bin ich nicht über mich selbst hinausgewachsen, obwohl unsere Freunde behaupten, wenn man müsse, könne man alles, auch das Schwierigste. Man sei viel stärker als man glaube. Um ihre Behauptungen zu untermauern, zitieren sie aus relevanten Studien zum Thema Sterben und Tod, und wenn ich einwerfe, das seien doch bloß Theorien, sagen sie, das möge stimmen, aber es sei doch ein letzter Liebesdienst, den man dem anderen schulde. Ihm tatkräftig und einfühlsam beizustehen. Bis zum Schluss. Ich bin dazu nicht fähig gewesen. Habe mich geekelt. Vor Speichel, vor Schleim und vor Ausscheidungen. Ich habe es nicht geschafft, habe es nicht einmal versucht, Arno zu waschen, geschweige denn, ihn zu pudern, zu salben, zu pampern. Ich habe es nicht einmal geschafft, ihm später im Heim beim Essen zu helfen. Die Pampe, die ich hätte in ihn hineinschaufeln müssen, weil er nicht mehr kauen konnte, hat in mir Brechreiz ausgelöst. Und es hat mich die größte Überwindung gekostet, Arno im Heim in einem Rollstuhl durch die Flure zu schieben, mit ihm draußen spazieren gegangen bin ich kein einziges Mal. Das hat Caro übernommen. Problemlos. Ich aber wollte nicht gesehen werden, so, zusammen mit ihm in seinem elenden Zustand, wollte nicht die Frau sein, die in den Augen der Leute so tapfer zu ihrem Mann steht.

Zu Beginn habe ich Arno auf die Sprünge geholfen, wenn er ein Wort nicht finden konnte, aber bald schon schaffte ich es nicht mehr, auf seine ewig gleichen Sätze geduldig einzugehen, geschweige denn, mich zu bemühen, später sein verwischtes Gestammel zu verstehen. Oft habe ich die Nerven verloren, habe ihn angezischt, manchmal auch angeschrien. Oder ich habe die Tür zugeknallt, bin aus der Wohnung gerannt und habe ihn eine Weile lang sich selbst überlassen.

Ich habe mir alles ganz anders vorgestellt. Gelassen, gleichmütig über alle Unbill hinwegschauend, liebevoll zugewandt, in einem Wort, souverän, so wollte ich sein angesichts Arnos zunehmender Hilflosigkeit. Nur, ich war alles andere als souverän. Als Arnos Krankheit stets manifester wurde und ihn ein erneutes Ereignis endgültig zum Trottel machte – eine verbotene Bezeichnung, ich weiß, aber leider stimmig –, wurde ich zu einer Totalversagerin, schlimmer noch, zu einem Monster. Nichts lag mir ferner als Hingabe an meinen kranken Mann. Vor meinen Augen fiel unsere Liebe auseinander. Denn dieser stammelnde, sabbernde, zitternde Kranke war nicht mehr Arno. Mit diesem Wesen wollte ich am liebsten nichts mehr zu tun haben. Ich fühlte nicht einmal Mitleid mit ihm. Mein erster Gedanke in der Frühe war: Hoffentlich ist er nicht mehr da. Hoffentlich ist er weggebracht worden, ist er ganz einfach verschwunden. Logischerweise war er noch da, kein Problem löst sich über Nacht von selbst.

Es wäre gut, ein Spitalbett anzuschaffen, das man per Knopfdruck hoch- und runterfahren könne, riet die Fachfrau vom ambulanten Pflegedienst, die nun täglich morgens und abends kam. Aber ich wollte kein solches Bett in unserer Wohnung stehen haben. Keinen Gehstock und keine Gehhilfe auf Rädern im Flur, keine Schnabeltasse auf der Ablage. Hundertmal am Tag schloss ich die Augen und sofort war alles nicht mehr wahr. Hundertmal war ich davon überzeugt, bloß zu träumen. Bald würde ich erwachen und alles wäre wie vorher. Ich säße vor dem Bildschirm und läse irgendeinen Jahresbericht Korrektur, während Arno in der Küche einen seiner berühmten Eintöpfe zubereitete für unsere Freunde, die uns abends besuchen würden, vielleicht hätte auch Ruth Lust, mitzuessen, ich würde ihr gleich eine Message schicken. Ich öffnete die Augen und wollte schon zum Handy greifen, als mich mit einem Schlag die Wirklichkeit wieder packte und die Wut und der Zorn.

Die Pflegerin erledigte Arnos Körperpflege und half ihm beim Anziehen. War Caro da, half sie ihr. Sie war geschickt, nur ich sträubte mich gegen Tipps. Wollte keine Handgriffe erlernen. Die Pflegerin merkte es und sagte eines Tages im Wohnzimmer und in Arnos Anwesenheit zu mir, ich solle mir vorstellen, Arno sei ein Baby. Dann würde mir alles leicht von der Hand gehen. Ein Baby müsse schließlich gepflegt werden, gefüttert, gewaschen, gewickelt, bezärtelt und verwöhnt, und genauso solle ich meinen Mann behandeln. »Nehmen sie ihn als Baby. Er wird sie anlächeln wie ein Baby, Ihnen die Arme entgegenstrecken wie ein Baby, sie werden ohne Worte zusammen kommunizieren, denn bald wird ihr Mann gar nicht mehr sprechen können, sondern nur noch brabbeln wie ein Baby.« Als ich nicht reagierte auf ihren Ratschlag, insistierte sie: »Sie haben doch eine Tochter, Frau Widmer. Sie ist jetzt erwachsen, aber Sie erinnern sich bestimmt daran, wie es war, als sie noch ein Baby war.« Als ich immer noch schwieg, sagte sie: »Und sonst schauen Sie sich mal wieder die Fotos an aus jener Zeit.« Ich zuckte die Schultern, und als ich spürte, dass die Pflegerin nicht mehr wusste, was sie sonst noch sagen könnte, um einen kleinen Funken an Empathie und pflegerischen Fähigkeiten in mir zu wecken, sagte ich: »Meine Tochter war ein hübsches Baby, und sie hat die ersten vier Monate ihres Lebens durchgeschrien. Wenigstens das tut er nicht«, und ich deutete auf Arno, der zusammengesunken auf dem Sofa saß und ins Leere starrte. Die Pflegerin gab mir einen Blick, in dem Unverständnis und Abscheu lagen. Sie ging zum Sofa, setzte sich neben Arno und streichelte seine Hand: »Sehen Sie, so«, sagte sie, und sie streichelte mechanisch weiter. Wenig später entzog ihr Arno seine Hand, ballte sie zur Faust und boxte sie in den Unterarm. Ich applaudierte, eine Freude schoss in mir hoch, ich ging zu Arno und umarmte ihn. Bravo, sagte ich, du bist ein Boxer, kein Baby. Vielleicht zuckte für den Bruchteil einer Sekunde so etwas wie mir vertrauter Schalk auf in seinen Augen, jedenfalls verzog er den Mund, was ein Lächeln andeuten sollte, bevor er wieder in sich selbst versank.

An diesem Nachmittag las ich ihm ein paar Märchen vor, die er liebte und passagenweise auswendig konnte, aber er horchte selbst bei diesen Stellen nicht auf, geschweige denn, dass er übernahm und sie aus dem Gedächtnis zitierte, was ich verrückterweise gehofft hatte. Vielmehr hing er mit halb geschlossenen Augen sabbernd im Sessel, ich klappte das schwere Buch zu und es schauderte mich beim Gedanken, der plötzlich aufblinkte: Damit könntest du ihn erschlagen. Ich stand auf und versteckte das Buch im Regal hinter den großen Bildbänden und verließ fluchtartig die Wohnung. Anderntags schickte der Pflegedienst eine andere Fachfrau und bald hatte Arno die Kraft nicht mehr für die paar Schritte in der Wohnung und er kam ins Heim. Du weißt, dass ich darüber erleichtert war. Sehr sogar. Täusche ich mich oder warst du es nicht auch? Du hast uns zum Glück oft besucht in der Zeit vorher, hast dich aber meist auffällig schnell in der Küche zu schaffen gemacht oder dich um die Bügelwäsche gekümmert. Und beim Essen hast du ab und zu leise einen Satz gesagt, den ich aus dem Mund meiner Mutter erinnerte, als ihre eigene Mutter zusehends verelendete. Das ist doch keine Zuversicht. Und wenn du und ich uns zum Abschied umarmten, schimmerten jedes Mal Tränen in deinen Augen. Wie hältst du das bloß aus, hast du mich einmal gefragt. Gar nicht, habe ich geantwortet.

Liebe Ruth, je mehr ich mich jetzt bemühe, Arnos Wesensveränderung, seine Gebrechlichkeit, seinen Niedergang und die Zerstörung seiner Persönlichkeit und seiner Physis zu vergessen, desto deutlicher steht mir diese Zeit vor Augen. In immer neuen Bildern. Mein größter Wunsch ist, sie löschen zu können. Als hätte es das alles nie gegeben, nicht Arnos Krankheit, nicht seinen Aufenthalt im Pflegeheim und nicht seinen einsamen Tod. Ich würde gerne als trauernde Hinterbliebene eines sanft Entschlafenen für dich und vor allem für mich eine stille Welt nachzeichnen, in der er und ich uns zuletzt bewegten, mit Musik und einem angenehmem Raumduft und gedimmtem Licht und großen Blumenbouquets in schönen Vasen, ich würde an seinem Bett sitzen, hätte ihm Tee gebracht, wir würden uns an den Händen halten, ich würde bei ihm liegen und wir würden uns wochenlang auf diese Weise voneinander verabschieden. Aber so sind Krankheit, Siechtum und Sterben nun mal nicht. Wir haben, auch wenn es unter unserer Würde ist, einen Körper und der macht, je älter und schwächer er wird, immer stärker, was er will. So, wie mir niemand gesagt hat, wie qualvoll eine Geburt wirklich ist, und wie ausgeliefert Frauen ihrem Körper dabei sind, nur noch gequälte Kreaturen, die eine andere, zwar viel kleinere, aber mit elend großem Kopfumfang ausgestattete Kreatur aus sich herauspressen müssen und dabei zerreißen oder ungefragt aufgeschnitten werden, so hat mir auch niemand anschaulich erzählt, dass irgendwann im Leben der Körper mit sturer Vehemenz die Macht übernimmt und gegen Ende vollends das Sagen hat und es dann alles andere als manierlich und sanft zu- und hergeht. Der Unterschied zwischen Ankunft und Abfahrt besteht für mich einzig darin, dass ich gleich nach Caros Geburt überschwemmt wurde von einer Liebesflut, die mir kurze Zeit später auch Angst machte, bedeutete sie doch, fortan Mutter zu sein und also zuständig für ein Leben, das ungleich größer und wichtiger war als das eigene. Zwar hatte die kleine Kreatur meinen Körper verlassen, hatte sich aber tief darin eingeschrieben und ihn somit für immer verändert. Dagegen fühlte ich gleich nach Arnos Tod nichts als vielleicht vage Erleichterung.

Du musst jetzt stark sein, sagten damals viele zu mir. Aber ich war es nicht. Ich spürte nur, wie ich versteifte. Innen und außen. Jede Bewegung schmerzte. Ich erstarrte und taue erst jetzt langsam wieder auf. Aber eine starke Person bin ich nicht. Arno war es. Ein starker, stiller Mensch.

Klar, er und ich haben zwar über die sogenannten letzten Dinge geredet, lange bevor er krank wurde. Alles schön und gut, und alles Makulatur. Was ich weiß, wäre ich an Arnos Stelle gewesen, er hätte alles viel besser gemacht. Während ich an mir selbst Seiten kennengelernt habe, vor denen ich mich bis heute fürchte. Nie mehr werde ich jemandem, auch dir nicht, Geleitschutz für den Schlussspurt versprechen und erwarte es auch nicht von dir. Vielleicht ändern wir unsere Meinung, wenn wir dereinst über den klaren Blick des Alters verfügen, was eh ein Märchen ist. In Wahrheit, wir wissen es, trübt sich im Alter der Blick. By the way, willst du eine von Arnos zahlreichen Lesebrillen haben?, fragt dich deine Anna

Sie druckte den Brief aus, dann löschte sie ihn auf ihrem Computer, faltete die Blätter, lege sie in einen Umschlag, schrieb Ruths Adresse darauf und legte ihn in ihre Handtasche. Dort würde der Brief bleiben, als ein Mahnmal, das sie mit sich herumtragen würde. Nur, war ein nicht abgeschickter Brief überhaupt ein Brief? Sein Umschlag würde mit der Zeit gewiss schmutzig werden, die Ecken vielleicht einreißen. Ruths Adresse aber, mit einem Kugelschreiber geschrieben, wäre noch lange Zeit deutlich lesbar.

In den folgenden Wochen nahm Anna den Brief immer wieder in die Hand in der Absicht, ihn zu zerreißen. Sie tat es dann doch nicht. Ihn in einen Briefkasten zu werfen kam allerdings auch nicht infrage. Sie musste diesen Brief wohl noch eine ganze Weile mit sich herumtragen. Vielleicht, dass sie ihn eines Tages öffnen und wieder lesen würde. Sie würde darin einer Person begegnen, vor der sie sich fürchtete. Und einer nie wiedergutzumachenden Schuld würde sie begegnen. Etwas Schwarzem, so groß und so dunkel, wie sie sich den Winter im nördlichsten Norwegen vorstellte. Den sie noch nie erlebt hatte. Thore, dachte sie, du kennst diese Winter. Ob auch Valentina sie mittlerweile kannte? Und ob Thore ihr je erzählt hatte von den Sommern weit nördlich des Polarkreises, die sie zusammen verbracht hatten, zu viert, er und Lars, sie und Caro? Oder ob diese Valentina keine Ahnung hatte von ihrer Existenz? Würde zu Thore passen, das Schweigen über Vergangenes. Jedenfalls löschte Anna später den Brief an Valentina, sie hätte ohnehin nicht gewusst, wohin sie ihn hätte senden sollen. Diesen Brief wenigstens gab es nicht mehr.

6

Arno und Ruth, die Direktorenkinder, wuchsen in einem größeren Dorf in einer Villa auf. In der ersten, zweiten und dritten Etage. Im Parterre der Villa befand sich die Bankfiliale, der ihr Vater als Direktor vorstand. Selbst die Mutter wurde von den Leuten mit Frau Direktor angesprochen, obwohl sie tagsüber bloß in einem winzigen Büro im hinteren Bereich der Bankräumlichkeiten saß und sich dort Tätigkeiten widmete, die nichts mit Bankgeschäften zu tun hatten. Die Frau Direktor setzte sich für das Gemeinnützige ein, zum Beispiel für Mütter, die sich nach zahlreichen und oft schwierigen Geburten im Mütterheim erholen durften, während zu Hause eine Familienhelferin nach dem Rechten schaute.

Das rosafarbene Direktorenhaus, eine Jugendstilvilla mit einem markanten Eckturm und einer von der Straße abgewandten, von Reben umrankten Gartenseite, befand sich im Dorfzentrum. Eine elegante Steintreppe führte vom Trottoir aus über den Vorgarten direkt in den Schalterraum der Bank. Im hinteren, für die Kundschaft nicht einsehbaren Teil gab es Angestelltenbüros und ein internes Treppenhaus, das aber nur die Eltern benutzen. Arno und Ruth, die Haushälterin sowie alle, die nicht in die Bank wollten, betraten das Haus über den Seiteneingang im Eckturm, wo sich das Treppenhaus befand mit seinen Steinstufen, dem kunstvoll geschmiedeten Metallgeländer und dem hölzernen Handlauf, den Arno immer wieder als Rutsche benutzt hatte, während Ruth die Steinstufen in rasendem Tempo hinunterrannte. Entkommen wollte sie diesem Haus, diesem Direktor, seinem stets vermessendem Blick aus blaugrauen Glupschaugen, seinem abendlichen, ewig gleichem

Geklimper auf dem Klavier, das sich sonntags zu einer quälend langen Darbietung auswuchs. Dem Geruch, den der Direktor verströmte, wollte sie entkommen, einem Gemisch aus Rasierwasser und Tabak. Der Direktor rauchte sowohl im Schalterraum der Bank wie auch oben im Salon Zigarren, von denen entweder jede Einzelne in einer Metallhülse steckte oder aber ein ganzes Sortiment in einem hölzernen Kistchen mit Schiebedeckel lagerte. Sowohl die einzeln verpackten Zigarren wie auch jene aus den Holzkistchen waren mit einem bedruckten Papierring versehen, den der Direktor, hatte er gute Laune, der kleinen Ruth zum Spielen überließ. Hatte er ganz gute Laune, überließ er ihr auch die Metallhülsen oder ein leer gewordenes Zigarrenkistchen, in dem sie Stifte aufbewahrte, winzige Gummitierchen und allerlei Krimskrams, später Zettel, Ansichtskarten und getrocknete Rosenblätter.

Musste Ruth die Treppenstufen wieder hochsteigen, tat sie es langsam, blieb in der Zwischenetage stehen und schaute dort immer wieder aus dem Bleiglasfenster, das ihr, kniff sie die Augen zusammen, einen seltsam verschobenen Blick in den Garten bot. Oft betrachtete sie auch das Rautenmuster des Bodenbelages und dachte sich immer wieder neue Regeln aus, wie sie über diesen Boden zu gehen hatte.

Im Dachgeschoss des Hauses bewohnte die Haushälterin ein winziges Zimmer, zu dem ein dreihandtuchgroßes Bad gehörte. Der restliche Dachboden war so groß, dass Arno und zehn Jahre später Ruth hier als Kleinkinder ihre Runden auf einem Dreirad gedreht hatten, beaufsichtigt von der Haushälterin, die im Winter dort die Wäsche aufhing. Sie hieß Helene, und so wurde sie auch von allen Familienmitgliedern angesprochen, auf Befehl des Direktors wurde sie gesiezt, daran hatten sich auch Arno und Ruth zu halten. »Sie Helene«, sagte Arno also, »ich habe solchen Hunger.« Oder aus dem Mund von Ruth, als Arno schon im Studium war:

»Sie Helene, können Sie mir den Dreisatz bitte nochmals erklären? Ich kapiere die Rechenaufgaben nicht, lauter angewandte Beispiele.«

Angewandte Beispiele seien gut, äußerte Helene, so lerne Ruth etwas fürs Leben. Und sie erklärte dem Mädchen geduldig den Lösungsweg und half ihm auf die Sprünge: *Fünf Arbeiter brauchen für die Aushebung eines Grabens drei Stunden und dreißig Minuten. Wie lange dauert es, wenn nur drei Arbeiter graben?* Als Ruth nach langem Überlegen auf das Ergebnis gekommen war, sagte Helene, es stimme zwar, sei aber wohl doch nicht richtig.

»Warum denn nicht, Sie haben doch selbst gesagt …«

»Überleg doch mal!«, fiel Helene Ruth ins Wort: »Von welchen Voraussetzungen geht diese Aufgabe aus?«

»Dass eine Stunde sechzig Minuten hat.«

Richtig, eine Stunde habe immer sechzig Minuten, bestätigte Helene, aber darum gehe es nicht. Ruth hörte nicht mehr hin, als die Haushälterin zu einer langen Erklärung ansetzte, Hauptsache für sie, die Resultate stimmten, der Direktor kontrollierte sie jeden Abend. Wer nicht mit Zahlen umgehen kann, lautete sein Credo, hat verloren. Als Helene noch immer weiterredete und etwas von älteren Arbeitern und Italienern auf Baustellen und im Straßenbau sagte, vernahm Ruth tatsächlich die Stimme des Direktors. Er hatte die Küche so leise betreten, dass weder sie noch Helene ihn gehört hatte und offenbar hatte er vorher an der Tür gelauscht.

»Helene, setzen Sie dem Mädchen bitte keine Flausen in den Kopf!«, herrschte er sie an. »Hauptsache, es kapiert das Lösungsprinzip bei Dreisätzen. Ist ja nicht so schwer und sollte auch in sein Spatzenhirn reingehen. Anstatt dass Sie hier gewerkschaftlichen Blödsinn breitschlagen, kümmern Sie sich besser darum, dass unten Getränke vorhanden sind.« Helene wurde rot.

»Mach ich«, sagte sie und griff zum Kellerschlüssel, der an einem Haken über der Spüle hing. Als sie sich schon zum Gehen gewandt hatte, den Schlüssel in der Hand, drehte sie sich nochmals um, schaute dabei weder Ruth noch den Direktor an, und sagte:

»Die Rechenaufgabe geht davon aus, dass alle Arbeiter gleich schnell graben. Ein völliger Unsinn. Junge und Kräftige arbeiten doch schneller als Alte und Ausgelaugte. Zudem brauchen alle dazwischen mal eine Pause. Bezahlt natürlich«, fügte sie noch an, drehte sich um und ging.

Jeden Samstagnachmittag, wenn Helene die Räumlichkeiten im Parterre geputzt und den Haselnusskuchen für den Sonntag gebacken und verziert hatte, verließ sie die Familie und fuhr mit dem Fahrrad der Frau Direktor zu ihrer alten Mutter ins Nachbardorf. Sie kam erst am Montag frühmorgens wieder zurück, was hieß, dass sie Arno praktisch nicht mehr zu Gesicht bekam, seit er als interner Schüler ein Gymnasium besuchte und nur an den Wochenenden nach Hause fahren durfte.

In der Küche übernahm die Mutter, wenn Helene nicht da war. Am Samstagabend gab es kalte Platte. Hinterher spielte der Direktor im Salon Klavier, die Mutter, Arno und Ruth eingepflanzt auf der Polstergruppe, unter einer Stunde gab es kein Entkommen. Am Sonntag stand die Mutter in aller Herrgottsfrühe auf und kochte: Rollbraten, gefüllte Filets, Schweinerippchen, Rindsrouladen, Kalbsvoressen. Je nach Saison Rehragout, Kaninchenbraten, Ochsenschwanz, Forelle blau, Weihnachtsgans. Dazu Kartoffeln in allen Variationen und Gemüse. Zur Vorspeise Suppe. Zum Nachtisch eine russische Crème, aufgetragen zusammen mit dem Haselnusskuchen. Diese Arbeiten plante sie so, dass sie sich dazwischen präsentabel herrichten konnte, um am Arm ihres Gatten das Hochamt besuchen zu können. Kochen gelernt habe sie in einem Mädchenpensionat in der Westschweiz, erklärte sie allfälligen Besuchern, erkundigten sie sich nach ihren Kochkünsten.

»Nachher machte ich den ›Handel‹, in französisch und mit Diplom«, fügte sie jedes Mal ungefragt an.

Nach dem Mokka – der Direktor sagte nie Kaffee, stets Mokka – zogen er und die Mutter sich ins Schlafzimmer zurück, Arno musste sich um Ruth kümmern, was er gerne tat. Wenn es regnete, erzählte er Geschichten oder spielte ihr auf dem Dachboden ein Kaspertheater vor. Bei schönem Wetter ging er mit ihr spazieren, nach einem kurzen Stück durchs Dorf bogen sie ab auf einen kleinen Pfad, der direkt zum Wald führte. Dort baute Arno für seine kleine Schwester eine Hütte aus Ästen und Zweigen. Er hatte keine Freunde mehr im Dorf, als Einziger seiner Klasse war er im Internat gelandet.

Nach erfolgreichem Abschluss des Gymnasiums trat Arno sein Studium an. Mathematik. Ihm hatten alle Studienrichtungen offengestanden, eine Weile lang war er überzeugt gewesen, Arzt zu werden, sich vielleicht später zu spezialisieren auf das Fachgebiet Psychiatrie, nur weder ein Jurist noch ein Ökonom würde aus ihm je werden, da war er sich sicher. Gegen Ende seines Studiums trat die fünfzehnjährige Ruth ihre Ausbildung zur Lehrerin an. Die Ausbildungsstätte befand sich zu ihrem Entzücken weit entfernt von zu Hause. Sie wohnte im ersten Jahr in einem Dachzimmer im Haus von Freunden der Eltern, ab dem zweiten Ausbildungsjahr lebte sie bei Arno, der sein Studium abgeschlossen hatte, einen ersten Job antrat und seine erste eigene Wohnung bezog. Der Job bei einer Versicherung war ihm bald so zuwider, dass er sich erneut und ohne Wissen des Direktors an der Uni einschrieb und Vorlesungen in Psychologie und Psychopathologie besuchte, die zwar zu keinem Abschluss führten, aber zu seinem Entschluss, sich an einem Gymnasium als Mathelehrer anstellen zu lassen. Der Direktor schäumte, als er das vernahm.

»Ein Lehrer ist also aus dir geworden, ein simpler Lehrer«, höhnte er, »das wirst du bald bereuen, und wie!« Die Mutter tat ihr Bestes, den Sohn umzustimmen, damit er doch noch einschwenkte auf den ihm vorgezeichneten Weg. Arno winkte jedes Mal entschieden ab. Schließlich zog ins Parterre der Direktorenvilla eine Apotheke ein, nachdem die Bankfiliale nur zwei Jahre nach der Pensionierung des Direktors geschlossen wurde. Ein viel zu junger Lümmel aus dem Hauptsitz der Bank habe seinen Posten übernommen und es fertiggebracht, die Filiale in kürzester Zeit herunterzuwirtschaften, verbreitete der Altdirektor im Dorf. Arno aber war längst verheiratet und lebte als Gymnasiallehrer mit der gleichaltrigen Dora, so hieß seine Frau, in einer Stadt an einem See. Die beiden hatten sich an Doras Arbeitsort kennengelernt, im Reisebüro, das sie leitete. Ruth lebte als junge Lehrerin eine Weile lang in derselben Stadt, sie ging bei Arno und Dora ein und aus, als wäre dort auch ihr Zuhause, obwohl sie eine eigene Wohnung hatte. Sie brachte die Männer, mit denen sie grad eng war, mit zu Arno und Dora, zum Essen, zum Reden, zum Urlaub machen im Ferienhaus der Eltern, in dessen Räumen mit den in die Jahre gekommenen Möbeln und den dicken Vorhängen es zu Beginn stets muffig roch, bevor Sonnenlicht und Wärme durch die tagelang geöffneten Fenster eindrang und die dicken Hausmauern sich erwärmten. In der Küche des Ferienhauses tropfte der Wasserhahn seit Jahren, sodass sich in die eierschalenfarbene Steingutspüle zum Abfluss hin ein bräunlicher Fluss eingezeichnet hatte.

Selten, sehr selten, besuchten Arno und Ruth die Altdirektoreneltern, und wenn sie über sie sprachen, landete das Gespräch nach kurzer Zeit bei Helene. Dass aus ihnen beiden ohne Helene andere Menschen geworden wären, darin waren sie sich einig. Helene, die für Arno ein eigenes Süppchen kochte, das aber gleich aussah wie jenes der Erwachsenen, aber keine Zwiebeln enthielt. Die für Ruth ein kleines Kätzchen so lange in ihrem Zimmer auf dem Dachboden versteckt hielt, bis es schon halb ausgewachsen war und sie es in den Garten mitnahm, wenn sie dort beschäftig war und das Tier hinterher wie zufällig und mit dem Einverständnis der Frau Direktor immer wieder ins Haus kam, allerdings versteckt vor den Blicken des Direktors. Der zum Erstaunen aller die Tigerkatze hochhob, als er sie das erste Mal entdeckte, sie streichelte und mit ihr redete:

»Na, du Schöne«, sagte er, »wie heißt du denn?« Ruth hielt den Atem an, Helene aber sagte:

»Wie sollen wir das wissen, das Tier ist uns ja eben zugelaufen.« Der Direktor sagte nichts, das Tier sprang von seinem Schoß.

»Die Schöne hat wohl Hunger«, meinte er dann, »schauen Sie zu, Helene, dass sie was zu essen kriegt. Geben Sie ihr aber um Himmels willen keine Milch, nur Wasser, Katzen kriegen Durchfall von Milch.«

»Warum weißt du das?« Staunend lächelte Ruth den Direktor an, vielleicht erstmals, seit sie eine Schülerin und kein kleines Mädchen mehr war.

»Das weiß man doch einfach«, lautete seine Antwort, dann beobachteten alle die Katze, die ohne Hast die kleinen Stückchen fraß, die Helene ihr von der großen Wurst abgeschnitten und auf den Boden gelegt hatte. Von da an lebte die Katze nicht nur in der Direktorenwohnung, sondern in allen Etagen der Villa, sie durfte die interne Treppe benutzen, die zu den Bankräumlichkeiten führte, dort an der Tür kratzen und miauen, ihr wurde umgehend geöffnet, entweder vom Direktor selbst oder von seinen Mitarbeitern, die alle die Anweisung bekommen hatten, dem Tier Einlass zu gewähren, wenn es sich meldete. Stefan, so hatte der Direktor das Tier getauft, obwohl es eine Stefanie war, was sich später in Form dreier Katzenkinder zeigte, die sie, aus Versehen eingesperrt im Schalterraum der Bank, dort zur Welt gebracht hatte.

In ihren Gesprächen kamen Arno und Ruth immer wieder auf Helenes resolute Seite zu sprechen. Ihnen gegenüber war sie zwar nachsichtig gewesen, gegenüber ihren Arbeitgebern hingegen hatte sie immer wieder äußerst mutige Auftritte an den Tag gelegt. Nicht nur, dass sie sich eine jährliche Lohnerhöhung und eine tägliche Zimmerstunde erkämpft hatte, nicht nur, dass sie eines Tages bekannt gab, mittwochabends künftig nicht mehr zur Verfügung zu stehen, weil sie sich mit anderen Hausangestellten treffen würde, nach Jahren ohne Urlaub hatte sie schließlich drei Wochen pro Jahr durchgesetzt. Eine Woche davon verbrachte sie bei ihrer Mutter, die beiden anderen Wochen waren im Grunde gar kein richtiger Urlaub, blieb Helene doch nach dem gemeinsamen zweiwöchigen Sommerurlaub der ganzen Direktorenfamilie im eigenen Ferienhaus für zwei weitere Wochen dort. Nicht etwa allein, sondern in Begleitung der beiden Kinder, später nur noch zusammen mit Ruth. Es war vor allem Urlaub von den Herrschaften, wie Helene die Eltern und all ihre Gäste nannte, die nicht nur zahlreich sommers im Anwesen im Süden auftauchten, sondern auch das ganze Jahr über in der Direktorenvilla. Geschäftsfreunde, die mit dem Direktor in der zweiten Stube allein dinierten und von hinten bis vorne bedient werden wollten, nicht zu vergessen der donnerstägliche *Thé des dames* der Frau Direktor. Wöchentlich lud sie ihre engsten Vertrauten zu ungezwungenen Treffen ein, lauter Damen wie sie, die sich für das Gemeinnützige einsetzten und im Laufe der Zeit so etwas wie Freundinnen geworden waren. An diesen Treffen wurden keine Geschäfte besprochen, dazu waren die Vorstandssitzungen da. Frau Direktor präsidierte den Frauen- und Mütterverein im Dorf und war im Vorstand der Pfarreibibliothek. Überdies plante sie, eine Stiftung zu gründen, deren Zweck die Förderung begabter, aber bedürftiger Jugendlicher war. Dazu brauchte sie die Unterstützung ihres Mannes beziehungsweise seine geschäftlichen Verbindungen, kurz, eine Bank in ihrem Rücken.

Der *Thé des dames* aber diente dem Gedankenaustausch. Oft ging es in den Gesprächen der Damen um eine Theateraufführung in der nahen Stadt, um ein Konzert in der Tonhalle, das von ganz anderem Kaliber war als das Jahreskonzert der Dorfmusik, an dem man sich zu zeigen hatte. Immer häufiger redeten die Damen über ihre Hausangestellten, die zwar berechtigte, aber schwer zu erfüllende Forderungen stellten. Ab und zu waren die Kinder ein Thema, und im zweiten Teil der Treffen, wenn die Teetassen durch Sektgläser ausgetauscht worden waren und zum Sekt Canapés gereicht wurden, waren es auch die Ehemänner. ›Weiberrat‹ nannte der Direktor den *Thé des dames*, im Übrigen aber legte er Wert auf das gemeinnützige Engagement seiner Frau, das sich gut machte. Dazu passte in seinen Augen ihr Vorhaben, eine Stiftung zu gründen, aber der Entscheid fiel im Hauptsitz der Bank. Dort hatte der Direktor ihre Idee deponiert, sie selbstredend als die eigene dargestellt, und hatte dennoch das obere Gremium damit nicht überzeugen können. Da nützte es auch nichts mehr, dass seine Gattin beim Souper des folgenden Jahresausfluges der Bank nochmals auf das Thema zu sprechen kam im Gespräch mit dem Vorsitzenden.

In den zwei Wochen allein mit den Direktorenkindern im Ferienhaus erholte sich die dienstfertige Helene von ihrer Arbeit während des ganzen Jahres. Obwohl, sie putze vormittags, polierte Fußböden und Fenster, wusch die gesamte Bett- und Tischwäsche, zupfte das Unkraut aus zwischen den Steinplatten des Eingangsbereiches und frischte die Möbel mit Politur auf. Nur das Nebengebäude mit dem verfallenden Pferdestall betrat sie nie. Es war in ihren Augen ein einziger Schandfleck, den man dringend abreißen sollte, verschandelten doch seine feuchtfleckigen Mauern das ganze Anwesen. Warum das niemandem auffiel, verstand sie nicht.

Sie kochte, was die Kinder sich wünschten: Gefüllte Omeletten, Milchreis, Pudding, Grießschnitten mit Kompott, Nudeln mit Sauce, Riz Casimir ohne Fleisch, dafür mit Mischgemüse aus der Dose. Nachmittags machte sie es sich im Schatten eines

Sonnenschirmes auf einem Liegestuhl bequem und las, manchmal nickte sie dazwischen kurz ein.

»Wenn jetzt noch meine Mutter hier wäre«, sagte sie zu Ruth, »wäre es das Paradies auf Erden.« Für Arno und Ruth waren die Wochen ohne die Eltern reines, fast ungetrübtes Glück. Ruth vermisste einzig Stefanie, die mit dem Direktor und der Mutter zusammen hatte abreisen müssen. Mittlerweile schlief die Katze immer häufiger am Fußende des Direktorenbettes.

Kurz nachdem die Bankfiliale geschlossen worden war, verstarb die Frau Altdirektor. Im Krankenhaus. Magenkrebs. Vorher hatte Helene sie in der Villa gepflegt, hatte an ihrem Bett gesessen und ihr Schleimsuppe eingeflößt, später bloß noch Tee, während der Altdirektor allein im Esszimmer hinter seiner Berner Platte saß und halt in Gottes Namen für zwei aß. Helene hatte der Kranken stets pünktlich die Medikamente verabreicht, bis gar nichts mehr ging und die Frau Altdirektor auch nicht die kleinste Pille mehr schlucken konnte.

Nach ihrem Tod quittierte Helene ihren Dienst in der Villa und zog in das Dorf ihrer Mutter. Der Altdirektor hingegen blieb dort wohnen, speiste zweimal pro Tag im Restaurant, oft in Gesellschaft ehemaliger Mitglieder des Gemeinderates oder Besitzer kleiner Firmen, die ihre Geschäfte zwar den Söhnen übergeben hatten und doch immer noch ein Wörtchen mitredeten, alte Herren nun alle, die nach dem Essen lange sitzen blieben und Zigarren rauchten. Nur beim Kartenspielen konnte der Altdirektor nicht mithalten, dieses Spiel hatte er zeit seines Lebens verachtet, was Helene nicht daran gehindert hatte, es heimlich Arno und später auch Ruth beizubringen, und selbst die Frau Direktor war einer abendlichen Runde Kartenspiel nicht abgeneigt gewesen, vorausgesetzt, ihr Herr Gemahl war außer Haus, was oft vorkam.

Nun bezahlte der Altdirektor eine Gemeindehelferin dafür, dass sie sich regelmäßig um die Belange seines geschrumpften

Haushaltes kümmerte. Er erfreute sich noch viele Jahre einer prächtigen Gesundheit, während bei Arnos Frau Dora, die nie geraucht und nur selten ein Glas Wein getrunken hatte, metastasierender Brustkrebs diagnostiziert wurde. Die Metastasen hatten bereits die Leber befallen, sie war zweiundfünfzig, als sie starb.

Dann brach sich der Direktor bei einem Sturz den Oberschenkelhals und konnte nach der OP nicht mehr in die Villa zurückkehren. Er zog in eine Altersresidenz am See. Sei es, weil er nun wirklich alt war, sei es, weil ihm das Residenzessen nicht schmeckte und er in seinem Zimmer nicht rauchen durfte, sondern nur noch im Raucherzimmer oder noch besser, an der frischen Luft, wohin es ihn zeitlebens nie gezogen hatte, der Altdirektor wurde nach einer Grippe ernsthaft krank und kam ins Krankenhaus, wo er dank Medikamenten langsam verdämmerte und nach drei Wochen verstarb. Seine Beerdigung hatte er bis ins Detail geregelt, sein Testament bei einem Notar hinterlegt. Er hinterließ Arno und Ruth die Villa, die sie umgehend verkauften, das Anwesen im Süden und ein ansehnliches Vermögen. Sie ließen das Ferienhaus nach den Plänen eines dort ansässigen Architekten, der sehr genau verstanden hatte, was den beiden vorschwebte, sorgfältig sanieren, nur das Nebengebäude blieb vorderhand, wie es war. Arno wäre dafür gewesen, es abzureißen, Ruth hingegen konnte sich noch nicht zu diesem Schritt entschließen. So blieb es stehen und moderte vor sich hin. Das Haus hingegen erstrahlte in seinem ihm schon immer zu eigen gewesenen, im Lauf der Jahre bloß etwas ausgewaschenem Glanz. Seine entrümpelten, neu möblierten und gut ausgeleuchteten Räume erinnerten in nichts mehr an die etwas düstere und, zumindest in Ruths Erinnerung, doch geheimnisvolle Atmosphäre von früher. Zum kleinen Einweihungsfest mit Freunden luden Arno und Ruth auch Helene ein, die alle Räume inspizierte, treppauf und treppab ging, langsamer als früher, aber voller Begeisterung.

7

Liebe Ruth

Am Nachmittag sind wir hier eingetroffen, Caro und ich, in deinem riesigen Ferienhaus, und wir haben das ganze Anwesen gleich mal aus dem Winterschlaf geholt. Wir sind den Wesen auf den Leib gerückt, die glaubten, hier auf den Fensterbänken überwintern zu können, den Spinnen, den Motten, den Fliegen, alle leblos, genau wie auch die Riesenheuschrecke. Neben vielen anderen Insekten haben zwei Eidechsen den Winter im Haus nicht überlebt, eine lag tot in der Dusche, die andere unter dem Sofa. Ich war die Kammerjägerin und machte kurzen Prozess mit all den Fliegern und Kriechern, die mir, auch wenn sie längst nicht mehr lebten, den Atem nahmen und auch den Mut für weitere Putzaktionen. Du hättest gleich noch die Fenster geputzt, was ich auf die nächsten Tage verschiebe.

Die Zeit wird zahm hier im Süden, du weißt es. Besonders dann, wenn wir die Räume nach Langem wieder betreten und sie erneut füllen müssen. Mit unseren Gedanken und unseren Träumen. Mit unseren Leben. Ich mit meiner Trauer, noch immer. Caro mit ihrer Zerrissenheit. Obwohl, ich bin froh, dass sie da ist und ich nicht allein hier bin. Sie ist wie immer instabil, aber sie liebt dieses Haus und interessiert sich für seine Geschichte und für alles, was sich hier abgespielt hat. Zusammen schließen wir an das an, was hier schon war, in diesem großen Haus, dem Treppenhaus mit seinen steinernen Tritten und dem langen Flur im oberen Stock. Eine Hexe habe hier gewohnt, hast du mir erzählt, als ich das allererste Mal hier war und das Haus noch euren Eltern gehörte. Ein Arzt habe es erbaut. Und im verkommenen Nebengebäude, das nur Caro gerne betritt, seien Pferde gehalten worden, daneben wohl auch zwei Hausschweine, über den Stallungen der Heuboden und in einem offenen Verschlag noch immer das Holzlager. Der Arzt habe hoch zu Pferd seine im Tal weitverstreut wohnenden Patienten besucht. Wann genau das wohl gewesen ist?

Es gäbe so viel zu erforschen. Und gestern war ein ziemlich kühler Tag, Caro hat Holz geholt und wir haben das erste Feuer gemacht in der offenen Feuerstelle der Küche. Wie gemütlich ist denn das? Wenn ein großer Korb, gefüllt mit Holz, in der Küche steht. Eine Art Lebensküche hier. Eine fröhliche Küche eigentlich mit direktem Ausgang auf eine gedeckte Veranda mit einem langen Tisch für große und für kleine Gäste, wie gemacht für ein Sommerfest, das nun aber ein Fest der bloßen Vorstellung ist. Es gibt nichts zu feiern und selbst wenn es etwas gäbe, nach Feiern ist mir noch nicht zumute. Nacherzählen ist auch nachzählen, sage ich schon lange. Manchmal geht Leben still aus der Tür. Zahlen gelten als streng, aber die milden Wörter nehmen ihnen das Harte. Erinnerst du dich auch an die Tage, als wir zum letzten Mal zu dritt hier waren, Arno, du und ich? Es war Oktober, Zeit der Winde und der Stürme. Arno schon sehr wackelig auf den Beinen und mit diesem Blick, der immer öfter ins Leere ging. Das habe ich Caro heute erzählt und sie hat aufmerksam zugehört und war ganz sanft zu mir. Manchmal öffne ich jetzt alle Fenster, und wieder bringt ein Frühlingswind das Blau in die Räume, auch in die hintersten Zimmerchen, auch das zarte Grün der Blätter, die nun mit aller Macht auf den Bäumen sprießen. Eine singt draußen. Assunta. Sie singt oft, ihr schön geschnittenes Gesicht und ihre eigenwilligen Augen strahlen eine Kraft aus, die auch in ihrer Stimme ist. Caro öffnet jedes Mal das Fenster und lauscht. Assunta ist fünfundachtzig und hält Hof im Hof und gerne lägen wir ihr zu Füßen und stimmten ein in ihren Gesang. Zweite und dritte Strophe, zweite und dritte Stimme.

Wir bräuchten Musik, trotz allem, für dieses Haus, für unsere Leben, für die Zeit, die uns bleibt.

Unablässig schreit der Kuckuck am frühen Morgen. Momentan ist es hier kühler als im Norden, immer weht ein kalter Wind, auch wenn die Sonne scheint. Das soll Frühling sein, höre ich dich fragen. Ja, das soll es wohl sein. Aber es gibt hier zum Glück blaue, grüne, gelbe und blassrosa Zimmer. Arno und du habt sie in diesen Farben streichen lassen, hat er mir erzählt, nachdem das Haus in euren Besitz übergegangen war. Die Zimmerdecken und die Fensterrahmen und ihre Leibungen sind alle weiß. Auch die Zimmer im Parterre habt ihr, was mich stets erneut wundert, ganz in Weiß gehalten. Dort hat sich Caro einquartiert. Wie lange sie bleibt, ist ungewiss, sie hat Medikamente für zehn Tage dabei. Es geht ihr recht gut, sie hat ein paar Tage Urlaub bekommen nach Abschluss ihrer zweiten, erfolgreich verlaufenden Therapiephase und bevor sie den nächsten Schritt in die von der Institution betreuten Wohngruppe macht. Zumindest ist das der Plan, aber was zählen schon Pläne bei ihr? Übrigens, hier überwältigt mich immer von Neuem die Schönheit des Treppenhauses mit seinen steinernen Stufen, dem eisernen Geländer und dem Handlauf aus dunklem, glänzendem Holz, an dessen Ende eine goldene Kugel sitzt. Sie erinnert mich stets an die goldene Kugel des Froschkönigs, obwohl sie für ein Froschmaul viel zu groß ist. Dennoch! Das Märchen hast du Caro wohl über hundert Mal erzählt, als sie ein Kind war. Vielleicht hat sie deswegen bis heute ein Herz für Frösche und für sämtliches Getier, bloß hat sich in ihrem Leben bislang weder ein Prinz noch eine Prinzessin dauerhaft eingestellt. Aber wer wirft schon Frösche gegen die Wand? Bestimmt nicht Caro! Dabei fällt mir ein, erzählt man heutigen Kindern eigentlich noch Märchen? Wie haltet ihr es damit in deiner Kita? Müsst ihr die Eltern fragen, ob ihr von Wölfen, Hexen, Feen, findigen Geißen und bösen Stiefmüttern erzählen dürft? (Warum gibt es in den Märchen eigentlich keine Stiefväter?) So oder so, arbeite nicht zu viel und grüße mir deine Truppe. Und ich grüße dich aus dem blauen Zimmer. Wann kommst du?, fragt dich deine Anna.

* * *

Anna erwachte früh, draußen war es hell, aber in ihr hockte Schwärze. Ihr Körper wusste etwas, was sie gar nicht wissen konnte, als hätte er Signale durch die Luft bekommen. In den ersten freundlichen Tagen in Ruths Ferienhaus war Caro voller Zuversicht gewesen und hatte sich auf den Umzug in die Wohngruppe gefreut. Sie würde künftig auf dem Hof mitarbeiten können, der zur Therapiestation gehört, eine Arbeit, die sie liebe, hatte sie erzählt. Und plötzlich, eines Abends, verweigerte sie von einer Sekunde auf die andere das Gespräch, war wie ein nasses Stück Seife, das einem aus den Händen flutscht. Sie brauche, sagte sie zu Anna, keine weiteren Regieanweisungen mehr von ihr. Und das große Haus, das schöne Frühlingswetter und der Blick auf den glitzernden See machten sie auch nicht gefügig. In den folgenden, ungeduldigen Tagen gab es immer wieder ähnliche Kippmomente, sie waren plötzlich da, wie eine Naturgewalt, ohne Ankündigung, ohne Erklärung. Caro tigerte durchs Haus und schließlich reiste sie früher als vereinbart ab. Schon in der Nacht nach ihrer Abreise hatte Anna vermutet, dass sie sich wieder auf einer anderen Route befand. Und sie hatte von ihr geträumt. Im Traum war Caro zwei Jahre alt gewesen und gleichzeitig erwachsen. Sie hatte als Erwachsene in Annas Bett geschlafen und nachts einen Becher Wasser darin ausgekippt. Anna hatte ihr im Traum erklärt, dass sie doch bitte vorsichtiger sein solle, schließlich sei sie nicht mehr zwei Jahre alt. Was sie aber im Traum auch war. Gleichzeitig. Und die träumende

Anna freute sich, ihre Tochter wieder einmal als Zweijährige zu sehen. Sie trug ein weißes Flügelhemdchen. Ihre großen, blauen Augen, ihr rundes Gesicht, gerahmt von Blondheit.

Wie ein Radar nahm Anna wahr, wenn bei Caro eine Hochdruckphase in sich zusammenfiel und ein Tief aufzog. Caro tat ihr leid nur, Mitleid half nicht weiter. Und manchmal hätte sie ihr eigenes Warnsystem gerne ausgeschaltet. Um frei zu sein und nicht zerfressen vor Neid, wenn sie Bekannte traf, die früher ihre Freundinnen gewesen waren, den engen Kontakt mit ihr aber gelockert hatten, weil sie nicht wussten wie umgehen mit der Mutter einer suchtkranken Tochter. Und nun waren sie alle umgeben von sprießenden Kleinfamilien, gegründet von ihren Söhnen oder Töchtern. Ob sie sich bewusst waren, dass all dieses Glück plötzlich zu Ende sein konnte, von einem Augenblick auf den andern? Nein, Anna wünschte sich nicht, Großmutter zu werden, sie wünschte sich jeden Tag, es nicht zu werden. Zudem konnte sie sehr gut verzichten auf Hütedienst an mehreren Tagen die Woche. Das sagte sie ihren Bekannten nicht, auch nicht, dass ihr verklärter Blick, mit dem sie auf ihre Displays mit Enkelfotos schauten, in ihr die reine Ungläubigkeit erzeugte: Alle diese Frauen mussten doch die nicht vergehen wollenden Tage mit einem oder gar mehreren Kleinkindern noch in den Knochen haben. Die Momente, in denen du um sechs Uhr in der Frühe in der Küche ein Fläschchen zubereitest und ausrechnest, dass es sechzehn Stunden dauern wird, bis das bereits muntere Kind seine Äuglein wieder für ein paar Stündchen schließen würde. Dazu die Jahre, in denen du dein Selbst in die Ecke stellen kannst.

Jetzt machte Anna ihre Morgengymnastik, schrieb die nötigsten Mails, räumte auf, sie musste sich beschäftigen, um die Angst in Schach zu halten: Caro bewegte sich wieder in einem Universum, das sie weder betreten noch es sich vorstellen konnte. Abschottung als Lebensform. Aber was war dieses Vorwissen? Eine Art hellsichtiger Angst, der Nachlass ihrer Mutter? Schön wäre, die Hellsicht würde sich auch auf glücklichere Zonen ausweiten, nur kommt Glück unverhofft, Unglück hingegen zerschlägt jede Hoffnung, das ist sein Kern. Ein böser Wind fegt alles weg, zerstört das fragile Gebäude aus Wünschen, schönen Vorstellungen und kleinen Sicherheiten.

Längst weinte Anna nicht mehr, wenn der Böswind wieder aufkam. Früher hatte sie Weinkrämpfe gehabt. Die sie allerdings nach ein paar Minuten willentlich abbrach und beendete, obwohl sie im Grunde noch gar nicht vorbei waren. Dennoch verspürte sie plötzlich einen Impuls, ja, einen Befehl, der hieß: Hör auf damit, und, noch geschüttelt vom Weinen, stand sie mit einem Sprung auf, putzte sich die Nase, wusch sich das Gesicht und nahm eine Tätigkeit auf, Kochen war zum Beispiel gut geeignet oder Putzen. Jedenfalls wollte sie mit der Person, die dermaßen geheult hatte, nichts mehr zu tun haben. Das war nämlich gar nicht sie. Das war eine andere, eine Unperson, die wollte sie nicht anschauen, so heulend, wie sie auf dem Bett gelegen hatte, ab mit ihr, in den Keller, ins Verlies.

Gegen Mittag kam der Anruf von Caros Betreuerin.

»An Ihrer Stelle«, sagte sie zu Anna, »würde ich den Vorfall noch nicht zu hoch hängen, Rückfälle gehören dazu.« Wahrscheinlich sollte das ein Trost sein, nachdem sie mitgeteilt hatte, dass Caro nicht eingetroffen war in der Therapiestation. Sie sei überzeugt, sagte sie zum Schluss, Caro würde zurückkehren, es gelte nun mal abzuwarten. Nach der Rückkehr würde sie den Rückfall mit ihr aufarbeiten, eventuell ziehe sie ein Timeout in Betracht.

Wie sehr Anna Begriffe wie »einkalkulierte Rückfälle aufarbeiten« und »ein Timeout in Betracht ziehen« hasste. Wie gut sie das ganze Karussell an Maßnahmen herunterbeten konnte, ein Ausdruck, den Caro verwendete, wenn sie erzählte, was in der täglichen Gruppentherapie ablief:

»Ich weiß doch, was die dort hören wollen. Ich kann alles herunterbeten, und wenn du zu Beginn der Stunde die richtigen Stichwörter lieferst, lassen sie dich nachher für den Rest der Zeit in Ruhe.«

Was tun in schwierigen Zeiten? In den Wald gehen. Moose und Polsterpflanzen betrachten, Krabbeltiere zählen und daran scheitern. Sich auf die Rufe der Waldvögel konzentrieren, ohne zu wissen, was ihre Rufe bedeuten, ob sie überhaupt etwas bedeuten, ob sie Sprache sind, ob Klagelaute oder Lockung. Auf die große Begegnung mit einem Dachs warten, ein alter Wunsch, den Anna verkleinerte auf die Begegnung mit einem Reh, aber nicht einmal eine Maus tauchte auf dem Waldweg auf, wenigstens die größten Tannen nickten ihr zu.

* * *

Liebe Ruth

Ich habe einen der Leitsätze meiner Mutter nicht beherzigt: Freut euch besser nicht zu früh, hieß er. Denn wenn man sich zu früh oder auch zu stark auf etwas freut, geht es ganz bestimmt schief. Ich habe mich zuerst nur vorsichtig und mit der Zeit immer stärker gefreut, dass es Caro wieder besser ging. Dass sie sich wieder erholte und sogar wieder in der Lage war, mitzuarbeiten in der Institution, in der sie platziert worden ist. Erst übernahm sie dort Gartenarbeiten, nach dem Urlaub in deinem Ferienhaus hätte sie auf dem angegliederten Hof aushelfen können, was sie ja liebt. Gestern morgen aber befand ich mich schlagartig wieder im Vorhof der Angst und was man befürchtet, tritt ein. Auch ein Leitsatz meiner Mutter.

Wir wohnen in einer zugigen Gegend. Ich weiß nicht, was mit mir los ist. Seit Arnos Tod habe ich Angst vor weiteren Katastrophen. Gestern, auf der Heimreise plötzlich die Vorstellung, der Zug würde explodieren. Ein Mann ging durch den Wagen, er suchte wohl bloß die Toilette, ich aber geriet in Panik. Was, wenn er ein Messer bei sich hat? Was, wenn er den Zug in die Luft sprengt? Dann fuhr der Zug in einen Tunnel ein und ich war stocksteif vor Angst. Herzrasen und Schweißausbruch. Unvermittelt sah ich Caro vor mir, sie war vielleicht neun Monate alt, saß in ihrem Kinderstuhl, lächelte mich an, voller Vertrauen und Gutmut, in ihren Augen schwamm die Zukunft und ich spürte eine Angst um sie und eine Angst um mich und um diese übergroße Liebe zu diesem Kind, und ich wünschte ihm mit aller Kraft ein gutes Leben. Interessant, dass meine Tochter die Augen meiner Mutter bekommen hat. Das Baby im Kinderstuhl, das mich aus den Augen meiner Mutter anschaute. Tief und freundlich. Meine Mutter, eine sehr bescheidene Frau. Ich habe die Augen meines Vaters, aber die Mutter hat mir ihre Neigung, sich zu ängstigen, weitergegeben. Es liegen Bahnungen vor.

» Angstgetrieben«, sagte der Therapeut.

»Gibt es auch mutgetrieben?«, fragte ich ihn neulich.

»Das ist vielleicht ihre Tochter«, antwortete der Fachmann. »Todesmutgetrieben.« Ich bin aufgestanden und bin gegangen. Für immer. Einmal mehr.

Liebe Ruth, man fährt durch sein Leben auf einer Bahnfahrt. Durch die Wünsche. Die Ängste. Sich von außen betrachten. Sich fragen, bin das eigentlich ich? Wie oft habe ich das schon gemacht. In einem großen Teil des Lebens, kommt mir vor, sind wir gar nicht da. Nicht anwesend. Sind wir nicht in der Gegenwart, sondern anderswo. Der Tag hat viele Fenster und leider ist die Nacht mächtiger als der Tag. Nur in den Sommern des hohen Nordens herrschen umgekehrte Verhältnisse. Für eine ganze Weile räumen die Nächte dort das Feld und setzen die Zeit außer Kraft. Caro verzehrt sich nach diesen weißen Nächten. Sie gehörten zu ihren schönsten Erinnerungen, sagt sie. Ich kann ihre Sehnsucht gut verstehen. Obwohl ich sie mir selbst üblicherweise nicht gestatte. Weiße Nächte bergen auch weißen Schmerz, tiefgefroren zwar, aber ich befürchte, er könnte auftauen, überließe ich mich schrankenlos längst verjährten Erinnerungen. Dieses Summen der kühlen Sommer. Die Natur im Zeitraffermodus. Blüht auf und bringt gegen Mitte Juni Frühling auf den Tisch. Alles gedrängt. Keimen, erblühen, verblühen, Früchte tragen. Bevor die rosaroten Heiden und die violetten Fjelle wieder erlöschen und die Vogelzüge einsetzen. Hier aber, viel weiter südlich, löffeln wir geduldig die Zeit, kaufen Blumen und Kerzen und reisen mit ihnen insbesondere im späten Herbst zu den Toten. Und glauben, Dinge zu sehen, die andere nicht sehen. Und wann reisen wir zusammen? Vielleicht mit Caro, in den Norden, eben doch, nur, diese Reise müsste ich wohl mit ihr allein machen. Du und ich fahren besser anderswohin erstmal, was denkst du, fragt dich deine Anna.

8

Als Caro im Gymnasium war, hatte sie in einigen Fächern ziemliche Schwierigkeiten. Sprachen und Kunst lagen ihr, sie zeichnete und skizzierte in ihrer Freizeit, daneben interessierte sie sich für Geschichte und für alles, was in einem Zusammenhang mit der Natur stand, was aber nicht hieß, dass sie sich im Unterricht in diesen Gebieten übermäßig anstrengte mit Ausnahme des Faches Gestaltung und Kunst. Dort brillierte sie und das war ihr wichtig. Sonst wurstelte sie sich durch und erst gegen Semesterende stellte sie jeweils komplizierte Berechnungen an, in welchen Fächern sich eine besondere Anstrengung lohnte, um die Zeugnisnoten aufzupolieren und damit schlechte Zensuren in den hoffnungslosen Fächern zu kompensieren. Hoffnungslos waren Mathematik und Physik. Nicht zuletzt deshalb, weil Caro sich jeder Form von Hilfestellung verweigerte. Immer wieder hatte ihr Arno seine Hilfe angeboten, vergeblich. Wichtiger als zu lernen, waren Caro ihre Skizzenhefte, die sie immer dabeihatte, und immer wichtiger wurden ihre Freundinnen. Je älter sie wurde, je öfter zog sie an Wochenenden mit ihnen herum, übernachtete bei Selina, bei Susanne und am häufigsten bei Katja, ihrer besten Freundin, mit der sie sich zwar oft heftig stritt und dennoch viel Zeit mit ihr verbrachte, vor allem am Telefon. Kaum kam Caro aus dem Unterricht nach Hause, begann sie mit Katja zu telefonieren. Ihre Telefonate dauerten Stunden, sie zeichnete stets dabei, gelegentlich erledigten die beiden sogar Hausaufgaben am Telefon, meist aber redeten und redeten sie, ihre Gespräche waren unterlegt mit Psychedelic Rock, Musik, die Caro sofort lauter stellte, betraten Arno oder Anna mal ihr Zimmer, um sie etwas zu fragen. Zu sich nach

Hause nahm sie sehr selten jemanden mit, zu peinlich, fand sie es, ihre Leute in die Wohnung eines Lehrers einzuladen, der am selben Gymnasium unterrichtete, das sie besuchten, und das Peinlichste, er unterrichtete ausgerechnet Mathematik. Zum Glück war die Schule sehr groß, Caro und Arno begegneten sich nur selten dort, und zum noch größeren Glück wurde Arno nie ihr Mathematiklehrer.

War Caro nicht am Telefon, betrachtete sie oft ihre stets wachsende Sammlung von Automatenfotos, die sie stapelweise in ihrem Portemonnaie herumtrug. Einige waren in Farbe, andere in Schwarzweiß. Um sie neu zu gruppieren, legte sie die Bildchen auf ihrem Bett aus, sortierte und bündelte sie nach Kriterien, die nur sie selbst kannte, einige der neu sortierten Bündel kamen wieder in ihr Portemonnaie, andere landeten in einer Schreibtischschublade, einzelne Fotos zerriss sie in kleine Fetzchen. Hatte sie ausnehmend gute Laune, nahm sie ein von einem Gummiband zusammengehaltenes Bündel mit zu Anna in deren Arbeitszimmer. Willst du mal sehen? Dann gingen sie zusammen Bildchen für Bildchen durch, Caro nannte die dazugehörenden Namen, manchmal ein Attribut dazu: Superbeliebt, eine Angeberin, hat nie Kohle, ein Streber, ein Mamakind. Ein, zwei Fotos schaute Caro an und ließ sie blitzschnell wieder im Stapel verschwinden. Manchmal erhaschte Anna ein Detail davon, sie glaubte, dass es sich dabei immer um einen blondhaarigen Jungen handelte, aber sicher war sie sich nicht. »Hast du Geheimnisse?«, fragte sie gelegentlich, aber Caro zuckte nur mit den Schultern, spannte das Gummiband wieder um den Fotostapel und verschwand in ihrem Zimmer. Sie war fünfzehn, als sie mit Rauchen anfing, was Anna missfiel, aber da sie selbst gelegentlich rauchte, war es schwierig, es der eigenen Tochter zu verbieten, die dazu immerhin auf den Balkon ging.

Als Caro knapp siebzehn war, stellte sie Anna und Arno Daniel vor, in den sie sich heftig verliebt hatte. Daniel, ein dunkelhaariger junger Mann, Lockenkopf, groß, dunkle, kurzsichtige Augen, der das Gymnasium bereits abgeschlossen hatte und sich im sogenannten Zwischenjahr befand. Er jobbte in einer Genossenschaftsbeiz, interessierte sich für Politik und war Gründungsmitglied einer linken Jungpartei. Bald würde er Zivildienst leisten, am liebsten in einem Krankenhaus, denn er wolle Arzt werden, erklärte er, als er immer mal wieder zum Essen kam und alle zusammen am Tisch saßen. Er wurde dann aber einem Aufforstungsprojekt eines Schutzwaldes im Gebirge zugeteilt, und nach ein paar Monaten hörten seine Besuche auf. Eines nachts, als Anna spät nach Hause kam, wäre sie beinahe über einen roten Turnschuh gestolpert, der im Flur lag, daneben lag eine ihr unbekannte Outdoorjacke und ein süßlicher Geruch stieg ihr in die Nase. Jemand hatte gekifft in dieser Wohnung, und dass es nicht Arno war, wusste Anna.

Weder sie noch Arno maßen dem Vorfall übermäßige Bedeutung bei. Klar, sie sprachen Caro darauf an, zeigten aber Verständnis, dass sie ein paar Sachen ausprobieren wollte, dazu gehörten Kiffen, Alkohol trinken, Sex.

»Ich weiß, wie man verhütet«, beteuerte Caro, als Anna dieses Thema wiederholt ansprach, »keine Sorge, Mama.« Dennoch machte ihr Sorgen, dass Caro nun oft nachts nicht nach Hause kam, ohne dass sie wusste, wo sie war. Und dass ihre Kleider sonderbar rochen. Nach Hund, nach Wiese, nach Gras. Und war sie nachts zu Hause, dann nicht allein, nur stellte sie Daniels Nachfolger weder Anna noch Arno je vor. Sie wussten nichts von ihm, er kam spät und leise und verschwand wieder, in der Frühe jedenfalls war er nicht mehr da. Mittlerweile war Caro achtzehn. Achtzehnjährige seien erwachsen, und solange ihre Leistungen in der Schule einigermaßen stimmten, hätte sich Anna nicht mehr einzumischen in ihr Leben, Arno erst recht nicht, argumentierte sie. Falls das Theater und die Fragerei weitergingen, käme sie gar nicht mehr nach Hause. Und nach einer Weile, in der Anna nach Gegenargumenten gesucht hatte, sagte sie:

»Ich bin nun fix und fertig erzogen, Mama. Deine Erziehungsberechtigung ist definitiv abgelaufen, merk dir das.« Bis der Tag kam, von dem an Caro nur noch zu Hause blieb. Mit verweinten Augen. Mit Löchern im Herzen. Mit keinem Appetit. Mit Kopfschmerzen, die sie eine Woche lang daran hinderten, in den Unterricht zu gehen, nicht aber pausenlos zu rauchen. Klingelte ihr Telefon, ging sie nicht ran. Sprach Anna sie an, drehte sie den Kopf weg oder schrie, sie solle sie in Ruhe lassen. Betrat Arno ihr Zimmer, schrie sie ihn zwar nicht an, aber sagte mit matter Stimme:

»Auch du kannst mir nicht helfen. Geh bitte.« Caros Verhalten raubte Anna den Schlaf, und als wäre sie nicht schon mehr als genug eingedeckt mit Sorgen und Aufregung, erreichte sie genau in dieser Zeit eine Message von Thore: »Bitte ruf mich an.« Was Anna nicht tat. Wozu denn? Sie wunderte sich nicht einmal über seine Kontaktaufnahme nach so langer Zeit, sie hatte schlicht keine Kapazität für weitere Gefühlseskapaden.

Irgendwann rappelte sich Caro auf und ging wieder in den Unterricht. Es war ein Wunder, dass sie zu den Abschlussprüfungen zugelassen wurde, denn sie hatte häufig gefehlt, und das noch größere Wunder war, dass sie die Prüfungen schaffte. Dank Arno, hatte sich doch Caro zum ersten Mal von ihm beim Lernen helfen lassen. Er hatte ihr dazu eigens einen Platz in seinem Arbeitszimmer eingerichtet, denn in ihrem Zimmer war es ihm zu chaotisch.

Nach ihrem Erfolg plante Caro zusammen mit Katja eine gemeinsame Reise. Zur Belohnung. Erst jobbten sie während des Sommers, Caro half auf einem Reithof aus, Katja im Kiosk eines Freibades, damit sie sich hinterher ein Interrail-Ticket kaufen konnten. Zudem hatten beide Maturageschenke in Form von Geld bekommen.

Sie fuhren also los, Caro und Katja, Italien, Spanien und Portugal wollten sie bereisen. In der zweiten Woche nach ihrer Abreise traf eine Postkarte aus Dänemark ein. Die beiden hatten, wie sie nach der Rückkehr erzählten, ihre Reisepläne spontan geändert und seien in den Norden statt in den Süden gefahren.

Sie kamen zurück am letzten Tag der Gültigkeit ihrer Tickets. Jemand hatte ihnen die Haare raspelkurz geschnitten, sie waren dünn geworden, und sie erzählten wenig von ihrer Reise. In Schweden seien sie gewesen, hätten dort interessante Leute getroffen, die in Schwedisch Lappland eine Husky-Farm betrieben. Caro könne bei ihnen arbeiten während des kommenden Winters. Für Katja sei das nix, sie mache sich nicht so viel aus Tieren. Geld hätten sie außer für Fahrten mit Fähren nur wenig gebraucht, angerufen hätten sie nie, weil das viel zu teuer gewesen wäre.

Anna besprach sich mit Ruth, weil ihr das Ganze reichlich dubios erschien. Arno unterstütze Caro vorbehaltlos in ihren Plänen für den Winter.

»Sie muss selbstständig werden«, sagte er, »sie muss sich lösen von ihrem Zuhause, was einem Einzelkind in der Regel schwerfällt und«, mit einem Lächeln zu Anna, »einer Einzelmutter noch viel schwerer.« Damit hatte er ja recht, das war Anna bewusst, dennoch, dass Caro in Schwedisch Lappland den Winter verbringen wollte, wunderte sie, machte sich doch die Tochter nicht viel aus Schnee, allerdings liebte sie Huskys über alles. Das war auch das Erste, was Ruth zu Caros Lapplandplänen einfiel. Obwohl sie Annas Zweifel verstand und selbst welche hatte.

»Caro ist noch keine neunzehn und schwedisch spricht sie auch nicht. Zudem haben wir keine Ahnung von den Leuten, mit denen sie leben wird. Andererseits«, gab sie zu bedenken, »muss man einer Jugendlichen an der Schwelle zum Erwachsensein nicht vertrauen? Haben wir unsere Eltern gefragt, als wir nach Italien reisten damals? Haben unsere Eltern eine blasse Ahnung gehabt davon, wie wir dort gelebt haben?«

Sie seien älter gewesen, entgegnete Anna, Ruth hätte bereits einen Beruf gehabt und sie selbst immerhin einen Job.

»Stimmt«, bestätigte Ruth, »nur, wir leben nicht mehr in den Achtzigern des letzten Jahrhunderts, und immerhin hat Caro konkrete Pläne, was sie nach ihrem Zwischenjahr machen will, was du damals nicht hattest, erinnerst du dich?« Anna nickte.

«Lange her«, sagte sie dazu. Ruth lächelte. Dass Caro an einer Kunsthochschule studieren wolle, stehe fest und das halte sie für einen guten Plan. Das sei der Punkt, sagte Anna, auf dieses Studium beziehungsweise auf die Zulassung dazu müsste sich Caro doch vorbereiten. Sie habe ein Dossier mit eigenen Arbeiten einzureichen und eine Aufnahmeprüfung zu bestehen.

Irgendwann lösten sich alle Bedenken in Luft auf, denn Caro hatte Tatsachen geschaffen und einen Flug nach Luleå gebucht. In der ersten Zeit nach ihrer Ankunft schickte sie beinahe täglich kommentierte Hundefotos. Dann wurden ihre Nachrichten zwar seltener, aber sie rief wie vorher vereinbart immer sonntagabends an und klang insgesamt zufrieden. Die Tage seien zwar streng, sie müsse vormittags die Hundegehege sauber halten, die Zuggeschirre der Huskys pflegen, auch die Schlitten, nachmittags müsse sie oft bei der Gästeunterbringung helfen, was putzen bedeute, aber vor allem die Arbeit draußen mache Freude. Und sie dokumentiere jeden einzelnen Tag zeichnerisch. Die Betreiber der Farm und alle Mitarbeitenden seien freundlich, es würde viel gekocht und viel gegessen. Und getrunken, fügte sie an, wobei sie sich noch immer nicht viel aus Alkohol mache und weiterhin gar nichts aus Kaffee.

Weshalb Caro ein paar Wochen vor dem vereinbarten Ende ihres Lapplandaufenthaltes plötzlich nur noch zurück nach Hause wollte, kriegte Anna nie aus ihr heraus. Wohl eine Liebe, die unglücklich geendet habe, vermutete Arno. Caro sprach nicht darüber, ließ sich auch später nichts entlocken über die Gründe ihrer plötzlichen Rückkehr gegen Ende März, sie zog sich komplett zurück, bereitete sich aber zuverlässig, fast schon verbissen, auf die Aufnahmeprüfung für die Kunsthochschule vor. Ihre Arbeiten und die Präsentation überzeugten die Jury und sie wurde aufgenommen. Zu Beginn des Studiums zog sie in eine WG, gut zwei Stunden Bahnfahrt entfernt von ihrem Zuhause, das sie ab sofort nie mehr so bezeichnete, sondern von ihm nur noch als von ›Arnos Palast‹ sprach. Nach dem ersten Semester zog sie erneut um, in eine andere WG auf dem Land, in der auch ein Kommilitone wohnte. In ein altes Haus, mit Kachelöfen beheizbar, mit einer baufälligen Veranda und einem verwilderten Garten. Aber die Miete sei günstig und das Haus insgesamt, erzählte Caro begeistert, ein einziges Zeichen- und Fotomotiv. Sie planten, dort auch Kunstaktionen durchzuführen, den Garten würden sie roden, um Gemüse und Salat anzupflanzen und Blumen zu ziehen, und sie würden sich einen WG-Hund anschaffen.

Trotz ihrer Begeisterung wollte Caro nicht, dass Anna sie in dieser WG besuchte, niemand habe dort Muttibesuch. Sie sahen sich, nicht oft zwar, weiterhin in der Stadt, in der Caro studierte. Kam sie als große Seltenheit zu Besuch an Wochenenden, brachte sie stets ein paar Arbeiten mit. Skizzen, Fotografien, Körperstudien. Das Studium begeisterte sie zwar nicht in allen Teilen, technische Aspekte wie die Aneignung spezialisierter Grafikprogramme machten ihr Mühe, aber, erzählte sie, es gäbe viele Highlights in Form smarter Dozenten und hochbegabter Mitstudierender.

Den Sommer nach dem ersten Studienjahr verbrachte Caro wieder im Norden, reisend dieses Mal. Als sie zurückkam, war sie nicht mehr überzeugt von ihrem Studium. Eigentlich würde sie lieber draußen arbeiten. In der Natur. Mit Tieren. Bei jedem Wetter. Eigentlich sei ihr die Gesellschaft von Tieren lieber als jene von Menschen. Eigentlich sähe sie nicht mehr ein, was ihr das Studium bringen würde. Widerstrebend nahm sie es wieder auf, Anna hörte wenig von ihr, es trafen bloß ein paar belanglose Messages ein. Zweimal hatte Caro um Geld gebeten, relativ hohe Beträge für ein neues Computerprogamm und für eine Brille, die sie brauche, weil sie dauernd am PC hocken müsse und sie deshalb neuerdings Sehprobleme habe. Anna hatte das Geld überwiesen, schicke bitte mal ein Foto, du mit Brille, bat sie mehrfach, aber es traf kein Bild ein, es traf überhaupt keine Antwort mehr ein. Dann, endlich, kam ein Treffen zustande. Anna wartete lange auf Caro in einem Restaurant mit Blick auf den Platz, den sie überqueren musste, endlich sah sie ihre Tochter auftauchen. Caro rauchte auf offener Straße, was sie sonst nie tat, ihr Gang hatte sich verändert, etwas Fahriges war ihm eigen geworden, und sie drehte sich immer wieder um, bis Anna realisierte, dass sie einen Hund bei sich hatte. Als sie ihre Tochter umarmte, kam ihr ein abstoßender Geruch entgegen. Caro roch nach modrigem Laub, nach Hund und nach Rauch, ungewaschen wohl ihr Körper und ganz bestimmt ungewaschen ihre Kleider, das sah man auf einen Blick, und gegen ihre Gewohnheit wollte sie nichts essen, sie sei müde und habe Kopfschmerzen, sagte sie, sie behielt kaum die Augen offen, deren Pupillen, das war Anna sofort aufgefallen, stecknadelklein waren.

»Du nimmst Drogen«, sagte Anna. »Was konsumierst du? Ich will es wissen.« Caro stand so schnell auf, dass ihr Stuhl nach hinten kippte und der Hund, der sich unter den Tisch hingelegt hatte, aufsprang und bellte, sie packte ihn am Halsband und verließ das Lokal.

Es war kurz vor Weihnachten, als die Polizei bei Anna und Arno auftauchte. Im Haus, in dem sich Caros WG befand, seien Drogen gefunden worden, es sei dort nicht nur konsumiert, sondern auch gedealt worden, Caro sei nicht im Haus gewesen bei der polizeilichen Durchsuchung und bislang auch nicht aufgetaucht, sie müsse sich dringend bei der Polizei melden, falls sie hier auftauchen würde. Was sie nicht tat. Caro blieb für längere Zeit verschwunden. Vermisst. Anna rief bei der Kunsthochschule an und vernahm, dass Caro schon seit Semesterbeginn bloß noch sporadisch und dann gar nicht mehr dort aufgetaucht sei. Sie habe sich in jeglicher Hinsicht verändert, Semesterarbeiten habe sie auch keine vorbereitet. Anna stürzte ab. Wie Caro. Nur anders.

* * *

Einmal kam Anna müde und hungrig nach einer langen Besprechung mit einem Grafikerteam, für das sie arbeitete, nach Hause. Die Sitzung hatte länger gedauert als geplant, sie hatte sich bereits auf dem Heimweg im Bus eine Pizza bestellt, denn Arno war für einige Tage ins Ferienhaus gefahren. Nun wartete Anna auf den Pizzakurier, unter ihrem Regenschirm vor dem Haus stehend, in dem sie und Arno seit vielen Jahren in einer zweigeschossigen Wohnung lebten, die Arno gehörte. In ihren beiden Etagen war je ein Zimmer beleuchtet, die Lichtautomaten funktionierten, die Nacht war noch jung, aber es war schon dunkel, Neumond. Anna gehörte nicht zu den Menschen, die sich davor fürchteten, eine leere Wohnung zu betreten. Denn leer war sie ja nicht, im Gegenteil, in der Wohnung überquollen die Schränke und Regale, jede Zimmerecke war belegt mit Zeug, auf dem Sofa stapelten sich Zeitungen und Zeitschriften, obwohl es auch unbeladen schon ein wenig durchhing, seine fleckigen Polster eingesunken wie müde Wangen, in den Falten der Sitzfläche eine Ansammlung von Staubflusen und Bröseln, das Sofa glich einem schon ziemlich alten, verstruppten Haustier. Arno wollte dieses verkommene Möbelstück schon lange ersetzen, aber Anna hing an diesem in die Jahre gekommenen Ding.

Der Pizzakurier fuhr vor, händigte Anna die bestellte *alle verdure* aus, sie bezahlte, gab dem jungen Mann ein großzügiges Trinkgeld dazu und freute sich aufs Essen. Dann betrat sie das Haus, fuhr mit dem Aufzug in die oberste Etage, schloss die Wohnungstür auf, streifte im Flur die Schuhe ab, hängte den Mantel an die Garderobe, holte in der Küche Messer und Gabel und betrat das beleuchtete Wohnzimmer. Sie würde eine Ecke des Sofas frei machen, um dort ihre Pizza zu essen und dazu die News im TV zu sehen. Nur präsentierte sich ihr das Möbelstück vollkommen anders als in ihrer Vorstellung. Anstelle der Zeitungen und Zeitschriften lag Caro auf dem Sofa, sie hatte das ganze Papier auf den Boden gefegt, eng an sie gepresst hatte sich ein Katzentier zusammengerollt, beide Wesen schliefen und nur das Tier erwachte, als Anna sagte:

»Hallo, Caro? Wie bist du in die Wohnung gekommen?«

Caro bewegte sich nicht, die Katze hingegen hob den Kopf und schaute sie aus verklebten Augen an, irgendwie verängstigt, kam dann auf die Beine und landete mit einem Sprung auf den Boden, eine unschöne, vielleicht räudige Kreatur, vermutlich mit Flöhen im Fell. Anna stellte den Pizzakarton auf den Boden, öffnete die Glastür zum Balkon und scheuchte das Tier hinaus. Dann stellte sie sich wieder vor das Sofa und rief nach Caro, drang aber nicht durch all den Schlaf in ihrem Körper in ihr Bewusstsein vor, Caro lag auf dem Rücken und atmete geräuschvoll, aber regelmäßig. Anna legte eine Hand auf ihre Stirn und fühlte kalten Schweiß, sie berührte Caros Hände, die sich kühl anfühlten. Ohne zu überlegen, begann sie, die verstreuten Zeitungen, Zeitschriften und Papiere aufzusammeln, und weil sie nicht wusste, wohin damit, bildete sie mehrere Stapel am Fußende des Sofas. Dann holte sie aus der Küche einen Besen und eine Schaufel, kehrte den gröbsten Schmutz auf dem Boden zusammen und kippte ihn in den Mülleimer unter der Küchenspüle. Als ob Putzen jetzt das Wichtigste wäre, kommentierte sie ihre eigenen Handlungen, bückte sich dann nach einer verknitterten Decke, die neben das Sofa gerutscht war und deckte Caro damit zu.

»Frieren sollst du nicht auch noch«, sagte sie und dachte dabei kurz an die Katze, die sich nun draußen auf dem großen Balkon aufhalten musste. Wenn sie geschickt war, fand sie dort einen regengeschützten Platz, und bestimmt war es nicht die erste Nacht, die das Tier auf fremdem Terrain verbringen musste, ohne zu wissen, wohin es gehörte. Vielleicht zu Caro. Nur, zu wem gehörte eigentlich Caro? Bis vor Kurzem hätte Anna ohne zu zögern und mit einem Blick zu Arno gesagt, sie gehört zu uns, und Arno hätte das sofort bestätigt. Jetzt war sie sich nicht mehr so sicher, vielleicht, weil sie beinahe verhungerte. Sie nahm den Pizzakarton mit in ihr Arbeitszimmer, setzte sich an den Schreibtisch, öffnete ihn, riss ein großes Stück Pizza ab und stopfte es sich in den Mund. Dann ging sie kauend in die Küche, auf der Ablage stand eine Flasche mit einem Rest Rotwein, sie goss ihn sich in ein Glas und ging damit wieder zurück ins Arbeitszimmer. Dort packte sie nun mit beiden Händen die erkaltende Pizza und biss hinein, ein Stück Broccoli fiel auf den Boden, der Mozzarella zog Fäden, sie sah sich auf dem Schreibtisch nach einem Papiertaschentuch um, fand keines, dafür stach ihr ein Briefumschlag ins Auge, Caros Name stand drauf, keine Adresse, sie würde auch diesen Brief nie abschicken. Und ohnehin öffnete Caro ihre Post, wenn überhaupt, nur sporadisch. Wer Briefe schreibt, verschenkt ein Stück seiner selbst, wer sie losschickt, dem fehlt dieses Stück hinterher. Es gab eine Zeit, da hatte Annas große Liebe ihr nachts unfrankierte Briefe in ihren Briefkasten gelegt. Damit sie sie morgens früh vorfand und sie lesen konnte, bevor Caro erwachte. Am Tisch sitzend mit einem Kaffee auf dem Tisch, hatte sie Thores handgeschriebene Tintensätze gelesen, während draußen langsam Helle aufzog. Es gab damals Menschen, die ihre beiden Handschriften verwechselten, darauf waren sie beide stolz gewesen. Und Anna hatte sich nicht vorstellen können, dass handgeschriebene Briefe zu einer Seltenheit werden würden. Und noch weniger, dass sie und Thore sich einmal überhaupt keine Briefe mehr schreiben würden.

Sie aß die ganze Pizza auf, hinterher war ihr ein wenig übel, sie ging ins Bad, schluckte ein Schlafmittel, putzte sich die Zähne und legte sich in ihr Bett. In der Nacht kam seit langer Zeit wieder einmal der quälende Kaninchentraum. Dieses Mal in der Version der winzigen Tiere. Weiße Kaninchenbabys, alle schon befellt, lagen in einem Verschlag, ihre Einstreu war durchnässt und schmutzig, ihre Mutter weg, sie bewegten sich noch, waren aber wohl am Sterben. Annas Aufgabe wäre gewesen, sich um sie zu kümmern, aber sie hatte es nicht getan. Diesen Traum gab es in verschiedenen Versionen. Mal waren die Kaninchen bereits ausgewachsen, mal klein, mal war es eine Kaninchenfamilie, mal ein einzelnes Tier, mal ein rosarotes, noch unbehaartes Gewusel, das in einem Nest aus ausgezupftem Fellhaar der Kaninchenmutter lag. Und immer befanden sich die Tiere in einem jämmerlichen Zustand, immer nahe am Sterben, die Ställe immer desolat, und immer war es Anna, die diese Kaninchen im höchsten Maß vernachlässigt hatte. Kaninchen sind scheue Tiere. Sie mögen es nicht, wenn man sie streichelt. Kaninchenmütter sind manchmal böse Mütter. Es kann vorkommen, dass sie ihre Kinder auffressen.

Am Morgen hatte der Regen aufgehört, in der unteren Etage rumorte es bereits, obwohl es noch früh war. Anna ging nach unten, Caro war bereits auf den Beinen, verrückte Stühle, schaute unter den Tisch und unter das Sofa.

»Die Katze ist auf dem Balkon«, sagte Anna. »Guten Morgen.«

Später, beim Frühstück, wollte sie wissen, wie Caro in die Wohnung gekommen sei. Wisse sie auch nicht mehr so genau, sie glaube, die Nachbarin, die ja einen Schlüssel besitze, habe ihr geöffnet. Und dann verschüttete sie ein Glas Saft und machte keine Anstalten, einen Lappen zu holen und aufzuwischen. Anna tat es, denn der Saft floss über den Tisch und tropfte auf das Parkett.

»Was bin ich eigentlich für dich, Caro«, fragte sie, am Boden knieend, »eine Putzfrau, oder was?« Caro wartete eine Weile mit der Antwort und sagte schließlich:

»Du bist meine Mutter und basta.« Dann stand sie auf, sah sich nach der Katze um, die nun auf dem Sofa lag, packte ihre Sachen, nahm das Tier auf den Arm und verkündete:

»Ich geh dann mal, dann hast du deine Ruhe.«

* * *

Liebe Caro

Du wirst hoffentlich nie ein Kind haben. Das wäre das Beste. Du bist nicht in der Lage dazu. Denn nur schon im Wort Verantwortung steckt das simple Wort Antwort. Definitiv nicht deine Stärke. Du gibst nämlich meist keine Antwort, höchstens dann, wenn es dir in den Kram passt. Wer aber ein Kind hat, muss dauernd Antworten geben. Dem Kind und sich selbst, stellt man doch sich selbst dauernd infrage und wird, wenn das Kind alt genug ist, von ihm dauernd infrage gestellt.

Liebe Caro, hoffentlich wirst du ein Kind haben. Dein Kind würde dich auf ›on‹ stellen. Du wärst dauernd auf Empfang, ganz sicher zu Beginn, später wärst du immer mal wieder eine hingebungsvolle Mutter. Fröhlich, fantasiebegabt, großzügig. Im Wechsel von abwesend, fahrig und aufbrausend. Noch später spieltest du mit deinem Kind ein immerwährendes Rollenspiel: Du das Kind, dein Kind die Mutter. Das spielten schon wir beide bisweilen zusammen, als du selbst wirklich noch ein Kind warst. Aber nie lange. Denn nach kurzer Zeit bist du aus der Rolle gefallen und hast voller Wut geschrien:

»Ich bin das Kind und du bist die Mutter!« Und so ist es geblieben. Du bist das Kind und ich bin die Mutter. Immer und in immer anderen Versionen. Und du bist die Tochter, keine Mutter.

Liebe Caro, als ich dich bekam, vor nunmehr zweiunddreißig Jahren, habe ich gedacht, dass der Geburtsschmerz der heftigste meines Lebens wäre, sein würde, durch nichts zu übertreffen. In gewisser Weise stimmt das. Denn es gab nie mehr ein Ereignis, das mich körperlich zerrissen hat. Ein Dammriss heilt langsam. In deinem ersten Lebensmonat konnte ich nur mit Hilfe eines aufgeblasenen Schwimmringes sitzen. Und du schriest dauernd. Und im ersten Jahr nach deiner Geburt habe ich gedacht, mein Körper würde nie mehr heilen. Er heilte, was aber diese Umwälzung, die Schwangerschaft, der Verlust von Form und Fassung, Geburt und Stillerei anrichten, diese Umwälzung ist irreversibel. Die Verwandlung des Frauenkörpers zum Mutterkörper. Sie geht in jedem Fall Richtung Tier. Wenn ich dich stillte, hatte ich Bilder von Tiermüttern im Kopf, die ihre Jungen säugen. Du warst ein tapsendes blindes Kätzchen, während ich ein riesiges Mutterschwein war. Nur haben die ja meist mindestens zehn Ferkel. Aber so sah ich mich, riesig, unförmig, eine gewaltige Masse, allerdings ausgestattet mit dem Wesen jener Katze, die ich als Kind besaß. Sie gebar ein einziges Mal Junge in einem alten Wäschekorb, den Alice und ich für sie mit unseren abgetragenen Pullovern ausgestattet hatten. Als die Niederkunft bevorstand, legte unsere Mutter noch ein altes Geschirrtuch darüber, das bereits verschwunden war, als wir die Kätzchen zum ersten Mal betrachten durften. Diese Katze, Schnurr hieß sie, kümmerte sich zwar um ihren Nachwuchs, aber nicht übermäßig. Sie säugte die Katzenkinder, blieb aber nach der ersten Zeit des Muttertaumels stets nur kurz bei den

Jungen, um nachher ihren eigenen Angelegenheiten nachzugehen. Das Gejammer aus dem Katzenkorb beeindruckte sie nicht im Geringsten. Als die Kätzchen begannen, aus dem Korb zu krabbeln, packte sie eines nach dem andern am Nacken und trug es in den Korb zurück. Nach ein paar Tagen brachte das nichts mehr, die Brut verließ den Korb sofort wieder, was die Katzenmutter sichtlich nervte. Sie fauchte ihren Nachwuchs oft an und nur, wenn sie bei Laune war, säugte sie ihre Kätzchen und sie durften hinterher kurz mit ihrem Schwanz spielen. Wurde es ihr zu viel, und das passierte schnell, ohrfeigte sie die Katzenkinder mit ihrer Pfote, ließ sie verdutzt stehen und ging ihres Weges, ohne sich nochmals nach ihnen umzudrehen. Als die Kätzchen selbstständig waren, wurden sie an einen anderen Ort gebracht und Schnurr hat sie wohl kein einziges Mal vermisst.

In deinen ersten Jahren widerfuhr mir wie vielen Frauen, die zum ersten Mal Mütter wurden, eine Art nicht aufzuhaltender Selbstauflösung. Absurderweise wünschte ich mir in derselben Zeit nichts anderes dringender als ein zweites Kind. Als die Schwangerschaft scheiterte, übernahm der Verlustschmerz. Über den nicht lebensfähigen Jungen. Über Max' Ausscheren aus der Beziehung und über ihr Ende. In deinen ersten Jahren vernähte ich mein Herz. Ich war oft abwesend. Du hast mich oft gefragt: »Mama, was hast du?« Ich schwieg. Schweigen ist keine Lüge, aber auch keine Antwort. Und jetzt, in den langen Phasen, in denen du schweigst, scheint mir manchmal, du drehtest Jahrzehnte später den Spieß um. Wie lange noch?

Deine Mutter.

9

Ruth befand sich auf dem Bahnhof, stand bereits auf dem Perron und wartete auf den verspäteten Zug. Wie immer hoffte sie, hier keine Bekannten zu treffen, die erwarteten, dass sie sich alsdann zu ihnen ins Abteil setzen und mit ihnen plaudern würde. Deshalb versteckte sie sich schnell hinter einem Pfeiler, als sie Laura sichtete, eine ehemalige Arbeitskollegin von Jan, ihrem Freund. Auf Bahnfahrten wollte sie aus dem Fenster schauen und schweigen, sprach sie doch bei der Arbeit in der Kita schon den ganzen Tag. Mit den Kindern, mit den Müttern und den Vätern, mit ihren Angestellten und mit den jungen, stets wechselnden Praktikantinnen, deren Namen sie durcheinanderbrachte, hießen sie doch alle irgendwie Julia, Jule, Juli oder Seraina, Selina, Anina, Alina, während die kleinen Kitakinder alle Minimalnamen trugen: Kai, Leo, Ben, Tim, Nik, Nea, Mia, Ava, Ida, Lia. Ruth wurde heutzutage kein Neugeborenes mehr genannt, auch Ursula, Silvia, Monika, Beat, Pius und Markus waren längst out of order. Wer so hieß, wurde langsam alt, auch so ein Thema, an das Ruth momentan lieber nicht denken wollte. Und noch viel weniger wollte sie sich mit Laura unterhalten, einer Bekannten, die sie früher aus Höflichkeit und Jan zuliebe zusammen mit ihrem Mann ein paarmal zu sich nach Hause eingeladen hatte. Die Einladungen und vor allem die Gegeneinladungen waren eine Qual, gab es doch jedes Mal Situationen, in denen sich Laura und ihr Mann aus nichtigem Anlass erst heftig angifteten, um sich kurz nachher, wohl zur Versöhnung, zu küssen, betont innig und immer wieder.

Erfreut über ihr gelungenes Versteckmanöver stieg Ruth in die Bahn ein, setzte sich in ein leeres Abteil und packte ein Buch aus. Nach ein paar Seiten der Lektüre merkte sie jedoch, dass ihre Konzentration nachließ, sie wehrte sich nicht gegen die aufkommende Schläfrigkeit und spürte noch halbwegs, wie ihr die Augen zufielen. Allerdings schreckte sie nur wenig später wieder hoch, verwirrt darüber, wie intensiv sie bereits geträumt hatte, ihr war, als hätte sie einen heftigen Stromschlag bekommen, obwohl das Buch noch aufgeklappt auf ihren Knien lag. Im Traum war sie unglaublich verliebt gewesen. Hatte den ganzen Taumel erlebt, die völlige Hinwendung zu einem Menschen, dieses Gewisper und Geflüster, Klang und Echo, Klang und Echo. Schweben und Schwingen. Dann durchfuhr sie erneut eine heftige Zuckung, als ihr jäh bewusst wurde, dass sie keine Ahnung hatte, auf wen sich diese ganzen geträumten Gefühle gerichtet hatten. Bestimmt nicht auf Jan. Denn längst liebte sie ihn, noch sonst jemanden mehr auf diese eben geträumte Weise, irgendwie wider alle Vernunft, und es gab niemanden, der sie so liebte. Sie und Jan gehörten zu den Paaren, deren Gefühle füreinander im Laufe der Zeit abflachten. Sie mochten sich noch immer, luden sich aber nicht mehr gegenseitig auf, und insgeheim fragte sich Ruth bisweilen, ob nicht alles zwischen ihnen ein freundlicher, gegenseitiger Schwindel war? Zwei Wolken im blauen Himmel, die auseinanderdrifteten. Vielleicht vermutete sie, war auch diese Liebe ein Fehlschluss. Vielleicht entkam sie ihrem Schicksal nicht: Liebe war ihr bislang noch nie geglückt für längere Zeit.

Lange vor Jan hatte es einen Mann gegeben, Leonard, mit dem alles leicht gewesen war, mindestens eine ganze Weile lang. Es lag daran, dass er in ihren Augen mysteriöse Fähigkeiten besaß, die es ihr erlaubten, sich zum ersten Mal in ihrem Leben schön zu fühlen. Die sie vergessen ließen, dass sie durch ihre Überlänge und ihre Üppigkeit stets aus der Menge herausragte. Leonard war kleiner als sie, was ihn nicht im Geringsten störte. Er kochte hervorragend. Er war weder sparsam noch verschwenderisch, aber großzügig, auch in der Zärtlichkeit. Er redete nicht dauernd und glaubte, ihr die Welt erklären zu müssen, war aber auch kein Schweigekloß. Er mochte Anna, er mochte Arno, und er mochte die Freundschaft zwischen ihr und Anna und es war selbstverständlich, dass es immer wieder Unternehmungen ohne ihn gab. Und er hatte selbst viele Freunde. Dann begegnete Ruth ihm eines Abends in der Stadt, in der er wohnte, eng umschlungen mit einem Mann. Ruth hatte Leonard mit einem spontanen Besuch überraschen wollen, hatte ihr Auto in der Nähe seiner Wohnung geparkt und auf dem Weg zu ihm nach Hause tauchte er plötzlich auf, zusammen mit dem fremden Mann. Als Leonard sie sah, zuckte er zusammen, auf seinem Gesicht zeigte sich eine Mischung aus Erstaunen, Bestürzung und Bedauern, er hatte ihr zugenickt und die beiden Männer waren weiter gegangen. Ruth hatte sich in ihr Auto gesetzt und darüber gestaunt, dass ihr das zustieß. Sie stellte das Autoradio ein und gleich wieder aus. Ein Paar, dachte sie, tauscht sich aus, vermischt sich, und erzählt sich doch nie alles. Was ihr recht war. Nur, waren sie überhaupt ein Paar gewesen, sie und Leonard? Oder hatte sie das bloß angenommen und etwas falsch verstanden? Warum glaubte ausgerechnet sie insgeheim noch immer an dieses Ausschließlichkeitsding in Beziehungen? Sie saß stocksteif in ihrem dunklen Auto und fror. Nach einer halben Stunde vielleicht hatte sie die Kraft, den Motor zu starten. Sie fuhr durch die Nacht. Direkt zu Anna. Vor ihrem Haus schickte sie ihr eine Message: Bist du noch wach?

Anna hatte Kaffee gekocht. Sie hatten geredet, wobei, Ruth hatte geredet, Anna hatte zugehört. Dass Leonard ihr nicht gesagt habe, dass er auch Männer liebe, das verletze sie. Oder habe er vielleicht angenommen, sie würde von selbst draufkommen? Wie auch immer, die Aussicht auf erneutes, künftiges Alleinsein erschrecke sie.

»Vielleicht wird es wieder gut«, hatte Anna ihre Freundin zu trösten versucht, aber Ruth hatte den Kopf geschüttelt und gefragt:

»Weißt du eigentlich, wie viel Glück ihr als Paar habt, du und Arno?« Ja, das wisse sie, hatte Anna geantwortet, und nach einer Pause angefügt: »Schließlich ist Arno ja dein Bruder.«

»Was noch keine Glücksgarantie ist«, hatte Ruth mit einem kleinen Lächeln entgegnet, bevor sie sich in Annas Arme fallen ließ.

Leonard hatte sich kein einziges Mal mehr gemeldet. Ruth grübelte lange darüber, weshalb sie nicht gelassener hatte reagieren können. Wollte sie denn tatsächlich und wider besseres Wissen noch immer das Alleinstellungsmerkmal verkörpern für jemanden, den sie liebte? Ausgerechnet sie, die Treue in Beziehungen für überholt hielt und es damit bislang nie genau genommen hatte? Mit jemandem zusammen zu sein, der Männer und Frauen liebte, was sollte daran denn falsch sein? Sie hatte geglaubt, offen zu sein gegenüber allen sexuellen Orientierungen, geprägt von ihrer Lieblingstante, einer Schwester ihrer Mutter. Von der hatte man gesagt, als Ruth noch ein Kind war, sie sei wohl ›andersherum‹, denn sie habe nicht etwa keinen Mann bekommen, sondern keinen gewollt, was schon das Kind Ruth gut verstand, hatte es doch den Direktor vor Augen, mit dem es freiwillig keinen einzigen Tag verbracht hätte. Diese Tante hatte ihr auf ihre Frage hin auch ohne Umschweife erklärt, was ›andersherum‹ bedeutete.

Weil Ruth nicht hatte aufhören können, zu grübeln, hatte sie sich eines Tages an Arno gewandt:

»Sag mal, hast du Erfahrungen mit Männern gemacht?« Er hatte sie lachend angeschaut und gesagt:

»Klar, jede Menge. Du weißt ja, im sogenannten Lehrkörper des Gymnasiums sind in meiner Generation Männer noch immer in der Überzahl, vor allem in den naturwissenschaftlichen Fächern.«

Das meine sie nicht. Was sie denn meine, hatte Arno gefragt und sie halbwegs belustigt angeschaut.

»Ob du je mit einem Mann im Bett warst, das meine ich.«

»Man müsste wohl mindestens zwanzig Jahre jünger sein, um unbefangener über solche Dinge zu reden«, hatte Arno geantwortet.

»Nein, um sie unbefangener zu leben«, hatte Ruth entgegnet. Nach einer Weile unterbrach Arno das Schweigen zwischen ihnen. Er habe sich nie zu Männern hingezogen gefühlt und diesbezügliche, versteckte Avancen, die aber schon sehr lange her seien, hätten ihn stets verlegen gemacht. Heute freue er sich darüber, dass sich solche Versteckspiele zunehmend erübrigten. Sollten doch alle nach ihrer Façon selig werden. Und nach einem Blick auf Ruth hatte er gefragt:

»Leonard?« Ruth hatte genickt, ihre Arme ein wenig angehoben, die Handflächen nach oben gedreht und gesagt:

»Genau, Leonard. Game over. Leider.«

* * *

Die Enttäuschung und das Bedauern über den unerwarteten Ausgang dieser Geschichte bestärkten Ruth darin, dass sie es nicht so hatte mit Liebesdingen. So konzentrierte sie sich noch stärker auf ihren Beruf und begann, sich für neue außerschulische Betreuungsmodelle einzusetzen. Schließlich sah sie, wie Anna, aber auch viele andere Mütter und einige Väter, die ihre Kinder in die Kita brachten, täglich den Spagat machten zwischen Job und Kindern und Himmel und Hölle in Bewegung setzten, dass alles irgendwie funktionierte, was es auch tat. Nur, sobald die Kitakinder schulpflichtig wurden, begannen die Schwierigkeiten erst recht. So ließ sie sich in überregionale Arbeitsgruppen wählen, die sich mit Finanzierungsmodellen, Bewilligungsverfahren, Bauvorschriften und Qualitätszertifikaten für Tagesschulen herumschlugen. Zusätzlich landete sie in einer sogenannten Spurgruppe, die sich in langen Sitzungen mit Konzepten und Ausbildungsanforderungen für neue Betreuungsberufe beschäftigte. Dennoch, bei all dieser Arbeit und auch, wenn Anna, Arno und Caro einen wichtigen Platz in ihrem Leben einnahmen, tat sich manchmal eine Lücke auf, die nach jedem ihrer gelegentlichen One-Night-Stands größer wurde. So meldete sie sich schließlich nach langen und oft amüsanten Gesprächen mit Anna, nur halbherzig überzeugt zwar, ob Algorithmen in Beziehungsdingen erfolgreicher sein würden als ihr eigenes Herz, auf einem Datingportal an. Und irgendwann wurden sie und Jan ›gematcht‹.

Ein paar Jahre später spielte die übliche Geschichte. Abnutzung, lautete Ruths Diagnose. Was sich in den Gelenken abspielte, passierte auch in der Liebe. Sie wurde arthrotisch. Zwischen ihr und Jan lief nichts mehr. Dont't touch. Irgendwann hatte sie sich ein Herz gefasst und mit ihrer Gynäkologin über die offensichtlichen Probleme im Bett gesprochen. Die Ärztin hatte sie verblüfft mit den Fragen nach ihrer Lust auf Sex, nach ihrer Erregung, ihren Orgasmen und hatte ihr drei Ratschläge erteilt: »Masturbieren Sie. Bringen Sie Ihren Freund so weit, zu einem Urologen zu gehen. Und nehmen Sie sich die Freiheit zu sexuellen Eskapaden. In dieser Reihenfolge.« Wie hätte sie der Fachfrau erklären sollen, dass ihr Sinn nicht mehr nach sexuellen Eskapaden stand, sondern dass sie diesen Mann, diesen Jan, haben wollte, denn insgeheim wusste sie, er war ihr letzter Versuch. Scheiterte er, würde sie die bislang unterdrückte und längst aus der Zeit gefallene Scham fluten, es wieder nicht geschafft zu haben, einen Mann zu halten, obwohl sie sich bereits im Voraus für diese anachronistische Vorstellung verachtete. Nur, wie altmodisch wäre dieser treuherzige Wunsch, Jan erneut zu erobern, der jungen Gynäkologin erschienen, ja nicht nur der Wunsch, sondern sie, Ruth selbst, als ganze Person? Überdies stellte sie sich ihr vorgeschlagenes Manöver als schwierig vor, sexuelle Eskapaden, jetzt noch, wies doch ihr alternder und viel zu großer Körper deutliche Gebrauchsspuren auf. Brüste, die der Schwerkraft gehorchten, faltiger Hals, überall quellende Fettrollen, ein dicker Bauch. Und Ratschlag Nummer eins befolgte sie, seit sie sich erinnern konnte. Sie masturbierte regelmäßig, von Zeit zu Zeit überkam sie das unwiderstehlich Drängende und trieb sie an zu diesem kräfteraubenden Manöver, das zum Glück noch immer in einem Sturm und hernach in angenehmer Müdigkeit endete. Der zweite Ratschlag der Gynäkologin war eh für die Füchse. Jan war davon überzeugt, keinen Urologen zu brauchen. Der kann auch nichts tun gegen die üblichen Alterserscheinungen von Männern, sagte er. Und auf ihre Frage, wer kann es denn, gab er ihr einen Blick, der sie sofort zum Verstummen brachte. Er sei nicht krank, sagte er.

Und wer bin ich denn und wer ist dieser Jan, fragte sich Ruth und zog alles in Zweifel. Zeigten sie und Jan sich gegenseitig nicht schon längere Zeit ihre ungeschliffenen Seiten? Der ruhige, aber warme Ton, der sie als Paar durch den Alltag getragen hatte, war doch schon längst umgeschlagen in Gereiztheit und ab und zu in gehässige Unfreundlichkeit. Einmal, an einem der raren Treffen zu viert, hatte Arno darauf reagiert. Was denn los sei, hatte er verwundert gefragt, als Jan sie einer Kleinigkeit wegen angefahren und sie nicht minder scharf reagiert hatte. Sie seien halt nicht mehr so zuckerig miteinander, hatte sie geantwortet. Mit einem Schulterzucken und einem Blick zu Anna.

Vielleicht, dachte Ruth, als ihr diese Szene wieder einfiel und sie gleichzeitig Arno vor sich sah, diesen besonnenen und ihr nicht nur altersmäßig in allem stets überlegenen Bruder, der sie auch als schon längst erwachsene Frau hatte beschützen wollen und den sie immer wieder reißend vermisste, vielleicht war die Verbindung mit Jan schon immer eine, wenn überhaupt, zähe Liebe gewesen. Nur, war das nicht jede Liebe? Und lag es nicht an ihr, dass sich vieles in eine ungute Richtung entwickelte? Denn sie hatte sich längst angewöhnt, wichtige Dinge mit sich selbst auszumachen. Oder sie mit Anna zu besprechen. Zu dritt funktionierten solche Gespräche nicht. Jan lag Anna nicht wirklich, wie sie sich ausdrückte, umgekehrt war es auch so. Und auch Caro war ein Thema, über das Ruth mit Jan schon lange nicht mehr sprach. »Die Tochter deiner Freundin ist ein Junkie«, sagte er stets, »du kannst sie nicht retten.« »Die Tochter meiner Freundin ist mein Patenkind«, entgegnete sie, »und sie ist krank und braucht Hilfe genauso, wie andere chronisch Kranke auch.« Darauf reagierte Jan mit einem Kopfschütteln. »Weißt du auch, was sie den Staat kostet? Und die Krankenversicherung?«

Es gab Bereiche, in denen Jan und sie sich gut verstanden. In der Küche zum Beispiel. Dort arbeiteten sie Hand in Hand und zauberten gemeinsam mehrgängige Wunder auf den Tisch. Und Jan interessierte sich für Annas Arbeit in der Kita, er besuchte sie manchmal dort, er mochte Kinder, er spielte gerne mit ihnen und erzählte ihnen Geschichten auf eine Weise, dass selbst die Unruhigsten unter ihnen an seinen Lippen hingen. Als Architekt sah er in den Räumen der Kita immer wieder Optimierungsmöglichkeiten baulicher Natur, die allerdings den dafür vorgesehen Budgetrahmen bei Weitem sprengten. Zu einer Gütergemeinschaft des äußeren Austausches, erschien es Ruth, waren Jan und sie geworden, nicht lieblos, aber der gemeinsame Bereich war immer enger begrenzt. Ein kleines eingezäuntes Viertel, alles andere gehörte ihr selbst. Insbesondere eine Art innere Dunkelheit. Die sie immer wieder mal überkam, der sie sich aber nicht überließ, sondern sich einen Ruck gab und dagegen ankämpfte. Und jetzt würde sie sich einen Ruck geben und einen Schritt auf Jan zumachen. Oder zwei.

* * *

Auf einem Spaziergang im Urlaub an einem Bergsee fragte Ruth ihren Freund:

»Was an dir würdest du in einem nächsten Leben anders wünschen?« Jan wartete eine Weile, schaute dann an sich herunter und sagte schließlich:

»Gar nichts.« Ruth war erschüttert über seine Antwort, wenn sie an ihre Liste der Änderungswünsche dachte, die sich mit ›bitte in kleiner‹ zusammenfassen ließ. Gemeint war ihre ganze Erscheinung, Sie war über einen Meter achtzig lang und wog zweiundachtzig Kilogramm. Gemeint waren auch ihre Brüste, die Ohren, die Füße. In dieser Reihenfolge. Dazu kamen Wünsche wie dunklere Haut, dichteres Haar, gelockt bitte und gerne in rostrot, schmalere Hände, vollere Lippen, weißere Zähne, schönere Zahnstellung, und das alles betraf ja bloß das Äußere, vom ganzen Rest gar nicht zu sprechen.

Sie hatte erwartet, dass Jan ihr dieselbe Frage auch stellen würde. Als sie ausblieb, wusste sie nicht, ob er aus Takt oder aus Desinteresse nicht gefragt hatte, jedenfalls gingen sie schweigend weiter, bis er sie auf ein schlecht geparktes Auto aufmerksam machte.

»Der Fahrer«, stellte Jan fest, »hat gleich zwei Parkfelder benutzt für seine Karosse. Er wird eine unangenehme Überraschung erleben bei der Rückkehr, denn hier patrouilliert die Polizei häufig.« Du wärst bestimmt auch ein guter Polizist, dachte Ruth. Eine Welle von Feindseligkeit gegen ihren Partner flutete sie, auch gegen diese von ihm gewünschte Bezeichnung, an die sie sich auch nach Jahren nicht gewöhnen konnte, für sie genügte ›Freund‹ vollkommen, aber Jan fand, in der Bezeichnung ›Partner‹ stecke für alle ersichtlich eben viel mehr als Freundschaft. Zwar flachte die feindselige Welle in ihr schnell wieder ab, hatte sie sich doch vorgenommen, freundlicher zu sein zu

Jan, was ihr nicht schwerfiel. Verstohlen blickte sie ihn von der Seite her an, er spürte es und nahm ihre Hand. So spazierten sie weiter, er machte sie auf rissige Stellen im Asphalt aufmerksam.

»Die müssen vor dem Winter geflickt werden«, sagte er. Ruth schwieg und beobachtete eine in geringer Höhe fliegende Mehlschwalbe, Tiefdruckwetter, dachte sie.

Im Hotelzimmer angekommen, zog sich Jan sofort bis auf die Unterwäsche aus und legte sich auf seine Hälfte des Doppelbettes. Ruth tat es ihm gleich, allerdings hatte sie sich nur der Schuhe entledigt. Schlafen konnte sie tagsüber nicht, außer sie befand sich in einem Zug, dort passierte es ihr ab und zu, dass sie kurz einnickte, während Jan, kaum kam sein Kopf in Berührung mit einem Kissen, sofort und überall zu jeder Tages- und Nachtzeit einschlafen konnte, wofür sie ihn oft beneidete.

Ruth betrachtete seine gebräunten, schlanken Beine, seine feingliedrigen Füße, ließ ihren Blick dann über seinen Bauch, seine Brust und den etwas faltigen Hals wandern. Fleisch. Daraus sind wir gemacht, dachte sie. Wir alle. Alle aus demselben Material. Im Alter zerfasert das Fleisch, es wird an gewissen Stellen zäh, an anderen schwabbelig. Jan, das wusste Ruth, war überzeugt davon, charmant zu altern. Ihr aber fiel täglich mehr auf, dass ihre beiden Körper schon lange gekocht worden waren. Wechselnde Winde hatten an ihnen gezerrt. Die Jahre. Eisige Kälte und Zeiten übermäßiger, kaum aushaltbarer Hitze. Ruths Blick blieb an Jans Unterhose hängen. Gut geschnittene, schwarze Markenunterwäsche. Lange her, dass sie ihre Hand in seine Unterhose geschoben hatte. Dazu fehlte ihr längst der Mut, in jüngster Zeit auch das Verlangen, Jan hätte die Geste als Aufforderung verstanden zu Sex, was sie ja auch war, und an Sex, jedenfalls am All-inclusive-package hatte er schon seit einiger Zeit das Interesse verloren.

»Die Natur setzt den Männern Grenzen«, hatte er gesagt, wenn sie ihm deutlich gemacht hatte, dass sie ihn begehrte. »Sie limitiert ihre Möglichkeiten, dagegen kann ich als Sechzigjähriger nichts tun.« Ruth hatte zu seinen stotternden Erklärungen jeweils den Atem angehalten, hatte seine Hand genommen und gewusst, bald schon würde er eingeschlafen sein, während sie lange wach liegen würde, ratlos, und jetzt fiel ihr plötzlich ihr anfänglicher Eifer beim Zusammenfalten seiner Unterhosen ein, überhaupt der Anfangseifer. In allem. Die süßen Vorstellungen, die wohlige Schauer auslösten. Wie bei einem jungen Mädchen. Dabei war sie über fünfzig gewesen, als Jan und sie nach der Geschichte mit Leonard über das Online-Datingportal zusammengekommen und viel zu schnell zusammengezogen waren. Kurze Zeit später spürte sie nur noch selten Bedauern darüber, dass Jans Unterhosen einfach waren, was sie waren: Unterhosen. Die er im Übrigen auch selbst zusammenfalten konnte. Nun musste Ruth an eine Ausstellung denken, in die sie Anna kürzlich mitgeschleppt hatte. Eine Künstlerin hatte lauter altes Zeug gezeigt. Auf zerrissene, fleckige Bettlaken hatte sie unleserliche Dinge aufgedruckt, Gedichte vielleicht. In einem löchrigen Pullover steckte ein Küchenmesser. Und auf einen großmütterlich anmutenden Rock mit heruntergerissenem Saum hatte sie vergilbte Fotos gepinnt. Insgesamt lauter Plunder, sagte Ruth kopfschüttelnd dazu, die sich weigerte, in diesem in ihren Augen schauerlichem Zeug Kunst zu sehen. Das Abgeschossene, Benutzte und Abgetragene sei derzeit hoch im Kurs, meinte Anna dazu. Man stelle Spuren aus. Blessuren. Galt das vielleicht auch für die Liebe? Bestand die Wahrheit der Jahre aus abgeschossenen Farben, aufgeplatzten Nähten, aus Flecken und Flicken? Oder hatten sie und Jan die ganze Zeit schlicht aneinander vorbeigeliebt? Und waren nun bei einer Art zahmer Zuneigung füreinander angekommen, geprägt von Höflichkeit, Rücksichtnahme, Schonung, Nachsicht und Schweigen auf Augenhöhe? Wer wie Ruth von Beginn an alte Eltern gehabt hatte, kannte diese Form von Liebe gut genug ja, bis zum Überdruss. Liebe in abgezirkelten Bereichen. Ihre Mutter hatte dem Direktor sonntags, wenn Helene freihatte, stets sein Lieblingsessen gekocht, selbst dann noch, als sie selbst nur noch Brei essen konnte. Heißt lieben also, sich gegenseitig Leckerbissen zuzustecken? Oder sich durchzubeißen, aber wohin? Oder scheiterten Beziehungen, weil sich heute alle eingestehen, dass zusammenleben furchtbar schwierig ist, oft sogar bloß noch furchtbar? Jan und Ruth jedenfalls hatten sich eine kluge Liebe unter zwei reifen Erwachsenen vorgestellt. Hatten gedacht, sie würden sich immer wieder neu gewinnen. Und Rückschläge in Kauf nehmen, sie mit Geduld, ja, mit Großmut hinnehmen. Lauter schöne Ideen, die schon bald nach Neujahrsvorsätzen klangen.

Jan schnarchte, es war mitten am Nachmittag, Ruth hätte ihn anstupsen können, er hätte sich dann auf die andere Seite gedreht, wäre aber womöglich auch aufgewacht, und das wollte sie nicht riskieren, war es ihr doch ganz recht, noch eine Weile still dazuliegen und mindestens in Gedanken allein zu sein. Wenn sie jetzt die Gesellschaft eines Menschen herbeiwünschen könnte, so wählte sie Anna. Ruth vermisste ihre Freundin stets, wenn sie sich ein paar Tage nicht gesehen hatten. Und nur Anna wusste, dass sie und Jan momentan in einer ganz schwierigen Phase steckten und dieser Bergseeurlaub eine von Ruth geplante Maßnahme war, wieder mehr Leben, mehr Luft und mehr Licht in ihren gemeinsamen Alltag zu bringen. Nur Jan wusste davon nichts.

Ruth stand auf und stellte sich ans Panoramafenster. Hier waren fast täglich Rettungshubschrauber zu hören. Auch jetzt. Menschen blieben auf dem Weg zum See stehen und suchten den Himmel nach ihnen ab. In den nahen Bergen verunglückten Menschen, stürzten ab, verletzten sich, bluteten, schrien vor Schmerzen oder waren nicht mehr bei sich. Oder sie starben gleich. Menschen, die voller Freude aufgebrochen waren, frühmorgens, ohne die geringste Ahnung, was ihnen zustoßen würde.

Ruth ging zurück ins Bett, rutschte ganz nahe zu Jan und presste ihren Körper an ihn. Er rührte sich ein wenig und sagte: »Ich muss aufs Klo.« Umgehend schlüpfte sie in ihre Schuhe, nahm ihr Handy und verließ leise das Zimmer, das ihr mit einem Mal viel zu eng erschien. In der Hotellobby, die um diese Uhrzeit fast leer war, bestellte sie sich einen Kaffee und rief Anna an.

»Wir werden alt«, sagte sie zu ihr. »Die Frage ist nur, wie?«

Was denn mit ihr los sei, sie seien ja noch keine achtzig. Noch stehe doch nicht alles still, erwiderte Anna, und als Ruth schwieg, fuhr sie fort: »Das Leben hört doch erst auf, wenn es wirklich aufhört. Würden wir uns jetzt nur ein wenig anstrengen, wir könnten noch immer abheben und fliegen.«

Gewiss, erwiderte Ruth, genau darum gehe es. Sie jedenfalls wolle nicht enden wie ihre Mutter. Deshalb wolle sie sich etwas einfallen lassen, das Abhilfe schaffe gegen die Muffigkeit der späten Jahre.

»Bist du dabei«, fragte sie, »wenn ich mir was Verrücktes ausdenke?« Anna lachte ein wenig und fragte zurück, ob es nicht schon genug verrückte Alte gäbe, aber ja, sie sei dabei, klar, und ob es ihr denn nicht gut gehe, momentan.

»Mir selbst geht es gut, bloß etwas weniger gut mit dem laschen Jan, das weißt du ja«, hörte Ruth sich sagen und sie merkte, wie gut es ihr tat, sich dabei zuzuhören.

»Übrigens«, fuhr sie fort, »du und ich wollen selbstverständlich nicht verrückt werden, im Gegenteil, wir werden unseren ganzen scharfsinnigen Verstand brauchen, um meine verrückten Pläne umzusetzen. Noch schwirren sie erst in meinem Kopf herum, noch viel zu vage, um sie dir schon zu unterbreiten. Aber mach dich schon mal gefasst auf eine ganze Wagenladung an Überraschungen.«

* * *

Liebe Ruth

Ich bin gespannt auf deine verrückten Ideen. Aber lass dir alle Zeit der Welt damit. Überstürze nichts. Auch wenn ich wie meine Mutter klinge, wenn ich das sage ... Es stimmt: Unsere Primetime läuft ab, ist wohl bereits abgelaufen. Allmählich verbuschen wir. Oder rasierst du dir Achseln und Beine noch? Und das Unterholz, wie verfährst du damit? Mit den Hügelzügen der Scham und ihren Ausläufern, also mit den fernen, unteren Regionen? Und was machst du mit den sprießenden Haaren am Kinn und über der Oberlippe? Da fällt mir ein, ich hatte diese Tante mit Altersschnurrbart. Rosa. Eine taffe Person, sie hätte dir gefallen. Sie galt als wunderlich. Schon immer. ›Sie hat gewisse Neigungen‹, sagte mein Vater über seine Schwester. Sie ist ›falsch gewickelt‹, sagte meine Mutter. Solche Ausdrücke kennst du gut, auch Arno und du, hat er mir erzählt, hattet eine lesbische Tante, über die nie gesprochen wurde. Ihre letzten Jahre verbrachte unsere Rosa im Altersheim. Straff geführt von Nonnen. Mit täglichem Tischgebet nach dem Abendessen. An das Rosa Abend für Abend mit lauter Stimme anfügte: »Oben klar und unten dicht, lieber Gott, mehr will ich nicht.« Würde ich noch beten, stimmte ich mit Überzeugung ein. Einmal, als ich Rosa besuchte, hat sie mir von einer Bewohnerin erzählt, mit der sie sich gut verstanden habe und die zum Glück vor Kurzem habe sterben können, endlich. Marta. Eine, die in der Welt herumgekommen sei. Die zwei Söhne großgezogen habe – ohne passenden Ehemann. Eine, die nicht jeden Tag Gebete abgespult, sondern selbst welche erfunden habe, gefüllt mit konkreten Wünschen. »Lieber Gott, im Voraus danke ich dir, wenn es heute Abend weder Kompott noch Grießbrei gibt, sondern schöne Salami, ein Stück Parmesan und dunkles Brot mit Kruste.« Diese Marta sei eine gewesen, die nicht über den

Friedhof schlurfte, um auf den frischen Gräbern die Kränze mit den Schleifen und den letzten Grüßen zu beäugen, sondern sie habe täglich einen Marsch gemacht und sich über blühende Wiesen und später über den Duft frisch geschnittenen Grases gefreut. Eine Leserin im Übrigen, diese Marta, wie sie selbst. Mit ihr habe sie reden können. Bis sie, erst schleichend, bald aber immer vernehmbarer, nach Wörtern habe suchen müssen und immer häufiger Dinge verlor. Schlüssel, Geldbeutel, Briefe, die ihre Enkelinnen ihr schrieben. Zu Beginn habe die heilige Antonia, die Göttin des Gedächtnisses, noch geholfen, immer unzuverlässiger zwar, bis der Tag gekommen sei, an dem Marta nicht einmal mehr den Namen ihrer Helferin erinnerte. Und ganz zum Schluss nicht einmal mehr ihren eigenen Namen. Die fortschreitende Ernüchterung im Kontakt mit dieser Marta habe sie, Rosa, beinahe an den Rand gebracht. Martas Niedergang zu erleben, ohne etwas tun zu können, habe ihr jeden Tag stärkere Stiche versetzt. Sie hätte diese Marta, die nicht einmal mehr imstande gewesen sei, ihren Blick auf etwas Bestimmtes zu richten, am liebsten erwürgt. »Wer weiß, vielleicht hätte ich es getan«, hatte Rosa gesagt, »aber gnädigerweise hat Marta eine Grippe bekommen, dann Lungenentzündung, dann Exitus und Abgang in der Holzkiste durch den Hinterausgang des Heims. Im weißen Hemd. »Wenn du mal Grippe hast«, hatte Rosa noch angefügt, »bitte besuche mich.« Ein solcher Besuch hatte sich erübrigt, Rosa, eine Nichtschwimmerin, war kurze Zeit später ins Wasser gegangen.

Unsere Körper aber, liebe Ruth, verlanden. Werden zu Trockenwiesen. Das drahtige Schamhaar wie krustige Salzpflanzen, weit entfernt von zarten Blumenkörpern. Das Leben trocknet aus. Wir laufen ein wie zu heiß gewaschene Kleidungsstücke. Welken und schrumpeln wie alte Kartoffeln. Unsere mürbe Haut und überall Grünspan. Noch riechen wir nicht nach Alter. In unserem Kopf glücklicherweise noch alles intakt.

Noch gehen wir weder am Stock noch am Rollator. Tragen wir keine Kittelschürzen, wetterfeste Jacken in Lila oder Weinrot und dauergewelltes, silbriges Haar mit einem Stich ins Blaue. Dennoch, der Körper altert stets sichtbarer, wird allmählich zu Gammelfleisch, während die Seele noch immer einer Libelle gleicht. Durchsichtig. Wie Augenwasser. Täglich erlebe ich, dass Älterwerden, ähnlich wie einst die sich abzeichnende Mutterschaft, die Körperscham befördert. Sie nimmt dich hinterrücks, befällt dich wie ein heimtückischer Keim, den du wohl nie mehr loswerden wirst. Meist schaue ich sofort weg, wenn ich mich nach dem Duschen zufällig spiegle im Bad. Vermeide den Kontakt mit mir selbst. Alle die vernutzten Körperteile. Lächerliche Muskeln, stets auf dem Rückzug. Papierhaut im Gesicht, auf der sich das Leben durchgepaust hat und Falten wirft, mindestens bei mir. Dein gut gepolstertes Antlitz hingegen erstrahlt in alter Straffheit. Im Alter sind deine paar Kilos zu viel von Vorteil. Im Übrigen schmiegt sich nun auch bei mir ein Gürteltier um die Taille, das sich mästet, ich weiß nicht wie. Auf den Beinen ein dunkelblaues Netz aus Strömen und Flüssen, alle nicht schiffbar. Und jeden Morgen das traurige Drama: Erneut und trotz aller Vorsicht beim Kämmen stecken ein paar Kopfhaare in der Bürste. Glaubst du noch an Goldhirse? An Hyaluronsäure? An selbstgemachte Paste aus zerdrückten Mandeln, Milch und Honig? Oder lassen wir den ganzen Klimbim und sagen uns: Was soll's? Wir werden auch nicht gefragt, ob wir uns das alles zumuten. Es wird uns zugemutet. Und im Gegenzug muten wir uns kaltblütig und unverfroren der Welt zu. Leben trotzig und frech weiter, versehrt zwar, aber manchmal ganz frohgemut. Körper sind nun mal nicht neutral, auch nicht im Alter, und alles läuft über den Körper ab und manifestiert sich dort: Wachsen und erblühen, Tracht und Fracht, welken und altern. Wir schauen uns um in unserer Peergroup und stellen erfreut fest, wir sind nicht etwa allein. Es geht allen gleich. Die Wahrheit der Jahre zeigt sich bei allen im Grundton gleich, in der konkreten Ausgestaltung allerdings für jede anders. Vermutlich leiden die herausragend Schönen am meisten unter dem allmählichen Niedergang ihres Kapitals und den alltäglichen, kleinen Erniedrigungen, haben sie doch das Altern bislang verachtet und es wohl für ihr eigenes Leben ausgeschlossen. Der Blick in den Spiegel muss für sie ein blanker Albtraum sein, während wir, die in Sachen Schönheit schon immer Mittelmaß waren, gelassener reagieren auf die unaufhaltsame Veränderung unserer äußeren Erscheinung. Was aber mit den unausgesprochenen Erwartungen: Wir sollen uns in unseren Zonen bewegen. Keine großen Sprünge mehr bitte. Wir sollen nicht Bahn fahren, wenn die Pendler die Plätze in den Zügen benötigen. Wir sollen abends nicht einkaufen im Supermarkt, sondern morgens um zehn oder nachmittags um drei. Dann nämlich, wenn wir uns nach dem Frühstück präsentabel hergerichtet haben oder wieder wach und ganz bei uns sind nach dem Mittagsschlaf. Liebe Ruth, ich esse nie Frühstück und schlafe nie mittags. Und was ist eigentlich mit unserem guten Ruf? Unser Leumund nach wie vor tadellos, wie es sich für Damen gehört? Erinnerst du dich an den Landgasthof, auf dessen Speisekarte noch immer der ›Damenteller‹ figurierte und Arno sich jeweils einen Spaß daraus machte, nach dem ›Herrenteller‹ zu fragen. Sollen wir nächsten Mittwoch wieder mal dorthin fahren und den Damenteller bestellen? Oder doch lieber irgendwo überteuerte Sushi essen?, fragt dich deine Anna.

10

Caro hatte tatsächlich eine dieser völlig aus der Zeit gefallenen Anzeigen geschickt mit dem Aufdruck »Bin umgezogen« und ihn ergänzt mit ihrer neuen Adresse. Wie sie zu einer solchen Karte gekommen war, blieb für Anna ein Rätsel, allerdings beschäftigte sie die handschriftliche Bemerkung unter der neuen Adresse stärker: »… aber das Stadtleben ist nix für mich«. Das bedeutete, Caros neue Bleibe würde bloß eine weitere von vielen Stationen sein, an denen sie schon gehaust hatte. Ein Zugvogel, der den Anschluss an den Schwarm verloren hatte, so eine war Caro. Immerhin musste Anna nun für eine Weile nicht mehr nach ihrer Tochter suchen, denn bislang waren Angaben zu ihrem neuen Aufenthaltstort nach dem Rausschmiss aus einer Therapiestation vage gewesen und stets ohne Gewähr.

Nun wohnte Caro also an der Jungstraße. Ob sie wohl dachte, für immer jung zu bleiben unter dieser Adresse, obwohl, sie sah mit ihren zweiunddreissig Jahren oft ziemlich alt aus. Ob ihr das bewusst war? Vermutlich nicht, sie sah vieles verzerrt und verschob die Wirklichkeit nach Belieben.

Anna reiste ohne zu zögern und sich anzukündigen in Caros Stadt und nahm sich ein Hotelzimmer in der Nähe des Bahnhofs. Frühmorgens ging sie los und marschierte Richtung Jungstraße. Die Stadt schlief noch und ihre Bewohner verpassten die morgendliche, stille Frische eines wohl erneut prächtigen Sommertages. Außer Anna waren nur ein paar Menschen mit Hunden unterwegs, eine einzelne Joggerin in einem knallroten Dress, und die Leute der Müllabfuhr hatten ihre Arbeit bereits aufgenommen. Nachdem Anna dann doch ein paar Stationen mit einem Bus gefahren war, erreichte sie

Caros Quartier. Verbotene Zone, Bannmeile. Sie kam sich vor wie eine Detektivin, die einen Auftrag zu erfüllen hatte. Es gab keinen Auftrag. Caro hatte nicht nach ihr verlangt. Aber es verlangte Anna nach Caro. Sie zu sehen. Sich zu vergewissern, dass es sie gab. Irgendwie.

Sie klingelte nicht, als sie vor dem Haus stand, auf dessen Klingelbrett sie tatsächlich Caros Namen fand. In Majuskeln auf ein Stück Klebeband geschrieben. Sie musste ein paarmal heftig schlucken, als sie ihn länger als nötig betrachtete. Es war noch immer viel zu früh, acht Uhr mittlerweile. Vor zwölf musste niemand etwas wollen von Caro. Anna hätte ihr Geschenke mitbringen können, aufgesammelt von der Straße. Zwei Paar Damenschuhe, ein Topf, ein Backblech, ein Grillrost und ein paar vom Regen mürb gewordene, feuchte T-Shirts, lauter Zeug, an dem sie vorbeigegangen war. Caro aber hätte jedes dieser Stücke aufgehoben und begutachtet. Die Schuhe hätte sie bestimmt in eine der Tüten gesteckt, die sie stets mit sich führte. Sie passten ihr zwar nicht, so klein, wie sie waren, aber sie nahm auch Dinge für Freundinnen mit, hob sie auf für sie, auch wenn sie sich schon lange nicht mehr gesehen hatten und nicht Bescheid wusste über ihren momentanen Aufenthaltsort. Vielleicht im Gefängnis, vielleicht im Entzug, in der Therapie, vielleicht tot oder vorübergehend bei Mama.

Eine Katze rannte vorbei. Sie ließ Anna an Caros Sanftmut im Umgang mit Tieren denken. Und mit Pflanzen und Bäumen. Ihr Bestreben, diesen Lebewesen keinen Schaden zuzufügen. Sich selbst gegenüber war Caro nie sanftmütig, eher nachgiebig. Im Umgang mit Anna hingegen gab es immer wieder sanftmütige Momente. Und andere.

Nun lief Anna ziellos durch die mit Bäumen gesäumten Straßen und freute sich über die kleinen, bepflanzten Gevierte am Fuße der Bäume, die es überall gab. Winzige Straßengärtchen mit Malven, Prachtkerzen und Cosmea, andere mit wilden Wucherpflanzen, nur wenige der Asphaltgärtchen, wie Anna sie bei sich nannte, waren offensichtlich Opfer von Vandalen geworden. Dort waren die Pflanzen ausgerissen, nur noch ein paar kümmerliche, ausgebleichte Gräser waren geblieben und viel Hundescheiße. Der dreibeinige Hund allerdings, der Anna in der Nähe der Jungstraße entgegenkam, weit hinter seinem Halter zurück, hatte ihr Mitleid. Sie summte für ihn. Summte die Beinmelodie, eine Art von Gesang bis in die Rosen. Sie würde den Hund nicht aus dem Kopf bringen, nicht seinen Blick. Obwohl Caro immer wieder sagte, sie sei barsch zu Tieren.

Als sie dann nach einem ausgedehnten Stadtspaziergang, ausgiebigem Spätfrühstück und langer Zeitungslektüre die Tochter in ihrer verschatteten Nachmittagskammer besuchte, ein anderes Zimmer gab es nicht in ihrer Einraumwohnung, war Caro nicht einmal sonderlich überrascht, sondern erzählte ihr sofort und voller Staunen ihre Träume. Es mache sie stolz, dass sie wieder träume. Aber noch sträube sie sich gegen Zufriedenheit, die etwas mit ihr selbst zu tun habe. Alle Träume seien merkwürdig, sagte Anna, und erzählte der Tochter vom dreibeinigen Hund, bevor sie sagte:

»Schreibe sie auf, deine Träume.«

»Wozu«, fragte Caro, »ich mache keine Notizen. Aber ich zeichne wieder. An guten Tagen zeichne ich mit links, allerdings rechts. Und ich beginne damit, wenn überhaupt, immer erst spätabends.«

»Du verpasst so viel, wenn dein Tag erst am Nachmittag beginnt«, erwiderte Anna und stellte sich ans Fenster zum Hof. »Du hast den zirpenden Frühling verpasst. Und die erste sommerliche Himmelshelle hast du wohl noch nie gesehen.« Caro widersprach.

Oft gehe sie erst nach Sonnenaufgang zu Bett, deshalb kenne sie die erste Morgendämmerung sehr wohl. Anna schaute Caro an, die nun auf sie zukam und ihr geradewegs in die Arme fiel und sie lange festhielt. Dann schlug sie einen Spaziergang im Park vor.

Spazierte Caro durch die Stadt, ging ihr Blick immer nach unten. Sie war eine Finderin. Geld, Federn, Fahrscheine, angebrochene Zigarettenpackungen, Feuerzeuge, Mützen, einzelne Handschuhe fand sie, eben bückte sie sich nach einem zerknautschten Tennisball, begutachtetet ihn, schüttelte den Kopf und warf ihn dann ins Gebüsch.

Vor einiger Zeit, erzählte sie, habe sie sich im Park mit einer verletzten Krähe befreundet. Der Vogel tauche auf, wenn sie nachmittags gegen drei hingehe und rocke ihren Tag. Ihr Ziel sei es, dass die Krähe auf ihrer Schulter sitze und sie mit ihr ein Stück durch die Stadt spazieren könne.

»Dein Ziel ist es also, Hexe zu werden, eine zu Tieren zärtliche Hexe.«

»Ich habe der Krähe einen Namen gegeben. Sie heißt Kuno«, erzählte Caro unbeirrt weiter.

»Krähen haben Schnäbel, die zum Fürchten sind«, warf Anna ein, Caro aber fuhr fort:

»Kunos Herz schlägt. Ich kann es spüren unter seinem weichen Gefieder. Seine dunklen Augen glitzern und glänzen. Er besteht aus Fleisch und Blut, aus Federn und aus Knochen.«

»Katzen wissen ganz genau, wie Vogelfleisch schmeckt.«

»Du bist schon wieder die Spielverderberin.« Caro gab Anna einen genervten Blick, als sie das sagte. Überhaupt müsse sie nun nach Kuno suchen und dabei sei ihr Anna keine Hilfe. Aber sie könne sie gerne wieder besuchen, zum Beispiel morgen, nicht vor vierzehn Uhr.

* * *

Liebe Ruth

ich bin in Caros Stadt. Ich habe sie besucht. Es wundert dich bestimmt nicht, wenn ich dir sage: Sie verpuppt und verwandelt sich immer wieder. Wundern und staunen. Jene lieben, die nicht wie wir sind, das ist oft schwer. Ich übe beharrlich. Und du, übst du auch noch oder hast du aufgegeben? Jan, meine ich. Die Beziehung zu mir binde sie fest, hatte Caro gesagt, bevor sie wegging und mich im Ungewissen ließ über ihren Verbleib. Sie hat ihre Zelte nun an der Jungstraße in B. aufgeschlagen, apropos Zelte, sie liebte es schon als Kind, draußen zu schlafen. Wie oft hat sie ihre Matratze auf den Balkon geschleppt und sich dort ein Lager für die Nacht eingerichtet, kannst du dich auch noch daran erinnern? Wann aber hat ihre Geschichte fern von uns begonnen und wann hat sie einen radikal anderen Lauf genommen? Und warum? Das treibt mich bis heute um, obwohl mir im Laufe der Jahre viele Menschen, darunter du und Arno und auch solche vom sogenannten Fach, versucht haben, mir diese Fragen auszutreiben. Nur kommen sie wie ein Bumerang immer wieder zu mir zurück.

Ich bin erleichtert, dass Caro momentan wieder eine eigene Wohnung hat. Und vor allem darüber, dass wir uns wieder sehen können. Ich möchte den Draht zu ihr nicht verlieren, um keinen Preis, das weißt du. Und du weißt auch, dass ich mich jetzt schon vor Zeiten fürchte, in denen sie nicht mehr auf einem Balkon schläft, nicht mehr im weichen Daunenschlafsack, sondern ohne alles. Draußen und nicht im Sommer. Nur, bislang hat sie immer wieder einen Unterschlupf gefunden, manchmal sogar einen Job, und ich gebe zu, dass mich ihre Mutanfälle faszinieren. Dass sie immer wieder beginnt. Irgendwo einsetzt und eine Weile lang den Faden weiterspinnt. An immer wieder neuen Orten. Dort haust sie, für eine Jahreszeit vielleicht, manchmal hat sie einen Hund in Pflege, nur sind ihre Bleiben nie ein Zuhause. Dass Caro nicht an Dingen hängt, das bewundere ich. Und ängstlich ist sie auch nicht, das ist mein Part. Es schreckt sie wenig, am wenigsten die Dunkelheit. Die mir schnell Schwindelgefühle bereitet. Während sie die Dunkelheit nutzt fürs Schwindeln. Sie habe die Miete bezahlt, sagt sie. Ich schwanke, ob ich ihr glauben soll. Oder nicht. Oder doch. Es zögert und zaudert mal wieder, deine Anna.

PS: Was ich weiß: Selbst in den schönsten Begegnungen mit Caro ist immer auch der Abbruch eingebaut. Ihre plötzliche Verweigerung, ihr Abtauchen ohne Abschied. Dann reibe ich mir die Augen und die Angst treibt mich wieder vor sich her. Denke ich an sie, schlägt mein Herz sofort in einem anderen Rhythmus. Eine Art Stakkato, unregelmäßig, heftige Schläge, unterbrochen von kleinen Hüpfern. Und dieser Rhythmus geht in die Sprache. Ich kann dann nur ganz arme Sätzchen an sie richten. Liebe Caro, wie geht es dir? Hoffe, gut. Das ist zwar nicht wahr, denn ich weiß, es geht dir nicht gut. Aber mach's trotz allem gut. Mama. ›Kleide folgende Stichwörter in ganze Sätze‹, hieß es früher in den Sprachübungen. Und was, wenn man keine Kleider hat für die stechenden Wörter?

Dennoch, derzeit machen Caro und ich große Pläne, von denen wir schon während sie entstehen, ahnen, dass sie sich in Luft auflösen werden. Nein, noch deutlicher, dass sie Luft sind. Es lässt sich nicht alles ausbeineln, aber nun möchte Caro nächsten, spätestens übernächsten Sommer unbedingt nach Norwegen mit mir. Nach Tromsø.

* * *

Anna blieb zehn Tage in der Stadt und machte, unterwegs zu ihrer Tochter, stets riesige Umwege. Gut möglich, dass sie das erweiterte Quartier schon besser kannte als Caro selbst, zumindest tagsüber. Sie kannte bereits ein paar seiner Gerüche, wusste, bei welchem Schnellimbiss es besonders stark nach Frittieröl roch, kannte die Ecke, an der ihr eine warme Dampfwolke, intensiv nach Waschmitteln duftend, entgegenkam und auffällig viele Menschen mit überdimensionierten, prall gefüllten Plastiktüten unterwegs waren: Der Waschsalon an der Ikkestraße. Sie kannte jene Auslage, über die sie sich jedes Mal, wenn sie daran vorbeiging, von Neuem wunderte: Ein Bestattungsunternehmen stellte verschiedene Modelle von Särgen und Urnen aus. Ohne Preisschilder. Sie kannte Caros Fahrplan und kam nie zu früh bei ihr an. Alles verlief freundlich. Anna fiel es leichter, sich hier, wo niemand sie kannte, mit ihrer Tochter zu zeigen, obwohl, sich das einzugestehen war schwer. Caro war stets schlampig angezogen, sie trug auch an warmen Tagen mehrere Kleiderschichten übereinander, nie Kurzarmshirts, Röcke oder Sandalen, sondern Leggings, darüber langes Strickzeugs und hohe, schwere Schnürschuhe. Ihre Zähne hatten zu bröckeln begonnen und ihr Haar fiel ihr in langen, dünnen Strähnen in ausgebleichtem Grün immer wieder wie ein fransiger Vorhang ins Gesicht. In diesem Aufzug stromerte sie wohl die meiste Zeit allein durch die Gegend, wenn Anna nicht da war. Ihre Augen aber waren immer mit Eyeliner umrandet, an guten Tagen schminkte sie sich zurückhaltend und sehr geschickt. Abgesehen von ihren schadhaften Zähnen war ihr Gesicht noch immer von einer zarten Schönheit, und wenn ihr danach war, demonstrierte sie, wie sie noch immer aufreizend schauen und sich gleichzeitig darüber lustig machen konnte.

Auf Annas Frage, ob sie keine leichteren Kleider besitze, etwas für den Sommer, sagte Caro, ihr Körper sei nicht im Angebot, deshalb verstecke sie ihn unter dicken Lagen. Anna vermutete, dass es andere Gründe dafür gab. Caros Haut war immer wieder mit Pusteln überzogen und die Spuren des Konsums waren vor allem auf der verfärbten Haut der Unterschenkel voller Blessuren und Vernarbungen klar abzulesen.

Einmal, auf einem Spaziergang in Caros Quartier, kam Anna ein Trio auf Fahrrädern entgegen. Vorne ein Mädchen, schon recht sicher und selbstbewusst radelnd. Ihm folgte der Vater, der immer wieder einen Blick nach hinten warf. Denn dort folgte ein kleiner Junge, auch er auf einem seiner Größe angepassten Fahrrad, er fuhr allerdings noch ziemlich unsicher, aber er sang. Saß auf dem Fahrrad, trampelte schwankend durch die Stadt. Und sang. Als Anna Caro von diesem Trio erzählte, fragte sie:

»Und wo war die Mutter?«

»Zu Hause, bei der Arbeit, beim Friseur, im Fitnessstudio oder auf dem Friedhof, was weiß ich?«, lautete Annas Antwort, worauf Caro erwiderte:

»Jedenfalls ist immer jemand abwesend. Früher waren es die Väter, heute sind es die Mütter.« Als Anna wissen wollte, wie Caro denn auf solche Schlüsse komme, sagte sie: »Weil es so ist.«

Sie gingen fast jeden Tag in den Park. Dort rief Caro nach Kuno, ihrer Krähe, die immer auf der gleichen Buche saß. Caro streute ein paar Brosamen auf den Boden und der Vogel flog – obwohl er den rechten Flügel noch nicht ganz spreizen konnte – zu seinem Futter. Bis zu jenem Nachmittag, als Kuno nur noch ein kleines Bündel aus Knochen war, an denen noch etwas Fleisch hing, schwarze Federn und ein überdeutlicher gelber Schnabel am zerfetzten Kopf. Caro war untröstlich.

»Es kann doch auch irgendeine Krähe sein, die einer Bande streunender Katzen oder einem jagenden Hund zum Opfer gefallen ist«, gab Anna zu bedenken.

Keinem Hund gelinge es, eine gesunde, flugfähige Krähe zu erwischen, erklärte Caro, und Katzen fürchteten sich vor der Rache des Krähenschwarms. Als Anna schwieg, fuhr sie fort:

»Kuno flog noch nicht schnell genug, obwohl ich täglich mit ihm trainierte. Und wie du ja siehst, sitzt er nicht mehr auf seinem Baum und kommt, wenn ich ihn rufe. Das hier«, und Caro zeigte mit einem hastig abgerissenen Zweig auf die Überreste des Vogels, »das ist, beziehungsweise das war Kuno, da bin ich mir ganz sicher.« Sie weinte nun und schließlich bat sie Anna, so lange im Park zu bleiben und die Vogelreste zu bewachen, bis sie mit einer Schaufel und einer Schachtel zurück sei. Sie wolle Kuno bestatten. Nicht hier im Park, bei so viel herumfliegenden Vögeln, sondern auf einem richtigen Friedhof. Anna zuckte mit den Schultern, Vogelheimat, dachte sie, ist wohl eher der Raum zwischen Himmel und Erde, ist die Luft, irgendwie, aber Kuno, wenn er es denn tatsächlich war, war ja tot, er lag zerfetzt und in seine Bestandteile zerlegt, wovon einige fehlten, auf der Erde und irgendwie erschien es logisch, dass er nun in die Erde hineinmusste. Okay, sie werde hier warten, sagte Anna, aber zur Krähenbestattung komme sie nicht. Caro zuckte mit den Schultern und entfernte sich, kam aber nach ein paar Schritten nochmals zurück und fragte:

»Denkst du, Vögel haben keine Seele?« Dann ging sie.

Sich selbst in den Tieren suchen, das war es wohl, was Caro tat. Und Anna würde ihr bisweilen gerne einen Peilsender um den Hals legen, wie man es in Wiederansiedlungsprojekten von fast ausgestorbenen Vögeln macht, mit Bartgeiern zum Beispiel, ein winziges Gerät, das dauernd Signale sendet über ihre Aufenthaltsorte, ihre Flüge und ihre Abstürze. Nur, wenn sie es sich überlegte, hatten Caro und sie längst ein System entwickelt, das Sender, Sonden und Beobachtungsfernrohre überflüssig machte. Sie spürten, wenn die eine an die andere dachte, es war häufig, dass Messages, die sie einander aufs Handy schickten, sich kreuzten oder Caro zum Telefon griff, um Anna anzurufen genau in dem Moment, als Anna sie anrief. Caro hatte allerdings mehr Macht und konnte das System lahmlegen. Für eine beliebige Weile machte sie dicht und Annas Signale verglühten. Caros Fliehkräfte trugen sie fort und sie verschwand vom

Radar. Diesem Vorgang hatte Anna nichts entgegenzusetzen, es folgte ihm einzig die blanke Angst. Dass Caro sterben würde. Umgebracht von einem Dealer, dem sie Geld schuldete. Oder an einer Überdosis.

11

Oft vergaß Anna, dass sie zwei Schwestern hatte. Es gab viele Tage, an denen sie nicht ein einziges Mal an sie dachte. Nicht einmal nach Arnos Tod waren sie sich nähergekommen, obwohl man sagt, Leid verbinde. Alice war vertraut mit Leid, während Anita es wohl nur aus Romanen kannte. Vielleicht tat Anna ihr Unrecht mit dieser Annahme, denn sie kannte diese Schwester kaum, während sie zu Alice eine gewisse Nähe empfand, genährt durch Erlebnisse aus Kindertagen. Vor Kurzem wollte sie Anita ein Treffen vorschlagen in der Stadt, in der diese Schwester wohnte und in der sie zufälligerweise zu tun hatte. Sie saß bereits in der Bahn, als sie auf diese Idee kam. Aber dann fiel ihr ein, dass sie am Morgen die Haare nicht gewaschen hatte und nicht geschminkt war, und so ließ sie den Vorschlag bleiben. Bisweilen überfiel sie Eifersucht auf das glückliche Leben, das Anitas erwachsene Kinder führten, jedenfalls laut dem Bericht ihrer Mutter, denn direkten Kontakt zu ihren Nichten hatte Anna nicht. Sie spürte aber, wie Anita ganz erfüllt war von diesem Glück und wie stolz es sie machte, obwohl sie sich bemühte, ihr gegenüber diesen Stolz zu verbergen. Aber Anna registrierte ihn im Klang der Stimme, wenn Anita von ihren erwachsenen Kindern erzählte. »Sie stehen alle vier auf eigenen Füßen, sie sind angekommen mitten im Leben«, sagte sie, und ihre Augen begannen zu glänzen, ihr Körper straffte sich ein wenig, bis sie, wohl Anna zuliebe, ein »wobei, man weiß ja nie« anfügte, dem sie ein Schulterzucken folgen ließ und dann die Frage:

»Und wie geht es dir?« Eigentlich hieß die Frage:

»Wie geht es Caro?« Aber Anita war taktvoll oder glaubte, es zu sein, wenn sie nicht direkt nach Caro fragte. Was außer Ruth ohnehin niemand mehr tat.

* * *

Liebe Alice

Heute mache ich Umstände und schreibe dir. Macht euch keine Umstände, weißt du noch, war der Lieblingsausdruck unserer Mutter, wenn sie eine von uns besuchte. Aber sie selbst machte jedes Mal Umstände, bei jedem Besuch, schon immer, früher, vor allem an Ostern, einem Tag, der immer bei uns gefeiert wurde, meist war schlechtes Wetter, oft schneite es auf die Schneeglöcklein, die Märzensterne und die ersten Narzissen in Mutters Garten. Und sie machte sich schon lange im Voraus Sorgen, ob alles gut über die Bühne gehen würde, dabei kamen bloß ein paar ihrer Schwestern mit irgendwelchen Ehemännern zu Besuch, und alle hätten viel lieber am Küchentisch gegessen, so waren sie es von zu Hause gewohnt, aber Mutter hatte in der schönen Stube aufgedeckt, alles war da, das gute Besteck, die Teller mit dem Goldrand, die Weingläser aus dünnstem Glas, die Damastservietten; nur den Kachelofen einzuheizen, hatte sie vergessen bei all der Mühe, die sie sich gemacht hatte, sogar Blumen hatte sie auf den Tisch gestellt, ihre Gartenblumen, die sie äußerst ungern abpflückte. Es war also kalt in der schönen Stube und die Teller mit Goldrand, die sie aus dem Buffet genommen hatte, waren eiskalt, und so erkalteten die Bratkartoffeln und die Koteletts und die Karotten, die Bohnen und der Blumenkohl im Handumdrehen, was sie ärgerte. Während du und ich in der Küche saßen, im Warmen, es gab zu wenig Platz in der schönen Stube, Anita saß dort, eingequetscht zwischen zwei Tanten, sie wollte stets bei den Erwachsenen sein, musste dafür alles essen, was auf den Teller kam, während wir in der Küche nur das aßen, was wir mochten. Du, Alice, hast zwei Koteletts gegessen, deines und meines, und ich aß eine doppelte Portion Blumenkohl. Abends, wenn der Besuch gegangen war, musstest du für die Schule lernen, Diktat und Sprache schriftlich, auch an Ostern, da war Mutter unnachgiebig, du musstest zum Beispiel in einem Text die Umstandswörter der Zeit, des Ortes und der Art und Weise unterstreichen. Was du hasstest und was ich liebte. Keine Ahnung mehr von alledem, höre ich dich sagen, vergiss es. Wie oft kommt dieser Befehl aus deinem Mund. Vergiss es, als ob man auf Befehl vergessen oder, das Gegenteil, erinnern könnte. Aber an die Besuche von Frieda, Mutters Lieblingsschwester, an sie kannst du dich bestimmt erinnern, nicht? Denn dann konnten wir endlich tun und lassen, was wir wollten, völlig unbeaufsichtigt. Denn kam Frieda zu Besuch, wollten sich sie und unsere Mutter für ein Weilchen als richtige Damen fühlen, und dazu tranken sie ein oder zwei Gläschen Eierlikör zusammen. Am Sonntagnachmittag, in der schönen Stube. Sie trugen Sonntagskleider, dazu saisonale Sonntagsschuhe, Frieda war vor dem Besuch beim Friseur gewesen, Mutter hatte sich am Vorabend ihre roten Haare gewaschen, sie auf Lockenwickler gedreht, ein Tuch um den Kopf gebunden und war so schlafen gegangen. Anderntags hast du sie frisiert, bevor unsere Tante eintraf. Auch bei schönstem Sonnenschein tranken die beiden Schwestern ihren Eierlikör drinnen, Damen mieden die Sonne, der vornehmen Blässe wegen, und damit, glaubten die zwei Schwestern, konnten sie aufwarten. Dass sie beide als Rotschöpfe allerdings im Gesicht, auf dem Dekolleté und auf den Armen reichlich gesprenkelt waren, kümmerte sie nicht in jenen Momenten, in denen sie sich dem Damengefühl hingaben und es genossen. Uns schickten sie zum Spielen nach draußen oder bei Regenwetter auf den Dachboden. Sie wollten, sagten sie, mal ein Stündchen unter sich sein, und zwar ungestört.

Liebe Alice, weder du noch ich sind rothaarig und Eierlikör mögen wir beide nicht, im Gegenteil, uns wird nur schon vom Anschauen der Flasche mit dem gelben, dickflüssigen Inhalt übel, denn genau von diesem gelben Zeug haben wir unseren ersten Vollrausch erlebt, nachdem wir uns an einem ganz gewöhnlichen Werktag heimlich ein paar Gläschen aus besagter Flasche genehmigt hatten, Mutter war bei einem Anlass des Müttervereins, Vater wohl im Wald und Anita noch in der Schule. Hinterher haben wir die Likörflasche mit Wasser aufgefüllt und sie geschüttelt, aber das Wasser vermischte sich nicht wirklich mit dem verbliebenen Inhalt, was uns erst besorgte. Kurze Zeit später allerdings kümmerte uns das Phänomen nicht mehr, denn wir fanden plötzlich alles zum Lachen und am lustigsten wurde es, als du auf die Idee kamst, ein paar Eier aufzuschlagen, dann Zucker einrieseln zu lassen und dich auch noch erinnertest, dass Mutter jeweils noch Kirschwasser dazugab. Ich holte die Flasche aus dem Schrank, auf der eine Etikette mit zwei feuerroten Kirschen klebte, öffnete sie und roch daran. Kirsch, stellte ich fest, obwohl ich keine Ahnung hatte, wie Kirsch roch, ich imitierte bloß Vater, du nahmst die Flasche und gabst eine ziemliche Menge zu den gezuckerten Eiern und rührtest um.

»Willst du kosten?«, fragtest du und reichtest mir einen Esslöffel. Es verbrannte mir fast die Kehle, als ich dein Gemisch tapfer schluckte, du hast es mir gleichgetan und nach einem Hustenanfall lachend gesagt:

»Da muss mehr Zucker rein, das Ganze ist viel zu dünn.« Du hattest vergessen, dass Mutter nur das Eigelb verwendete für die Likörproduktion, aus dem Eiweiß buk sie jeweils Meringues. Ich griff also nach der Zuckerpackung, sie fiel mir aus den Händen, was wir wiederum unglaublich lustig fanden, wir lachten und lachten, ich verteilte den Zucker mit dem Besen auf dem ganzen Küchenboden, dann zogen wir Mutters Sonntagsschuhe an, du die geschlossenen, ich die Riemchensandalen, wir suchten nach Musik im Radio und dann tanzten und tanzten wir, so wie Mutter und Tante Frieda manchmal tanzten nach dem Eierlikörgenuss, es knirschte so schön und lustig unter unseren Füßen, darauf ließest du den in der Packung verbliebenen Zucker direkt in die Likörflasche rieseln, nachdem wir das

Wasser, das obenauf schwamm, weggeschüttet hatten. Mit der Hilfe eines Trichters hast Du das Eiergemisch dazu gegossen, bis die Flasche randvoll war. Dann kosteten wir vom überaus süßen Flascheninhalt, du hast erneut nachgefüllt und wir kosteten wieder, ich weiß nicht mehr, ob wir noch in der Lage waren, die wohl völlig verklebte Flasche im Buffet zu versorgen und die dünnwandigen Likörgläschen zu spülen und zurückzustellen, weiß auch nicht mehr, wer von uns beiden sich zuerst übergeben musste, aber was ich noch weiß: Unsere Mutter geriet in Panik, als sie feststellte, was wir getan hatten. Sie befürchtete sofort eine Alkoholvergiftung.

»Bei Kindern reicht eine kleine Menge«, hatte sie wohl zu unserem Vater gesagt, der bestimmt eine wegwerfende Handbewegung gemacht und gesagt hatte:

»Hör auf zu angsten. Die beiden sollen, wenn alles aus ihnen raus ist, ihren Rausch gründlich ausschlafen und gut ist.«

Warum erzähle ich dir das und dazu noch so umständlich in allen Details? Vielleicht, weil auch wir nun langsam ins Damenalter kommen. Oder vielleicht deshalb, und das ist der Grund, weshalb ich dir überhaupt schreibe und jetzt endlich nach der langen Einleitung folgt, was ich dir eigentlich sagen wollte: Du hast mich während unseres letzten Treffens, bei dem auch Caro dabei war, beim Abschied, zwischen Tür und Angel sozusagen, gefragt, ob sie ein Alkoholproblem habe, sie sei dir so seltsam erschienen. Nein, hat sie nicht. Kein Alkoholproblem. Sie mag keinen Alkohol. Sie trinkt keinen Tropfen. Sie nimmt Drogen. Jetzt weißt du es. Und glaub nicht, du könnest ihr helfen. Das kann niemand, außer sie selbst. Das ist die Wahrheit, obwohl ich mich oft frage: »Darf mal zur Abwechslung etwas nicht wahr sein?«* Und, was denkst du jetzt? fragt dich Anna.

* Fischli / Weiß: Darf etwas nicht wahr sein? In: »Findet mich das Glück?«, Verlag der Buchhandlung Walther König, 2003

* * *

Anna saß an ihrem Arbeitstisch, redigierte ein Firmenporträt, das so schlecht geschrieben war, dass es mit ein paar Umformulierungen nicht getan sein würde. Sie verspürte wenig Lust auf eine Neufassung, unterbrach die Arbeit und rechnete aus, wie viel ihr alle die erledigten Aufträge am Ende des Monats einbringen würden. Seit Arno gestorben war, musste sie sich, was sie immer wieder vergaß, um ihre Einkünfte keine Sorgen mehr machen. Er hatte ihr seine Wohnung und eine Rente hinterlassen. Dass sie nun aber mehr besaß, als sie brauchte, und dieser Besitz überdies einzig auf Arnos Tod zurückzuführen war, das machte ihr ein schlechtes Gewissen. Sie blickte aus dem Fenster. Wie fast jeden Tag flogen zwei Krähen von einem Baum zu einem andern und wieder zurück. Und wie immer trug die Alte auf dem Balkon im dritten Stockwerk des gegenüberliegenden Wohnblocks einen rosafarbenen Unterrock und war vermutlich barfuß. Weshalb, fragte sich Anna, sehe ich nicht die Krähen, wenn sie auf einem Baum sind und schlafen, weshalb nie die Alte in einem Kleid oder in einem Sonntagsrock mit Bluse? Nie möchte ich so alt werden wie die Balkonfrau, die sich nie richtig anzieht, nicht einmal sonntags, überlegte Anna weiter und bekam sofort Angst, dass Caro dereinst so werden würde, unweigerlich. Zu einer abgehängten Existenz, der die Menschen mit Kühle und Abneigung begegneten. Hatte sich vielleicht die Alte vorgestellt, als sie ein junges Mädchen war, dass sie jemals in einer Einraumwohnung mit winzigem Balkon hausen würde, den sie stets im Unterrock beträte und für Stunden dortbliebe? Caro hatte Zeiten gehabt, in denen sie dazugehörte und dazugehören wollte. Sucht aber wirft alle in einen Topf. Wie auch das Alter.

Weit entfernt sah Anna nun eine kleine Bahn, sie fuhr den Stadthügel hinauf, vielleicht direkt in den Himmel, vielleicht fuhr die Alte mit, in Hut und Kleid, vielleicht Caro, denn Krähen, sagt man, künden vom Tod.

Anna machte den Rechner aus, zog sich eine Jacke über und verließ das Haus. Zu Fuß auf den Stadthügel zu marschieren war immer noch besser, als vom Arbeitszimmer aus auf den Hügel zu starren und imaginäre Passagiere in die kleine Bahn zu setzen. Sie müssen sich mehr bewegen, hatte der nette Serien-Assistenzarzt einem depressiven Patienten geraten, der wegen unspezifischer Bauchschmerzen im Krankenhaus war. In der nächsten Episode sah man, wie der Bauchschmerzpatient, ausgerüstet mit Teleskopstöcken neuester Generation und grellfarbener Wanderkleidung, zügig einen Bergweg hochmarschierte, seine Depression wie weggeblasen. Und wie er auf einer Rast in einer Alpwirtschaft Linda kennenlernte.

Warum sich Anna meist spätabends solch triviales Zeug ansah, wusste sie selbst nicht. Aber sie tat es. Und manchmal, wenn sie unter Menschen war, zum Beispiel in der Warteschlange eines Supermarktes stand, sah sie sich um, ob vielleicht zufälligerweise der frisch verwitwete Chefarzt vor einer anderen Kasse wartete oder die auffallend hübsche Pflegefachfrau Azra, die in letzter Zeit Eheprobleme hatte, und es konnte vorkommen, dass sie dabei Bekannte übersah. Eine hatte ihr vor Kurzem eine Message geschrieben: »Geht's dir nicht gut? Du hast mich nicht einmal gegrüßt. Wir waren zur selben Zeit im Supermarkt. Sehen wir uns mal wieder? Felicitas.«

Tatsächlich kam Anna auf andere Gedanken, als sie die Abkürzung, aus vielen Treppenstufen bestehend, zum Stadtberg hinaufmarschierte. Bewegung hilft, sagte sie zu sich selbst, als sie ein wenig außer Atem oben ankam und in den Wald einbog, um dort noch eine Runde zu drehen, locker und in angenehmem Tempo. Ihre Lieblingsbank mitten im Wald war frei. Sie setzte sich und tippte eine Message an Felicitas in ihr Handy: »Hast du Lust auf Kino heute? Hinterher essen?« Die Antwort kam schnell: »Passt mir nicht heute. Morgen, aber lieber ohne Kino, wäre das auch i.O.?« »Okay«, tippte Anna. »Komm zu mir, circa 20 Uhr. Koche was.« Felicitas schickte ein *Daumenhoch*.

Anna aß kein Fleisch, schon seit ihrer Kindheit. Dennoch sah sie immer wieder Fell- und Fleischtiere vor sich, deren Körper gegessen wurden, obwohl, wenn sie es richtig bedachte, manche Ausformungen von Gemüse ihr auch als körperhaft erschienen. Die Fenchelknollen zum Beispiel, in die hinein sie eben ein scharfes Küchenmesser trieb. Oder die zarten Gebilde des Rosenkohls. Nur die echten Rosen, dachte sie und bearbeitete dabei eine weitere Fenchelknolle, die aß man nicht. Die stellte man in Vasen und hoffte, sie würden nicht verwelken, niemals, die trocknete man und hob sie auf, auch wenn die Liebe, von der sie erzählten, längst entschwunden war und ihre Verstecke nicht mehr aufzuspüren.

Ob Felicitas Fenchel mochte? Keine Ahnung, aber es gab ja noch Süßkartoffelstäbchen dazu und als Vorspeise einen Salat mit Ei und Croûtons. Und es gab, was Felicitas nicht wusste, noch ein paar andere Gäste. Anna hatte Ruth in der Kita angerufen. Sie habe heute Kochlust und sehr großzügig eingekauft. Ob sie vorbeikommen wolle mit ein paar Leuten aus ihrer Truppe. Klinge gut, lautete die Antwort, sie schaue mal, wer frei sei, sie selbst komme auf jeden Fall. Es stimmte, Anna hatte Kochlust, aber es stimmte auch, dass sie keine Lust hatte auf einen Abend allein mit Felicitas. Zu intim irgendwie. Was sollten sie zusammen reden? Felicitas war eine ehemalige Arbeitskollegin von Arno, sie unterrichtete Sport, noch immer, die beiden hatten sich gut verstanden, Felicitas und ihr völlig unsportlicher Freund, Peter, waren häufig zu Gast gewesen, als Arno noch lebte, meist war auch Ruth da, meist ohne Jan, dafür kam oft Thomas dazu, Fachvorstand Mathematik, es waren stets gute Abende gewesen, das Gymnasium nie ein Thema, auf solche Abende hatte Anna wieder Lust, auch wenn sie wusste, es würden ganz andere Abende werden, ohne Arno. Was der Abend mit Felicitas und Co. auch wurde. Anna hatte auch Thomas eingeladen, Ruth brachte zwei Mitarbeitende mit, Claire und Reto, Anna kannte sie beide, sie waren schon oft zu Gast gewesen bei Ruth oder bei ihr, Felicitas hatte am späten Nachmittag nachgefragt, ob eigentlich Peter auch eingeladen sei. Klar, hatte Anna geantwortet und hinterher Ruth gebeten, noch etwas Käse und Brot mitzubringen, als Nachtisch, damit allzu Hungrige auch wirklich satt werden würden.

Der Beginn des Abends war etwas holperig geraten. Die Aufwärmphase hatte gedauert. Bis Thomas es ausgesprochen hatte:

»Arno fehlt. Uns allen. Noch immer. Stoßen wir doch auf ihn an.«

»Schließlich trinken wir seinen Wein«, hatte Anna gesagt, und war aufgestanden, die Gäste auch, Thomas hatte sie kurz in den Arm genommen, eine Weile lang hatten sie während des Essens über Arno gesprochen, über seine Menschenfreundlichkeit, seine Großzügigkeit, bis Ruth gesagt hatte:

»Okay, das reicht jetzt. Heiligsprechen müssen wir meinen Bruder nicht, er war von dieser Welt.« Später hatten sich die Gespräche ums Wohnen gedreht, waren dann zum allen bevorstehenden Älterwerden gesprungen und schließlich bei der Frage gelandet, wie man sich Wohnen konkret vorstellte, wenn man alt und immer noch älter werden würde. Kein Heim, so die Quintessenz, ansonsten blanke Ratlosigkeit.

»Der richtige Moment, den Käse auf den Tisch und leichtere Themen aufs Tapet zu bringen«, sagte Ruth. Hinterher wollte außer Anna niemand mehr Kaffee haben. So verabschiedete sie also lauter auf ihren Schlaf bedachte Gäste. Es werde eine Gegeneinladung geben, hatte Thomas gesagt, der als Letzter die Wohnung verließ.

12

»War die eine schon immer größer als die andere?«

» Ja, war sie schon immer.«

Jedes Mal stellte der Gynäkologe dieselbe Frage, bei jeder jährlichen Untersuchung stellte er die gleiche verdammte Frage. Und jedes Mal gab Anna die gleiche schüchterne Antwort. Dieses Mal fügte sie noch hinzu:

»Die größere war auch die bessere Stillbrust. Seinerzeit.«

»Einen Vorteil muss es ja haben«, sagte der Gynäkologe. Dann tastete er Annas Brüste ab, seine Hände waren kalt, zuerst untersuchte er die größere, dann die kleinere Brust. Vorher hatte sich Anna oben frei gemacht, in der improvisierten Umkleide, die aus einem von der Decke baumelnden Vorhang bestand, hinter dem sich ein Hocker aus Kunstleder befand für die Kleiderablage und ein frauhoher Spiegel an der Wand, in den Anna keinen Blick warf. Dann musste sie mit entblößten Brüsten die paar Schritte zum gynäkologischen Stuhl gehen, musste vor dem Stuhl stehen bleiben, dort wartete der Gynäkologe, der ihre Brüste bereits ein erstes Mal begutachtet hatte bei diesem Lauf auf glühenden Kohlen von der Umkleide bis zu ihm. Es befremdete sie, diesem zwar nicht mehr jungen, aber doch deutlich jüngerem Mann ihre alternden Brüste zu zeigen. Er hatte Anna als sehr junger Belegarzt entbunden, zweimal, und sie hatte ihm in all den Jahren eine seltsame Treue gehalten.

»Alles gut«, sagte er, nachdem er die kleinere Brust losgelassen hatte, »obenrum anziehen, untenrum frei machen bitte.« Anna tat wie geheißen, setzte sich dann auf den gynäkologischen Stuhl, spreizte die Beine.

»Gesäß fallen lassen«, sagte der Gynäkologe, bevor er das Spekulum in Annas Vagina einführte und den Krebsabstrich vornahm. Unangenehm, aber nicht wirklich schmerzhaft und weniger peinlich als die Untersuchung der Brüste, so empfand es Anna, obwohl sie sich im Voraus Sorgen um ihr Schamhaar gemacht hatte. Von Caro wusste sie, dass sie sich ihre Vulva rasierte. Taten das auch ältere Frauen? Sie jedenfalls tat es nicht, und während der Gynäkologe ihren Bauch abtastete und dann für die Ultraschalluntersuchung einen Schallkopf in die Vagina einführte, fragte sie sich, ob eine unrasierte Vulva für den Gynäkologen eine Zumutung bedeuten könnte. Sie schob den Gedanken weg, denn der Blick in ihre innere Weiblichkeit, den ihr der große Bildschirm vor ihr bot, empfand sie als den interessantesten Teil der ganzen Prozedur. »Gebärmutter, Eierstöcke, Blase«, kommentierte der Gynäkologe die Bilder, »prima Vista alles o.B. Sie können sich wieder anziehen.« In der Kabine empfand Anna mit einem Mal Wut. Männer, dachte sie, müssen das nie. Müssen nie in sich hineinfassen lassen, müssen nie einen Tampon in sich hineinschieben, müssen sich nie mit schmerzenden Brüsten auseinandersetzen, nie ein Kind aus sich herauspressen und nie auf den Milcheinschuss, welch seltsame Bezeichnung, warten. Männer haben doch keine Ahnung, wie es ist, einen Frauenkörper zu haben und dauernd an diesen Körper erinnert zu werden. Kurz flackerte in ihr der Gedanke auf, dass es sich wohl umgekehrt gleich verhielt und ihre Pauschalwut auf die Männer also ungerecht war. Dennoch. Sie hatte fast vierzig Jahre lang geblutet, hatte rund vierhundert Mal Mensschmerzen gehabt und spannende Brüste und überwältigendes Verlangen nach Sex und nach Schokolade kurz vor der Mens, nur die sogenannten Wechseljahre hatten ihr nichts anhaben können, jedenfalls nicht das Übliche wie Hitzewallungen, Stimmungsschwankungen (die hatte sie schon immer) und Gewichtszunahme. Lust auf Sex hatte sie gelegentlich noch immer, auch wenn das vielleicht nicht normal war, das hätte sie den Gynäkologen fragen können, und vielleicht wäre ihm die Frage ähnlich peinlich gewesen wie ihr selbst seine Fragen vor der Untersuchung im Sprechzimmer.

»Haben Sie bisweilen Unterleibsschmerzen?« Was man alles in dieses Wort ›Unterleib‹ hineinpackt. Spricht man auch von einem Oberleib? Unterleib klingt wie Untergrund, nein, wie Unterwelt. Die Hölle also, das muss der Unterleib sein.

»Haben Sie Probleme beim Wasserlassen? Sonstige Beschwerden? Schmerzen beim Verkehr?« Erst im Nachhinein fiel Anna eine mögliche Antwort auf die letzte Frage ein: »Ich habe meinen Führerschein abgegeben.« Aber sie hatte alle die Fragen bloß schnell verneint, nur auf seine Frage, sonst noch Fragen, fragte sie:

»Wie lange muss ich noch zur Vorsorgeuntersuchung kommen?«

» In der Regel bis zum siebzigsten Altersjahr«, sagte der Gynäkologe, nachher ist es nicht mehr nötig. Anna nickte und fragte nicht zurück, weshalb es nachher nicht mehr nötig sei. Wohl, weil angenommen wurde, Frauen über siebzig seien sexuell nicht mehr aktiv. Und falls Krebs Gebärmutter oder Eierstöcke befiele, die eh zu nichts mehr nutze waren, hatte doch die weibliche Fabrik ihren Betrieb schon längst eingestellt, so würde die Greisin unten ausgeräumt. Wäre es Brustkrebs, entfernte man die Brüste, die auch nicht mehr in Gebrauch waren, weder zum primären Zweck der Säugung, noch zum sekundären der Lockung.

Während der peinlichen Befragung hatte Anna ein paarmal an die Arztserie denken müssen. Die gynäkologische Abteilung war ein beliebter Schauplatz, viele Folgen spielten dort. Allerdings ging es meist um Fruchtbarkeitsbehandlungen und Geburten oder um junge Frauen, die sich die Brüste machen ließen, Patientinnen jenseits des gebärfähigen Alters mit spezifischen Erkrankungen kamen nicht vor. Vielmehr wurde immer wieder eine sorgfältig frisierte und geschminkte Hochschwangere eingeliefert, oft lag sie bereits in den Wehen. »Ich versichere Ihnen, bei Doktor Taverna sind Sie und Ihr Kind in den besten Händen«, beruhigte die diensthabende Hebamme die vor Sorgen und Angst völlig aufgelöste Frau nach einer ersten Untersuchung, dann übernahm Doktor Taverna. Meist führte er dann eine zwar höchst dramatisch verlaufende Notsectio durch, die aber stets gut ausging. Der müden, aber glücklichen Mutter wurde ein mindestens drei Monate alter Säugling kurz vor die Nase gehalten. War auch ein Vater präsent, wurde ihm ein Taschentuch gereicht, dann sagte die Säuglingsschwester: »Der Kinderarzt wartet«, und sie rauschte mit dem schreienden Kind davon. Die Mutter wurde in ihr Zimmer geschoben und dann kam der Blumenlieferant.

Noch vor dem Gespräch mit dem Arzt war Anna bei der Mammografie gewesen. Im Vorraum hatte sie eine ältere Radiologieassistentin in einer weißen Kittelschürze in Empfang genommen, hatte sie in eine Umkleidekabine gebeten, ihr ein Haargummi gereicht, denn langes Haar müsse zusammengebunden werden für die Röntgenaufnahmen der Brüste.

»Legen Sie Pullover und BH ab«, sagte die freundliche Fachfrau und kommen Sie nachher zu mir. Anna entkleidete sich und spürte, wie eine Welle der Dankbarkeit in ihr hochstieg: Die Assistentin, welche gleich an ihren Brüsten ziehen und zerren würde, zuerst an der einen, dann an der andern, um sie zwischen zwei Glasplatten zu kriegen, die sich nachher senken und Annas Brüste pressen und zusammendrücken und quetschen würden, diese Assistentin war weder elegant noch besonders gut aussehend noch jung, sie hatte graue Haare, eine unkomplizierte Frisur, sie trug keinerlei Makeup, ihre Füße steckten in dicken weißen Socken und in weißen Gesundheitsschuhen, und Anna vermutete, sie habe überhaupt keine Augen für alle die unterschiedlichen Brüste in den unterschiedlichsten Hautfarben, die sie täglich sah, für alle ihre Ausformungen, für anmutige, junge Brüste und für leergesaugte, hängende und alternde Exemplare, für rötliche, kleine Brustspitzen, zarten Spargelspitzen ähnlich und für kräftige, zapfenförmige Brustwarzen, für Warzenhöfe in allen Schattierungen, vielmehr war diese Fachfrau verwachsen mit den Knöpfen und Hebeln des Röntgengerätes, so geschickt bediente sie den Apparat, nachdem sie an Annas Brüsten die nötigen Handgriffe vorgenommen hatte und das auch erst, nachdem sie knapp, aber freundlich jeden Schritt erklärt hatte. Als sie je zwei Aufnahmen jeder Brust gemacht hatte, hieß sie Anna, sich wieder anzuziehen und im Vorraum zu warten, bis ein Radiologe die Bilder begutachtet haben würde. Es stehe im Moment leider keine Radiologin zur Verfügung, bedauerte sie schulterzuckend auf Annas Nachfrage hin. Im Vorraum wartete schon die nächste Frau, sie wurde in die zweite Umkleide gebeten und Anna stellte sich vor, dass durch ihre eigenen nächtlichen Träume, müsste sie die Arbeit der Radiologieassistentin machen, ständig ein Förderband laufen würde wie in einem Sushirestaurant, nur lägen darauf nicht essbare Häppchen, sondern lauter Brüste, und das Band wiese keinen Knopf auf, es anzuhalten.

* * *

Jeden Morgen beim Aufstehen musste Anna an Arno denken, der nicht mehr ohne Hilfe hatte aufstehen können, und selbst wenn ihm geholfen worden war, konnte von dem, was man sich unter Aufstehen vorstellte, keine Rede mehr sein. Und was wäre, wenn sie in nicht mehr unvorstellbar ferner Zeit ein ähnliches Geschick träfe? Sofort schloss Anna die Augen, um der Angst vor der realen Gefährdung standzuhalten oder, noch besser, sie gleich wegzuschieben. Noch nicht. Noch nicht. Gefährdung und Tod wurden ihr in verschiedenen Ausformungen und immer zahlreicher vorgeführt: Die Eltern, schon lange her, dann Verwandte, Freunde der Eltern, schließlich ein gleichaltriger Freund, zwei, drei Bekannte, dann Arno und alle die Menschen, deren Tod die Zeitungen täglich vermeldeten mit Worten, die sich jemand eigens dafür ausgedacht hatte.

Beim Anblick sehr alter Menschen fragte sich Anna häufiger, wie es wohl sein musste, mit dem Bewusstsein zu leben, dass nicht mehr viel Zeit zur Verfügung stand? Alles bald abgelaufen, alles bald vorbei. Wie hielten die Alten diese Gewissheit aus? Am Neujahrstag zum Beispiel oder am Geburtstag zu erwachen und zu denken, mit hoher Wahrscheinlichkeit ist das mein letztes Jahr. Bedauerten sie das, und verwandelte sich das Bedauern irgendwann in Einverständnis? Wie das war, jede Nacht in Richtung Tod unterwegs zu sein und in der Frühe erstaunt wieder zu erwachen? Ob sie spürten, wenn sie kurz davorstanden, vor dem letzten Ereignis? Und die Panik, nichts getan zu haben im Leben. Die Aufforderung zum Tanz abgelehnt. Den Zug verpasst. Die wirklich wichtigen Dinge den Kindern nicht gesagt. Sie nicht gewarnt vor Hunden. Die nachts anschlagen. Es gab keine Abhilfe. So oder so, die Zeit schmolz dahin wie ein Schneefleck drüben am Hang, und das Bewusstsein für diesen Vorgang wuchs. Sich mit der Angst arrangieren. Alte sprächen in den Parks mit den Vögeln gegen die Einsamkeit. Das denken die Jungen, und sie denken auch, es sei normal, dass Alte mit Vögeln sprächen und einsam seien und eingefroren in ihrer Zeit. Dieweil die Alten zu Hause alte Tagebücher und Einträge in Kalendern lasen, die sie geschrieben hatten, einst, und nun den Eindruck bekamen, sie stammten von jemand ganz anderem. Aus der Perspektive der Erinnerung auf das Leben zu schauen, war nun ihre einzige noch verbliebene Aufgabe. Einmal sagte eine Alte in Gummistiefeln und Regenpelerine im Bus unvermittelt zu Anna: »Ich mag schlechtes Wetter, dann weiß man wenigstens, was man anziehen muss.«

Das vergängliche Gesicht ihrer Mutter, das war es, was Anna sah, wenn sie in den Spiegel schaute. Und dieser Anblick hob sie heraus aus der Zeit. Jemand spulte vor und zurück. Die immer kalten Hände ihrer Mutter waren ihre eigenen Hände. Mit denen schrieb sie Briefe, und die an Ruth, sie wusste es, wurden immer inniger.

* * *

Liebe Ruth

Allmählich werden wir anfällig für die Jahreszeiten. Nur, wir wollen auf gar keinen Fall im Kitsch versinken. Dafür bleibt keine Zeit, altern überspringt Jahreszeiten, und am Ende eines Frühlings kann es sein, dass bereits der Winter wartet. Überhaupt, es drängt sich der Körper stärker in den Vordergrund, allmählich gerät einiges aus der Fasson, gelegentlich auch aus dem Takt, die Maschinerie wird baufällig, es stehen wohl bald Reparaturen an. Höfliche Jugendliche bieten mir bereits einen Platz an in der Straßenbahn. Lächeln nachsichtig. Wir werden zu alterserfahrenen Menschen, so heiße neuerdings die korrekte Bezeichnung für Alte, wusstest du das? Und dass jetzt Tagesstätten für gesunde Alte eingerichtet werden? Und kannst du mir erklären, weshalb es mich rührt, wenn ich kleine Kinder sehe, die an den Händen Erwachsener gehen und nur mühsam Schritt halten können mit ihnen, sind doch die meisten viel zu schnell unterwegs und passen ihr Tempo nicht jenen an, die noch kurze Beine haben. Ich sehe es und es rührt mich. Immer stärker. Das ist wohl das Älterwerden. Nur, es bleibt ja noch Zeit, bis das Alter richtig zuschlagen und sich unserer ganz bemächtigen wird: Los, verschmilz mit dem Zimmer. Werde zur Pflanze. Dann sollen wir stricken und sticken. Flicken ist passé. Dann sollen wir endgültig häuslich werden. Zerbrechlich, zäh und zart zugleich. Auf jeden Fall lieb. Singen sollen wir. Den Stress unserer Kinder, so welche da sind, wegsingen. Während es in unserem Bauch gurgelt und grummelt und unsere Gebärmütter sich senken. Können notfalls nach Dienstende ausgemustert werden, diese Organe. Die Bäuche wölben sich dennoch nach außen. Schwaches Bindegewebe. Nur die Jungfrau Maria hatte diese Bauchprobleme nicht. Sie ist ein Mädchen geblieben über alle die Jahrhunderte hinweg. Ein süßes Mädchen. Mit blauen Augen und straffem Bauch und zum Himmel ragenden Brüsten. Aber niemand hatte je darauf Zugriff, nicht einmal Joseph, ihr Angetrauter. Dafür ist er in die Sprache eingegangen, zugegeben, in eine in die Jahre gekommene, altertümliche Sprache. Die *Josephsehe*. Gegen den Willen einer der Beteiligten sei die *Josephsehe*, auch *Engelsehe* genannt, ehewidrig. Gilt wohl nur bis zu einem gewissen Alter. Früher oder später werden alle zu alten unförmigen Engeln, die Männer und die Frauen, die Flügel gestutzt, benutzt, zerfleddert, nur halten sich die meisten Männer für Erzengel und reihen sich fraglos bei den Ranghöheren ein. Während ihr Testosteronspiegel absackt wie die Brüste der Frauen, auch wenn sie sie hochzurren und festschnallen. Bringt alles nichts, ausgepackt zeigt sich die ganze Wahrheit. Nur das innere Alter wächst nicht mit. Es ist wie bei den Außentemperaturen, da stimmen gemessen und gefühlt auch nicht überein.

Und wir arbeiten beinhart an uns. Stärken Mitte und Beckenboden. Liebe Ruth, es ist heute ein schiefergrauer Februartag ganz ohne Freundlichkeit mitten im Sommer, der Jahreszeit des Glücks und des Überglücks. Am Vormittag war ich bei der Friseurin. Sie ist eben aus ihrem Mutterschaftsurlaub zurückgekehrt und hat mich fast nicht mehr erkannt. Ich habe gesehen, wie sie dachte: Mein Gott, ist die Frau gealtert in der Zwischenzeit. Und ich habe gedacht: Du hast ein Kind geboren, das du noch stillst, du bist zu einer Mutter geworden und ich zu einer älteren Frau. Beides nach der Natur. Eine Frau hat fruchtbar zu sein und nach Ende des Betriebs unscheinbar. Ich habe die Friseuse angelächelt und geschwiegen und in meinem Kopf drehte und drehte der Reim, den ich schon als Kind blöd fand. Rosen Tulpen Nelken, alle sie verwelken, nur die eine welket nicht, welche heißt: Vergissmeinnicht. Ja, ich bin in seltsamer Stimmung. Jammern bringt nichts. Du jammerst nie. Dafür bewundert dich, deine Anna.

13

In der neuen Folge der Serie hatte gestern eine junge Ärztin zu einem Patienten, der kurz vor der Hochzeit stand, gesagt: »Ich heirate nie. Ich bin nicht so der romantische Typ.« Das hatte Anna so sehr für diese Protagonistin eingenommen, dass sie sich am nächsten Tag bereits am Vorabend vor den Fernseher setzte und sich zwei Folgen hintereinander ansah, um zu verfolgen, ob die Ärztin bei ihrem Vorsatz blieb oder doch schwach wurde, wenn der attraktive Doktor Fontana sie umgarnte. Zu Beginn der dritten Folge ließ Annas Aufmerksamkeit nach, sie ärgerte sich, soviel Zeit mit diesen einfach gestrickten Stories zu vertrödeln und fragte sich, weshalb sie nicht loskam davon. Serien hatten sie schon als Kind fasziniert, am liebsten las sie Geschichten, die sich über mehrere Bände hinzogen, und abends im Bett entwickelte sie eine nie endende Fortsetzungsgeschichte, die sie allerdings für sich behielt. Jeden Tag wartete sie ungeduldig auf den einspaltigen Fortsetzungsroman in der Tageszeitung. F.f. stand stets am Ende der Spalte. Das große Versprechen. Reden konnte sie über diesen Roman nur mit der lesbischen Tante Rosa, die als Pfarrköchin arbeitete und wie sie täglich die neue Folge las. Diese Tante war die Gelehrteste des ganzen Clans. Sie kochte für einen Domherr, besorgte seinen Haushalt und las seine Predigten, bevor er sie hielt. Kam sie zu Besuch, besprach sie mit Anna zuerst die neuen Folgen des Zeitungsromans und erzählte ihr hinterher in einem wilden Durcheinander biblische Geschichten. Abraham und seine zwölf Söhne, Hochzeit von Kana, Jonas im Bauch des Wals, die wundersame Brot- und Fischvermehrung am See Genezareth, der auch Tiberiassee heiße, König Herodes und die unschuldigen Kinder, Manna, das vom Himmel fällt, Daniel in der Löwengrube, der Sturm auf dem See Genezareth, der arme Lazarus, steh auf, nimm dein Bett und geh nach Hause, lass uns drei Hütten bauen usw. usw. Die Geschichte von Esau und Jakob gefiel Anna so gut, dass sie einmal zwei neugeborene Katzen Esau und Jakob taufte, was der Vater umgehend untersagte. Das gehöre sich nicht, erklärte er, Anna musste sich mit seiner halbbatzigen Erklärung zufriedengeben und gehorchen und die beiden Katzen umtaufen in Minz und Maunz. Die Tageszeitung bekam sie immer erst in die Finger, wenn der Vater sie gelesen und nachdem sich die Mutter eine halbe Ewigkeit lang in die Todesanzeigen von ihr unbekannten Menschen versenkt hatte. Dass sie sich für ihr vollkommen unbekannte Verstorbene interessierte, verstand Anna nicht. Etwas anderes war es, wenn jemand aus dem Dorf gestorben war. Dann läutete das Totenglöckchen. Das Dorf hielt für einen Moment den Atem an und abends strömten die Bewohner in die Kapelle oben auf dem Hügel und versammelten sich zum Sterbegebet. Das war noch spannender als der Fortsetzungsroman in der Zeitung, allerdings, die Spannung war eine andere. Vielleicht gründete sie im Sterbegebet, das zwar tatsächlich sterbenslangweilig war, denn es war nichts anderes als der schmerzhafte Rosenkranz, der gebetet wurde und der dauerte und dauerte. Dennoch. In das dunkle Murmeln der Männerseite fielen die helleren Frauenstimmen ein, im steten Wechsel die Männer, die Frauen, ein Singsang, der Anna irgendwann an die Grenze des Schlafes brachte, dorthin, wo Bilder in rascher Abfolge an ihr vorbeizogen, darunter solche, die sie nicht benennen konnte, es waren bloß Farben, die aufleuchteten, aufzitterten, flackerten, erloschen und erneut erstrahlten. Nach dem Sterbegebet übten die Sängerinnen und Sänger des Kirchenchors die Lieder für die Beerdigung. Anna musste beim Zuhören jedes Mal fast weinen, was sie nicht wollte, so konzentrierte sie sich auf die Liedtexte und rätselte zu Hause im Bett lange über die letzte Zeile des letzten Liedes, die lautete: »Wer so stirbt, der stirbt wohl«. Was das bedeuten könnte, wohl zu sterben? Wenn ihr schlecht war, fragte die Mutter jeweils: Ist dir nicht wohl? Und einmal hatte sie gehört, wie die Pfarrköchinnen-Tante zur Mutter gesagt hatte: Ich habe jedes Mal Bauchkrämpfe, wenn ich unwohl bin. Das alles irgendwie zusammenzubringen…

Anna war wohl kurz eingenickt vor dem Fernseher, es dauerte ein Weilchen, bis sie realisierte, was über den Schirm lief. Es fand eine Besprechung im Ärztezimmer statt. Doktor Fontana präsentierte eben einen schwierigen Fall und wurde nach einer Weile vom Oberarzt unterbrochen mit einer Bemerkung, die Anna den Atem nahm: Suchtpatienten sind tickende Zeitbomben, sagte er. Sofort stellte sie das TV-Gerät aus, packte eine Flasche Sekt in eine Tasche und fuhr spontan zu Ruth. Sie hoffte, endlich mit ihr über ihre angedeuteten Ideen reden zu können. Das würde sie ablenken.

* * *

»Haben sich deine vagen Pläne nun konkretisiert? Ich bin neugierig.« Ruth aber ging nicht auf die Frage ein.

»Ich habe Schmerzen in den Händen«, klagte sie.

»Da hilft Handgymnastik«, meinte Anna. »Strecke und dehne deine Finger, spreize sie auseinander, so weit wie möglich, dann beuge sie wieder. Strecken und beugen, strecken und beugen, das hilft. Kriegst du vielleicht Arthrose?« Ruth schüttelte den Kopf.

»Sicher nicht. Ich habe wohl zu lange gestrickt in den letzten Tagen.«

»Du strickst?« Erstaunt schaute Anna zu ihrer Freundin.

»Seit wann strickst du denn?«

»Habe vor Kurzem wieder begonnen damit«, antwortete Ruth und machte mit ihren Fingern die Dehn- und Streckübungen, die ihr Anna eben empfohlen hatte.

»Hast du vielleicht etwas gegen Stricken?«

»Ich weiß nicht. Nicht grundsätzlich. Aber, dass du strickst …«. Anna deckte Ruth mit einem Blick ein, in dem neben Erstaunen auch ein Quäntchen Missbilligung lag.

»Weshalb sollte ich nicht stricken?«

»Was strickst du denn?«, wollte Anna nun wissen.

»Mützen, Schals, Pullover, Jäckchen.«

»Wenigstens keine Socken.«

»Bislang nicht.« Ruth lachte, ließ ihre Hände sinken und fuhr fort:

»Ich verschenke alles, was ich produziere.«

»Ach so.« Anna stand auf, ging zum Fenster und sagte:

»Ich mag Gestricktes nicht, das kratzt doch.«

»Keine Angst, du wirst von mir nichts kriegen.«

»Gut.« Anna nickte, dann fragte sie:

»Sag mal, willst du nicht lieber lesen oder spazieren? In der Natur passiert doch so viel. Oder denkst du, wir sollen künftig über Fallmaschen, Zopfmuster und Halbpatent sprechen?« Jetzt stand auch Ruth auf.

»Ach so, von daher weht der Wind. Du möchtest mit einer, die strickt, nichts zu tun haben, weil sie deinen Konversationsansprüchen nicht genügt. Hast du vielleicht das Gefühl, über deine Arztserien zu reden sei anspruchsvoller?«

»Aber du schaust doch auch gerne Serien.«

»Ja, sicher, aber ich stricke dazu, und Arztserien schaue ich ganz bestimmt nicht. Die sind mir zu blöd.«

»Wie auch immer«, erwiderte Anna. »Nur, du bist doch zu wenig aufmerksam, wenn du zum Serienschauen strickst und bekommst bestimmt nicht alles mit.«

»Doch, ich kann das sehr gut, schauen und stricken gleichzeitig. Schon mal was von Multitasking gehört?«

»Klar. Und ja, vielleicht hast du recht. Vielleicht sind Arztserien doof. Aber auch lehrreich. Manchmal zum Beispiel spüre ich einen Schmerz in meiner linken Hüfte, vor allem nachts. Diesen Schmerz, den ich ignoriere, nennt man korrekt Ruheschmerz, das habe ich gelernt durch die Serie. Und weckt mich dieser Ruheschmerz auf, höre ich die Stimme des Oberarztes, der sagt: »Schmerzen haben einen Sinn. Der Körper teilt sich darüber mit.« Oder so ähnlich. Und das Irre ist: Die Protagonisten aus der Serie mischen sich in meine Träume, als wären es meine Freunde. Überhaupt, am spannendstes sind Organtransplantationen. Das Spenderorgan kommt per Hubschrauber in einem Spezialkoffer an. Dann rennt der Pfleger mit den schnellsten Beinen los, schnappt sich den Koffer und rennt damit durch die Gänge des Krankenhauses direkt in den OP, wo der Patient narkotisiert auf dem Tisch liegt und schon alles vorbereitet worden ist für die Transplantation. Übrigens habe ich schon mal überlegt, die Stadt zu besuchen, in der die Serie spielt.«

Ruth konnte nicht aufhören zu lachen, nachdem Anna ihr das alles erzählt hatte. Und Anna lachte mit, bevor sie fortfuhr:

»Fortsetzungsgeschichten mochte ich schon immer. In der Arztserie nehmen sie bisweilen Wendungen, die ich nicht kommen sah, das liebe ich. Obwohl, die OPs verlaufen immer gleich: Die Patientin wird abgedeckt mit grünen Tüchern. Das Operationsteam hat sich bereits ›eingewaschen‹ und steht um den Tisch.

»Ich leite die Narkose ein«, sagt die Anästhesistin. Chefärzte oder Oberärztinnen der Chirurgie führen die OP durch, ein Assistenzarzt assistiert und eine Instrumentenassistenz reicht auf Befehl die nötigen Werkzeuge und Instrumente. Was mir am allerbesten gefällt, sind die immer gleichen Befehle und kurzen Sätze:

Skalpell, bitte.
Mehr Licht, bitte.
Ich eröffne. Alternativ, Kollege Blum, Sie eröffnen.
Ich übernehme.
Haken bitte.
Tupfer.
Ich kann nichts sehen.
Schweiß.
Saugen.
Es blutet.
Ich kann die Blutungsquelle nicht finden.
Bauchtücher. Noch eins.
Haben wir genug Konserven?
Blutdruck fällt.
Patientin wird instabil.
Adrenalin, sofort.
Wie lange brauchen Sie noch? Ich kann den Patienten nicht länger halten.
Kammerflimmern. Defi, schnell.
Laden auf 200. Weg vom Tisch.
Laden auf 250.
Sinusrhythmus.
Wir haben ihn wieder. Beeilung.
Ich will ihn so schnell wie möglich vom Tisch haben.

Und nach der OP sind die Patienten sofort wach. Meist steht glückstrahlend und tränenden Auges der Partner oder die Partnerin am Bett, und wenn es so jemanden nicht gibt, ist es die Mutter, die dasteht. Der Chefarzt kommt ins Zimmer und sagt, die OP sei gut verlaufen, ab und zu auch, es habe Komplikationen gegeben, nun sei alles gut, und mit einem kleinen Abstand hängt er ein »so weit« an, und das in einer Betonung, die sofort aufhorchen lässt und versierte Zuschauer wissen, dieser Patient muss nochmals unters Messer. Dann folgt in jedem Fall der Satz in Richtung frisch operierter Person: »Ich lasse Sie jetzt allein, ruhen Sie sich aus, ich schaue später nochmals nach Ihnen«.

»Sag mal, bist du nicht mehr ganz bei Trost, dass du dir tatsächlich solchen Schrott anschaust?« Ruth beugte und streckte noch immer ihre Finger, klappte sie wieder ein, spreizte sie wieder, beim Einklappen entstand ein applausähnliches Geräusch. Anna schaute ihr eine Weile lang schweigend zu, dann tat sie das Gleiche mit ihren eigenen Händen und übernahm dabei Ruths Rhythmus, auch beim Sprechen, als sie schließlich äußerte:

»Ich-bin-noch-to-tal-bei-Trost-kei-ne-Sor-ge.«

Als sie dann Sekt tranken und dazu eine Kleinigkeit aßen, nahm Ruth Annas Hand:

»Du hast doch außer den Serienfreunden auch richtige Freunde.« Der Satz klang halbwegs nach Feststellung, halbwegs nach Frage.

Anna stimmte ihr zu:

»Durchaus, Thomas zum Beispiel. Er plant eine Gegeneinladung, hat er mich wissen lassen, kann aber nicht kochen.«

»Soll er uns doch ins Restaurant einladen.«

»Oder wir greifen ihm unter die Arme.«

»Tu das, ich habe dafür keine Zeit«, erklärte Ruth. »Oder keine Lust«.

»Klar, du strickst ja lieber.« Anna lachte und nach einem schrägen Blick musste auch Ruth lachen und erzählte, dass auch Arno das Stricken einmal beherrscht habe, als Kind. Helene habe es ihm beigebracht. Allerdings habe er nur stricken dürfen, wenn der Direktor nicht zugegen gewesen sei.

* * *

Die Küche von Thomas war auf dem neuestem Stand eingerichtet, es fehlte an nichts, aber Anna, die neugierig alles inspiziert hatte, merkte sofort, dass es Geräte gab, die er noch nie benutzt hatte, den Dampfgarer zum Beispiel, von dem er nicht wusste, wie man die verschiedenen Funktionen wählte. Und dass es unterhalb des Backofens ein Fach zum Tellerwärmen gab, hatte Thomas noch nie bemerkt. Er war vor einem knappen Jahr als erster Mieter in die total sanierte Jugendstilwohnung eingezogen, er lebte allein und das schon, seit Anna ihn kannte. Ob das je anders gewesen war, wusste sie nicht. Er esse meistens auswärts, bestelle sich was oder esse kalt, erzählte er ihr, während sie die Einkäufe einräumten und Anna sich wunderte über den fast leeren Kühlschrank und den Platz in den Schränken. Obwohl, eigentlich würde er gerne selbst kochen, er schaue sich regelmäßig Kochsendungen im Fernsehen an. Anna riet ihm ein wenig später zu einem Kochkurs, und zwar zu einem Grundlagenkurs, als sie sah, wie er die Karotten mehr zertrümmerte, als sie feinzuschneiden für einen Sugo, den sie für die Gegeneinladung zusammen zubereiten wollten.

Schon bald setzte sich Thomas an den Küchentisch und schaute Anna beim Schnippeln zu. Allerdings, nicht ohne vorher einen Weißwein geöffnet, Oliven, und Chips, Käsewürfel und getrocknete Tomaten in hübsche, kleine Schälchen arrangiert und alles auf die Ablage gestellt zu haben:

»Für die Köchin«, sagte er.

»Großartig«, lobte Anna und schob sich eine Olive in den Mund. »Den Apéro morgen kannst du jedenfalls problemlos übernehmen. Wie sie sähe, kalte Küche beherrsche er, entgegnete Thomas. Nach einer Weile erkundigte er sich nach Caro.

» Wie geht es denn deiner Tochter?«

»Geht so«, sagte Anna und hätte sich vor Schreck über die Frage beinahe in den Finger geschnitten. Das Thema war das Letzte, das sie mit Thomas besprechen wollte, obwohl, im Grunde war es freundlich von ihm, nach Caro zu fragen. Nur hatte sie keine Ahnung, wie viel er wusste von ihrer Geschichte, ob er überhaupt etwas wusste, sie jedenfalls hatte mit ihm nie über Caro gesprochen, vielleicht hatte das Arno getan, aber sicher war sie sich nicht.

»Erinnerst du dich denn an sie?«, fragte sie ihn schließlich. Nur vage, er habe ihre Klasse nie unterrichtet, von daher habe er keine deutlichen Erinnerungen.

»Sie war schlecht in Mathe, du hast also nichts verpasst«, sagte Anna und hatte Tränen in den Augen, die Zwiebeln, die sie schnitt, waren jung und scharf. Nur an diese eine Geschichte mit diesem schrägen Jungen, sagte nun Thomas, erinnere er sich noch halbwegs. Es habe ein paar Jungs gegeben, damals. Anna lächelte Thomas an. Ja klar, aber er meine den Jungen, der nur ein kurzes Gastspiel gegeben habe in Caros Klasse, zugezogen von irgendwo, und kaum angekommen, schon wieder weg, irgendeiner sonderbaren Geschichte wegen. Experimente mit der Herstellung eines Stoffes, der high mache, irgendsowas, das alles sei nie ganz geklärt worden, auch die Polizei sei mal an der Schule gewesen. Caro jedenfalls sei mit dem schrägen Vogel verbandelt gewesen. Ruth zuckte die Schultern, legte aber ihr Küchenmesser ab und wandte sich Thomas zu. Wie denn der Junge geheißen habe. Keine Ahnung, den Namen erinnere er nicht mehr. Aber Caro, das falle ihm nun wieder ein, sei ziemlich verdattert gewesen damals, als sie nach dem Rausschmiss des Jungen vor den Rektor und den Fachvorständen habe erscheinen müssen. Dass auch Arno bei der Sitzung zugegen gewesen sei, das sei für sie wohl das Peinlichste gewesen.

»Hat er dir bestimmt erzählt?«

»Hat er nicht.« Anna schaute Thomas forschend an, er wich ihrem Blick aus. Längst passé das alles, sagte er, und alte Geschichten aufzuwärmen mache keinen Sinn, zumal er sich, wie gesagt, nicht mehr wirklich erinnern könne, schon gar nicht an Details wie Namen. Ob sie Bescheid wisse, wechselte Thomas das Thema, ob Ruth und ihre beiden Mitarbeitenden auch zum Essen kämen. Eingeladen habe er sie, aber bislang hätten sie nicht definitiv zugesagt.

Das wisse sie nicht, aber sie könne Ruth gerne anrufen, bot Anna an, in der es noch immer arbeitete. Ein Vorwand, die Küche zu verlassen und sofort mit Ruth zu sprechen, kam ihr gerade recht. Sie würde die Freundin umgehend nach der Geschichte mit dem schrägen Jungen fragen. Thomas aber meinte, es sei nicht nötig, anzurufen, es gäbe sicher genug Essen für alle, und was zu viel sei, würde er einfrieren, dazu sei er in der Lage, auch ohne Kochkurs.

* * *

Die Gäste trafen ein, dieselbe Truppe, die Anna ein paar Wochen vorher eingeladen hatte, Claire und Reto erschienen gemeinsam als Letzte und entschuldigten Ruth, ihre Chefin, die später oder eventuell gar nicht komme. Es gebe ein Problem in der Kita. Ein Kind sei nicht abgeholt worden und weder seine Eltern, noch die anderen aufgelisteten Kontaktpersonen seien erreichbar. Dieses Ereignis bot über den Apéro hinaus genügend Gesprächsstoff, zumal Claire erklärte, in einem solchen Fall wäre der Dienstweg, das Jugendamt einzuschalten. Was Ruth bestimmt nicht tun werde, ergänzte Reto. Beim Essen erzählte Felicitas von ihrer betagten Mutter, die immer mal wieder aus dem Heim ausbüxe, wie sie sich ausdrückte. Die müsse manchmal auch lange warten, bis jemand sie abhole, man müsse sie ja schließlich erst finden. Ein paar Monate lang habe die Mutter bei ihr und Peter gewohnt, habe aber dauernd die Wohnung verlassen, ohne Schlüssel, ein Handy habe sie nie besessen, und als die Polizei sie in derselben Woche zweimal nach Hause gebracht habe, hätten sie sich für das Heim entschieden.

»Arno war glücklicherweise nur kurze Zeit im Heim«, wandte sich nun Peter an Anna. »Du hast ihn doch lange zu Hause gepflegt, wie hast du das geschafft?« Das sei doch etwas ganz anderes, fiel ihm Felicitas ins Wort, bevor sich Anna äußern konnte. Für einen Partner, mit dem man lange zusammengelebt habe, tue man doch alles.

»Ich nicht.« Anna legte Messer und Gabel ab und registrierte, dass es ihr die andern gleichtaten, als sie fortfuhr:

»Ich habe längst nicht alles getan für Arno.« Dann ging die Klingel, Thomas drückte den Summer und nach einer Weile trat Ruth ein, einen schlafenden kleinen Jungen im Arm, der wiederum einen Stoffhasen im Arm hatte. Wo sie ihn hinlegen könne. Thomas zeigte ihr das Gästezimmer, und als Ruth dann auch an den Tisch kam und als Erstes ihr Handy neben ihr Gedeck platzierte. waren alle begierig auf die Geschichte des kleinen Jungen. Nur kannte sie Ruth nicht. Sie habe sämtliche mögliche Nummern durchtelefoniert, auch sämtliche Eltern der Freitagskitagruppe angerufen, niemand unter ihnen habe ihr weiterhelfen können, noch kenne niemand die Eltern des Jungen. Er sei erst seit Kurzem in der Kita, habe sich aber schnell und problemlos eingewöhnt. Claire und Reto nickten.

»Ich schaue mal nach ihm, okay?«, sagte Reto mit einem Blick zu Ruth. »Er schläft tief und fest«, meldete er, als er wieder zum Tisch zurückkam.

Es wurde ein seltsamer Abend. Gefüllt mit beklommenem Warten. Und untermalt mit Erzählungen darüber, wie man als Kind auf jemanden gewartet hatte, der nicht kam oder erst nach ewig langer Zeit auftauchte. Nur Ruth beteiligte sich nicht, sie schwieg und war sichtlich angespannt. Felicitas erzählte nochmals von ihrer Mutter. Vor ein paar Jahren sei sie zusammen mit ihrem Mann oft in die Südschweiz gereist, in einem alten Camper, stets in der Vor- und Nachsaison und stets auf derselben Route. Zweimal jährlich also hätten die Eltern auf den immer gleichen Campingplätzen ihre gleichaltrigen Bekannten wieder getroffen und gemeinsam mit ihnen für zwei Wochen die Stellung gehalten. Habe man sie dort besucht, saßen sie alle vor ihren Wohnmobilen. Auf Klappstühlen. Dösend. Nach dem plötzlichen Tod ihres Mannes sei es mit der Mutter rapid bergab gegangen. Die Heimleitung habe kürzlich darum gebeten, Besuche künftig nicht mehr anzukündigen, würde doch die Mutter sonst sofort wieder ihren Koffer packen im Glauben, sie würde abgeholt und könne wieder zurück, nach Hause.

»Traurig das alles«, sagte Thomas und schaute in die Runde. Dann klingelte Ruths Telefon. Sie ging auf den Balkon für das Gespräch. Es dauerte nur kurz. Dann bat sie ihre beiden Mitarbeitenden zu sich. Als die drei zurück ins Wohnzimmer kamen, verkündete sie:

»Wir bringen den Jungen nun nach Hause.« Mehr sagte sie nicht.

Lange nach Mitternacht, Anna war längst wieder daheim, rief Ruth sie an. Die Großmutter passe nun auf den Jungen auf. Die Eltern hätten sich offenbar heftig gestritten. Mit schlimmen Folgen. Mehr könne sie im Moment nicht sagen. Sie versuche jetzt, ein wenig zu schlafen. Ausnahmsweise mit einem Schlafmittel.

»Tu das«, sagte Anna. »Gute Nacht, meine Liebe.« Es war der falsche Zeitpunkt, das war ihr klar, Ruth jetzt nach jener Geschichte zu fragen, an die Thomas sich nur noch in Bruchstücken erinnerte. Überdies war sie sicher, dass Ruth sie auch nicht kannte. Nicht nur, was Caro betraf, hatten sie keine Geheimnisse voreinander. Nachts geisterte Arno durch Annas Träume. Er rief nach ihr im nächsten Zimmer, aber sie konnte nicht aufstehen.

14

Caro war früher als üblich aufgestanden, und Anna konnte hören, wie sie unruhig durch die untere Etage in Ruths Ferienhaus tigerte. Türen fielen ins Schloss, Schubladen wurden auf- und wieder zugezogen und schließlich tauchte sie in der oberen Etage auf und betrat die Küche. Anna saß mit einem Kaffee am Tisch und las. Sie war bereits geduscht und angezogen, während Caro noch immer in einem improvisierten Schlafanzug steckte, ausgeleierte Leggins und ein knielanges, ausgeblichenes Shirt, das sonst stets hochgesteckte Haar fiel ihr in langen Strähnen ins Gesicht. Sie suche ihr Handy, sagte sie und schaute sich in der Küche um. Das liege vermutlich noch in ihrer Handtasche, antwortete Anna, und als Caro sie stirnrunzelnd anschaute, fügte sie an:

»Du selbst hast mich doch gestern Abend gebeten, dein Handy für dich mitzunehmen auf unseren Spaziergang und hast dich noch lustig gemacht darüber, dass ich nie ohne Handtasche aus dem Haus gehe.«

»Stimmt.« Caro lächelte und ihre Miene hellte sich sichtlich auf. Die Handtasche befinde sich in der Garderobe, sagte Anna. Caro nickte.

»Gefunden«, rief sie nach ein paar Augenblicken, dann rannte sie die Treppe hinunter und später hörte Anna, dass sie vor dem Haus telefonierte. Sie stellte sich ans Fenster im Wohnzimmer und betrachtete einen Moment lang ihre Tochter, wie sie vor dem Haus stand, barfuß, das Handy am Ohr, in der anderen Hand eine Zigarette. Bald tauchte sie wieder im Wohnzimmer auf, angezogen, sie hatte ihr Haar in Ordnung gebracht, aber bestimmt nicht geduscht in der kurzen Zeit, Körperpflege sei nicht ihre erste Priorität, hieß ihre Antwort, wenn Anna sie diskret darauf hinwies, wo sich die Duschtücher befanden. Sie sei kurz weg, habe etwas zu erledigen im Dorf, sagte sie, auch zur Post müsse sie noch.

»Kauf doch bitte gleich Brot, Milch, Joghurt und Eier«, bat Anna, »du kannst mein Portemonnaie mitnehmen, es liegt in der Handtasche.« Caro nickte, holte eine Einkaufstüte aus dem Abstellraum hinter der Küche und verschwand.

Anna achtete darauf, nie viel Geld in jenem Portemonnaie zu haben, das sie Caro zum Einkaufen von Kleinigkeiten überließ, denn die Tochter besaß fast nie eigenes Geld. Hatte sie welches, gab sie es in guten Zeiten sofort aus für Energydrinks, Tabak und Zubehör, aber auch für Pflanzen, Papier, Kunstkarten und Bücher. Oder sie verlieh es an Freundinnen und für andere kaufte sie Tabak oder Essen. Was Caro hatte, teilte sie, schon immer. Es war in Ordnung, wenn sie sich von Annas Geld gelegentlich einen Beutel Tabak kaufte oder Kaugummis, alles harmlos, sagte sich Anna und erschauerte innerlich, wenn sie an Zeiten dachte, in denen Caro ganz andere Beträge als die paar Franken von ihr gefordert hatte in einem Ton, der keine Diskussionen zuließ. Als Arno noch da war, hatte sie es manchmal geschafft, solche Forderungen abzulehnen. Ihn hatte Caro nie nach Geld gefragt, diese Kämpfe trug sie nur mit Anna aus. In der Beziehung zu Arno hingegen hatte sich etwas Helles, Unbeschädigtes bewahrt, selbst in heiklen Gesprächen mit ihm war es Caro bis auf ganz wenige Ausnahmen gelungen, relativ ruhig zu bleiben. Und während seiner Krankheit schaffte sie es, ihm unbefangen und mit einer Selbstverständlichkeit und Wärme zu begegnen, für die sie Anna noch immer bewunderte.

Unten ging die schwere Haustür.

»Bin wieder da«, rief Caro, und Anna hörte, wie sie langsam die Treppe hochstieg und dann das Wohnzimmer betrat. Sie selbst hatte sich unterdessen in der Küche zu schaffen gemacht, hatte den Kühlschrank geputzt, in dem sich ein unangenehmer Geruch ausgebreitet hatte, nun war sie daran, den Geschirrspüler auszuräumen. Caro kam in die Küche und streckte ihr einen selbst gepflückten Feldblumenstrauß entgegen, eine Kombination aus Gräsern und blühenden Wiesenblumen in Weiß über Hellgelb zu Rosa und Lila, manche Blumen so zart, dass sich nur Stunden später ihre Blütenblätter schließen und dann bald abfallen würden. Im Abstellraum suchte Caro nach einer passenden Vase, Anna hielt den Strauß vor ihr Gesicht und roch daran, er duftete zu ihrer Verwunderung eher unangenehm. Caro nahm ihr die Blumen lächelnd wieder weg, kürzte die Stiele alle auf dieselbe Länge und entfernte die untersten Blätter. Sie klang zufrieden, als sie erwähnte, sie habe alles erledigen könne, habe eingekauft, sei im Postbüro gewesen und habe dort auch gleich Annas Brief frankiert und in den Kasten eingeworfen. Dann stellte sie die Blumen ins Wasser und zupfte da und dort noch an einem Halm, machte einen Schritt zurück, betrachtete ihr Werk, zupfte noch ein wenig weiter und stellte die Vase schließlich auf den Tisch im Wohnzimmer. Während Anna noch immer wie erstarrt mitten in der Küche stand. Nach einer Weile kam Caro zurück, räumte die Einkäufe weg und streckte ihr das Portemonnaie entgegen. Mit bestem Dank zurück. Ob sie es gleich wieder in die Handtasche legen solle.

»Ja, danke, tu das bitte«, gab Anna zur Antwort und setzte sich auf die Küchenbank. Caro wandte sich nochmals an sie.

»Wie gesagt, den Brief, der wohl, seinem Aussehen nach zu schließen, schon eine ganze Weile in der Handtasche gelegen hat, den habe ich eingeworfen, und ja, sorry, ich habe die Adresse gelesen, Ruth freut sich bestimmt über Post von dir.«

* * *

In Annas Jackentasche vibrierte das Handy, sie befand sich zusammen mit Caro in der renovierten und eben wieder zugänglichen barocken Dorfkirche. Alles war hier aufgefrischt, das stumpfe Grau der Wände und des Tonnengewölbes war einem strahlenden Weiß gewichen, die Fresken des Gewölbes leuchteten wieder, die Kirchenbänke glänzten und die schadhaften Steinplatten des Fußbodens waren ausgewechselt worden. Der sakrale Raum strahlte feierliche Ruhe aus, die auch Caro wahrnahm. Jedenfalls setzte sie sich auf die Bank neben Anna, nachdem sie einen Rundgang durch die Kirche gemacht hatte, und saß ruhig da, fast versunken. Anna fingerte ihr Handy aus der Jacke. Ruth hatte geschrieben: »Bin schon unterwegs zu euch. Keine Widerrede. Du und ich müssen reden. Deine Ruth.«

Caro legte plötzlich den Arm um Anna.

»Schön hier, Mama«, sagte sie. Anna nickte und spürte, dass sie gleich weinen musste. Sie blinzelte die Tränen weg und flüsterte Caro zu, sie mache noch ein paar Schritte über den Friedhof. Caro zog ihren Arm zurück, sie komme dann nach.

Was das sei, wollte sie wissen, als sie ein wenig später auf dem Friedhof wieder auf Anna traf und auf die hohe Säule wies, die in seinem Zentrum stand. Eine Pestsäule, erklärte Anna, denn einige Jahrhunderte früher habe die Pest hier fast die gesamte Dorfbevölkerung dahingerafft.

»Pest, Typhus, Tuberkulose, Diphtherie, Tod im Kindsbett, das war früher«, sagte Caro nachdenklich. »In jüngster Zeit sind Tausende an Covid gestorben. Glaubst du, es gibt dereinst irgendwo auch eine Säule für diese Toten? Und gibt es in Zürich eigentlich auch eine Säule für alle die Suchtkranken, die dort gestorben sind wie die Fliegen, als ich noch nicht einmal auf der Welt war?« Anna schaute ihre Tochter an.

»Ich weiß es nicht«, sagte sie, und, nach einem Moment: »Ruth besucht uns heute, sie hat mir eben eine Message geschickt«.

»Dann musst du dein Auto umparken«, sagte Caro lachend, «viel Spaß, und ich freue mich auf Ruth.« Sie freue sich auch, sagte Anna, schaute Caro dabei aber nicht in die Augen.

* * *

Ruth traf am späten Nachmittag ein. Sie hatte unterwegs eingekauft und brachte Unmengen an Lebensmitteln mit.

»Hast du Angst, hier zu verhungern?« Anna lächelte ihre Freundin an und war erstaunt über ihre unwirsche Reaktion:

»Komm mir du nun nicht auch noch so.«

Nach einem Begrüßungsapéro im Garten stellten Ruth und Anna sich in die Küche, Caro hatte verlauten lassen, sie müsse in der unteren Etage ein wenig aufräumen, freue sich aber aufs Essen. Ruth hatte den Lead beim Kochen übernommen, Anna diente ihr zu. Zu Beginn schwiegen beide, später sprachen sie über Belangloses, während sie Grünzeug wuschen, schälten und schnippelten. Es gab Gemüse mit Tofu und Pilzen aus dem Wok, dazu Jasminreis und Annas berühmte Erdnusssauce, eine Eigenkreation, aufwendig in der Zubereitung und kalorienreich, was Ruth aber mit ›nahrhaft‹ umschrieb.

»Und gut fürs Gemüt«, sagte sie mit einem Seitenblick zu Anna, die die Augen verdrehte, als sie sah, wie viel Vollrahm Ruth in die selbst hergestellte Nusspaste einrührte. Dann erschien Caro in der Küche, es rieche köstlich, ob sie schon mal den Tisch decken solle.

Beim Essen erzählte Ruth vom Stau, in den sie auf der Fahrt geraten sei, Anna fragte, ob sie die renovierte Dorfkirche schon mal angeschaut habe, Caro schwieg, aß und beobachtete. Bis sie aufstand, ein Fenster öffnete und sagte:

»Das hilft vielleicht gegen die dicke Luft hier drin. Was ist los mit euch? Habt ihr euch gestritten oder liegt es an meiner Anwesenheit? Falls ich störe, sagt es ruhig, dann verschwinde ich.« Ein heftiger Windstoß ließ das Fenster zuschlagen, Anna zuckte zusammen, Ruth stand auf und schloss das Fenster ganz, stellte sich dann hinter Caros Stuhl und legte ihr eine Hand auf die Schulter.

»Du störst nicht, im Gegenteil. Ich bin froh, dass du hier bist. Und ich wollte dir schon lange von ganzem Herzen danken…«, nun stockte Ruths Stimme.

»Wofür denn?« Caro legte Messer und Gabel zur Seite und schaute auf Ruth, dann auf Anna.

»Weil du Arno so gut umsorgt hast, als er krank war. Das habe ich dir zwar schon mal gesagt, aber die Erinnerung daran wirft mich erneut um. Wie du es als Einzige geschafft hast, dem kranken Arno mit einer Selbstverständlichkeit zu begegnen, als wäre es das Leichteste der Welt, einem pflegebedürftigen alten Mann mit Demenz liebevoll zu begegnen …«

»War es ja auch«, sagte Caro lachend, »denn der wehrlose Arno konnte weder dagegen protestieren noch endlos darüber labern.« Als Ruth und Anna sich schweigend anschauten, stellte sie in einem ernsteren Tonfall fest:

»Überhaupt, was ist denn los mit euch? Ihr habt Arno doch auch geliebt, als er krank war, jede auf ihre Weise … und konstanter als ich. Denn wenn ihr glaubt, ich hätte dauernd an Arno gedacht, als es mit ihm bergab ging, so sage ich euch jetzt: So war es nicht. Erstens ist das eh nicht meine Art, und zweitens hatte ich meine eigenen Baustellen und …«

»… aber nun geht es dir besser?«, hakte Anna ein.

»Wie man's nimmt, aber lenk nicht vom Thema ab. Dauerpflege eines alten Menschen, der nicht mehr weiß, wer er ist, schafft niemand, ohne durchzudrehen, das ist bekannt. Ich habe Arno nicht umsorgt. Ich kam ein paarmal zu Besuch, als er noch zu Hause war, sah ihn ein paarmal im Pflegeheim für zwei, drei Stunden. Dort bekam er professionelle Pflege, dafür habt ihr doch gesorgt, also …«

»Stimmt«, pflichtete ihr Ruth bei.

»Nur, professionelle Pflege ist nicht alles«, warf Anna ein. Caro gab ihr einen Blick, der Bände sprach.

»Professionelle Pflege ist schon sehr viel, kapiert das endlich.« In ihren Augen blitzte nun Zorn auf, als sie aufstand und begann, das Geschirr zusammenzustellen.

»Ich habe schon ganz anderes gesehen, Zustände, die ihr euch nicht vorstellen könnt oder es nicht wollt«, äußerte sie noch, bevor sie die schmutzigen Teller in die Küche brachte. Nach einer Weile öffnete sie die Tür ins Esszimmer nochmals und streckte den Kopf hinein:

»Kaffee gefällig für die Damen?« Anna und Ruth bejahten. Kurze Zeit später servierte ihnen Caro zwei Espressi, holte eine Flasche Limoncello aus dem Schrank und sagte:

»Trinkt, dann kommt ihr auf andere Gedanken. Ich gehe zum Rauchen vors Haus.«

»Ich komme mit«, sagte Ruth, griff nach ihrem Tässchen und folgte Caro nach unten. Anna trank ihren Espresso allein und räumte dann die Küche auf. Später saßen sie zu dritt im sogenannten Salon, einem an das Wohnzimmer anschließenden, vornehm wirkenden Raum mit einem offenen Kamin und indirekter Beleuchtung. Möbliert war er mit einem eingebauten Bücherschrank, einem Sofa von schlichter Eleganz, bequemen Sesseln, einem rechteckigen Glastisch und ein paar Beistelltischchen

»Du rauchst wieder«, wandte sich Anna an Ruth, die nickte.

»Seit sie mit Jan Schluss gemacht hat, raucht sie wieder«, erklärte Caro der staunenden Anna.

»Da bist du aber über Dinge informiert, die mir ganz neu sind.« Anna schaute abwechselnd fragend zu Caro, dann zu

Ruth. Sie wisse es auch erst seit einer Viertelstunde, meinte Caro, und Ruth bekräftigte:

»Ich wollte es dir erzählen, dann kam dein Brief, und es blieb keine Zeit mehr dafür. Ich bin so schnell ich konnte, losgefahren und nun bin ich ja hier.«

Der Brief, reagierte Anna, sei schon alt. Sie hätte ihn längst wegwerfen wollen, habe ihn aber schlicht vergessen in dieser Handtasche, die sie schon lange nicht mehr benutzt habe. Caro habe den Brief versehentlich eingeworfen. Dann schaute sie zu ihrer Tochter, die sich sofort wehrte:

»Wie konnte ich denn wissen, dass du nicht beabsichtigtest, einen bereits adressierten Brief abzuschicken? Ich wollte bloß nett sein.«

»Schon gut.« Anna machte eine abwehrende Handbewegung und wandte sich an Ruth:

»Magst du reden über dich und Jan oder lieber nicht?«

Über Jan gebe es nichts mehr zu sagen, aber über sie. Die Kurzversion laute, sie habe es nicht mehr länger ertragen, gegen ihren eigenen Körper eine Art Krieg zu führen Sie habe Jans Blick nicht mehr ertragen, wenn sie sich bei Tisch ausnahmsweise eine zweite Portion genommen hätte. Sie habe begonnen, vor dem Schlafengehen im Bad ihre Kleider abzulegen und den Schlafanzug anzuziehen und das nur, damit Jan keinen prüfenden Blick auf ihren Körper werfen konnte, sie habe seine Anwesenheit nicht mehr ertragen morgens beim Frühstück, und vor allem habe sie seinen Gesichtsausdruck nicht mehr ertragen, wenn sie in einem Gespräch Arno erwähnt habe. Dieser Ausdruck, der besagte: Bist du immer noch nicht über den Tod deines Bruders hinweg? Das sei sie nicht, im Übrigen, und dass Jan jeden Gesprächsversuch darüber abgeblockt habe, kapiere sie noch immer nicht. Kurz, es habe immer weniger Gemeinsames gegeben, Sex hätten sie schon ewig nicht mehr zusammen gehabt, was ihr in letzter Zeit mehr als recht gewesen sei, aber dass Jan ständig an ihrem Körper herumgemäkelt habe, das habe sie ihm lauthals vorgeworfen zum Schluss.

»Und wisst ihr, wie er reagiert hat?« Ruth machte eine kleine Pause, blickte zu Anna und zu Caro, ohne eine Antwort von ihnen zu erwarten, dann holte sie tief Luft. Sie könne doch nicht leugnen, habe Jan kühl gesagt, dass sie einige Kilos zu viel auf die Waage bringe. Dann sei er aufgestanden, habe ihr stolz und ziemlich verzaubert von sich selbst seine fast zwei Meter lange Schlankheit präsentiert und gesagt, er würde wohl noch immer in seinen Konfirmandenanzug passen. Worauf sie erwidert habe, sie möge nicht mehr ständig einen Konfirmanden um sich haben.

»Und, ist er nun weg?« Anna nahm einen Schluck Wasser, Caro stand auf und holte sich in der Küche eine Limonade, Ruth starrte auf die Tischplatte, bevor sie antwortete:

»Er ist dabei, das Feld zu räumen. Ich habe ihm mit meiner Reise zu euch eine kleine Fristverlängerung gewährt. Wenn ich nächste Woche zurückkehre, ist er weg, das haben wir vereinbart.«

»Bist du erleichtert, dass du den Typen endlich losgeworden bist?« Caro stand im Türrahmen und fingerte eine Zigarette aus der Packung.

»Gib mir auch eine«, sagte Ruth. »Ausnahmsweise rauchen wir hier im Salon, wo früher schon immer geraucht wurde, und da ich schließlich seit einiger Zeit Alleinbesitzerin des Hauses bin, sage ich: Feuer frei.«

Sie habe Jan nie gemocht, und er sie auch nicht, sagte Caro und streckte die Zigarettenpackung auch Anna entgegen, die den Kopf schüttelte.

»Arno hat Jan auch nicht wirklich gemocht, obwohl er höflich genug war, es nicht zu zeigen.« Ruth lächelte zaghaft, als sie das sagte, und sie lachte dann wirklich, als Caro erwiderte:

»Selbst, wenn Arno seine Antipathie offen gezeigt hätte, Jan hätte es nicht gemerkt.«

Ob sie nun nicht etwas ungerecht seien? Anna schaute die beiden Raucherinnen fragend an, und Ruths Reaktion war deutlich:

»Von dir hätte ich am allerwenigstens erwartet, dass du dich auf Jans Seite stellst.«

»Tue ich doch gar nicht.« Anna räusperte sich. »Ich will damit nur sagen, Arnos Verhältnis zu Jan war austarierter, als ihr es gerade darstellt. Es gab Dinge, die er an Jan schätzte. Diskussionen über Musik zum Beispiel. Die beiden sind doch ab und zu zusammen ins Konzert gegangen. Das hätte Arno nicht getan, hätte er Jan überhaupt nicht ausstehen können. Und weil Arno zwei linke Hände hatte, übernahm Jan oft kleine handwerkliche Hilfeleistungen in unserer Wohnung. Hinterher haben die zwei zusammen einen Wein getrunken, haben Jazz gehört und sich angeregt unterhalten.«

»Angeregte Unterhaltungen können mir gestohlen bleiben.« Ruth drückte ihre nicht zu Ende gerauchte Zigarette aus und verließ den Salon. Sie brauche frische Luft und gehe ein paar Schritte. Ob jemand mitkommen wolle.

Anderntags saß Ruth bereits mit einem Kaffee und ihrem Laptop am Küchentisch, als Anna erschien. Es gebe personelle Engpässe in der Kita. Zu viele Erzieherinnen seien krank, sie müsse Vertretungen organisieren. Anna setzte die Kaffeemaschine in Betrieb und über dem Lärm, den der Apparat erzeugte, überhörte sie, dass auch Caro in die Küche gekommen war, sich neben sie gestellt hatte und sie nun antippte. Erschrocken wandte sie sich ihrer Tochter zu, die gegen ihre Gewohnheit bereits angezogen war, ihr Haar war noch nass.

»Drückst du nochmals auf den Knopf bitte, ich hätte ausnahmsweise auch gerne einen Kaffee, bevor ich abreise. Die Pflicht ruft.« Caro lachte ein wenig, als sie das sagte, nachdem sowohl Anna als auch Ruth sie nach dem Grund ihres plötzlichen Aufbruchs gefragt hatten. Sie werde gebraucht auf dem

Hof, die Bäuerin habe ihr eine SMS geschickt, ob sie kommen könne. Kartoffelernte, Silomais, junge Kätzchen seien geboren worden, ein Hund sei krank. Und mit einem schnellen Blick zu Ruth, dann zu Anna, fügte sie an:

»Euch beiden gehen die Gesprächsthemen vermutlich nicht so schnell aus, auch ohne mich, nicht wahr?«

Caro reiste ab und hatte wie immer einen Rucksack, Taschen und Tüten dabei. Anna begleitete sie zum Bus, der sie ins Tal fuhr. Bis sie im winzigen Dorf im Jura ankommen würde, wo sich der Hof befand, auf dem sie momentan wieder arbeitete, hatte sie eine lange Reise vor sich. Bevor der Bus kam, rauchte sie eine Selbstgedrehte, und Anna stand schweigend neben ihr. Sie hatte den Rauchgeruch noch in der Nase auf dem Rückweg zu Ruths Haus, Caro und sie hatten sich zum Abschied lange umarmt.

»Pass auf dich auf«, hatte Anna gesagt.

»Du auch auf dich«, hatte Caro erwidert. Und pass bitte auf Ruth auf, sie ist irgendwie seltsam. Ich glaube, es geht ihr nicht gut.«

»Versuche ich«, Anna hatte schulterzuckend genickt und angefügt: »Und du, melde dich bitte, wenn du angekommen bist.«

»Mama …« Caro hatte ihren ironischen Blick aufgesetzt. Sie sei keine zwölf mehr. Dann war sie in den Bus eingestiegen und hatte sich mit ihrem umständlichen Gepäck ganz hinten eingerichtet. Sie winkte nie.

* * *

»Findest du mich dick?« Mit dieser Frage wurde Anna von Ruth empfangen, im Flur, wo sie vor dem großen Spiegel stand, ihr schulterlanges, dunkles und von silbernen Fäden durchzogenes

Haar glänzte, sie hatte Make-up aufgelegt, ihre Fingernägel in einem sanften Rosa lackiert und war eben im Begriff, eine Bluse im Blümchenprint zuzuknöpfen, die über dem Busen ein wenig spannte.

»Ist die neu?« Anna befühlte den feinen Stoff mit Daumen und Zeigefinger. Ruth nickte.

»Findest du Caros Abreise nicht auch überstürzt?« Anna machte ein paar Schritte weg von Ruth und musterte sie von oben bis unten.

»Ich habe dich etwas anderes gefragt.«

»Ach, hör doch bitte damit auf. Was heißt denn schon dick?«

Ruth schaute an sich herunter, zupfte die Bluse über dem Busen zurecht, zerrte dann mit beiden Händen am Stoff, um ihn zu dehnen, stopfte die Bluse schließlich in die Jeans und zog ihren leicht vorstehenden Bauch ein.

»Es sieht besser aus, wenn du das neue Teil, das mir gut gefällt, über der Jeans trägst, irgendwie lockerer.« Ruth tat sofort, was Anna ihr geraten hatte, stellte sich nochmals vor den Spiegel, im Spiegelglas trafen sich die Blicke der beiden Freundinnen, Ruth drehte sich um, Anna machte zwei Schritte auf sie zu und dann fielen sie sich in die Arme.

»Endlich«, sagte Ruth.

»Endlich«, echote Anna, »und du bist wunderschön, du fühlst dich weich und warm und ganz einfach gut an.« Objektiv klinge das zwar nicht gerade, Ruth lachte, aber Anna sei noch nie gut gewesen darin, Menschen mit einer gewissen Distanz zu betrachten.

»Was in unserem Fall auch nicht nötig ist«, erwiderte Anna und nun, fuhr sie fort, habe sie Hunger und würde gerne einen Happen essen.

»Ich bereite uns ein Gabelfrühstück zu, was hältst du davon?« Ruth grinste ein wenig, drehte eine Pirouette vor Anna und öffnete zwei Knöpfe mehr an ihrer neuen Bluse.

»So löst man Probleme«, sagte sie dazu und verschwand in der Küche.

Beim ausgedehnten Frühstück kam Ruth nochmals auf ihre Gewichtssorgen zu sprechen. Sie bringe es im Moment nicht fertig, weniger zu essen und auf alles zu verzichten, was sie gerne möge. Warum es sie denn so sehr plötzlich störe, dass es ein paar Kilogramm mehr Ruth gebe. Anna schaute ihre Freundin an. Sie könne sich nämlich nicht daran erinnern, dass sie je schon über solch ein leidiges Thema wie Figurenfragen gesprochen hätten zusammen. Sie habe gut reden, gehöre sie doch mit ihrem schnörkellosen Körper in die Kategorie Jan. Sie hingegen, Ruth zeichnete ihren Busen mit beiden Händen völlig übertrieben nach …, üppig, wo man auch hinschaue, während Jan kein Gramm Fett an sich habe.

»Jan? Es geht also gar nicht um deine Proportionen, die völlig in Ordnung sind. Du bist nun mal sehr groß, da sind ein paar zusätzliche Kilos völlig in Ordnung. Eine große, stattliche Frau, so hätte man dich früher beschrieben. Nur, wie gesagt, darum geht es offenbar gar nicht, Jan heißt der Glutkern deines Problems.«

»Glutkern«, wiederholte Ruth lachend. »Damit liegst du falsch, denn es glüht und glimmt schon lange nichts mehr, die Glut zwischen Jan und mir ist aus und lässt sich nicht wieder anfachen, ich wusste es schon länger, aber plötzlich ist mir schlagartig bewusst geworden: Ich kann nicht weiter mit jemandem zusammen sein, der mir täglich zu spüren gibt, dass in seinen Augen etwas Zentrales an mir nicht okay ist.« Ruth stand auf, stellte sich breitbeinig in die Mitte des Zimmers, stemmte ihre Hände in die Hüften, deckte Anna mit einem ihrer berühmten Augenaufschläge ein und sagte:

»Vielleicht ein Detail, mein Körper, aber unübersehbar. Möchtest du noch einen Kaffee?« Bei dieser Frage kippte ihre Stimme.

»Ja, gerne.« Anna schaute Ruth nochmals an, bevor ihre Freundin in die Küche ging. Es dauerte etwas, bis sie mit zwei Kaffees zurückkam.

»Gehen hilft«, sagte sie, deshalb schlage ich für heute eine Wanderung vor.« Gehen helfe immer, stimmte Anna zu, in einer halben Stunde sei sie startklar.

* * *

Anna und Ruth waren schon eine Dreiviertelstunde gewandert, ohne viel zu reden, ab und zu hatten sie sich gegenseitig auf eine Pflanze, eine Eidechse oder auf die Stille aufmerksam gemacht. Der schmale Pfad führte durch einen lockeren Mischwald, er war nicht steil, stieg aber kontinuierlich an. Dann blieb Ruth zum ersten Mal stehen und sagte:

»Ich freue mich, dass ich beim Wandern nicht außer Atem gerate, sondern es auch bergauf ziemlich locker schaffe. »Sie strich sich lachend über ihre Oberschenkel:

»Brave Beine seid ihr nämlich.«

»So gefällst du mir besser«, äußerte Anna, »ich aber bin bereits durstig.«

»Gleich nach der nächsten Biegung«, erklärte Ruth, »erreichen wir den ersten Aussichtspunkt mit einer Bank.« Es waren dann aber noch ein paar Kehren zu bewältigen, bis die kleine Aussichtsplattform mit der Bank auftauchte. Anna hatte ihren Durst bereits gelöscht, als auch Ruth erschien, ihren Rucksack ablegte und sich an den äußersten Rand der Plattform begab, hinunter schaute zum glitzernden See und hoch zur Bergkette in der Ferne. Dann setzte sie sich neben Anna und erzählte von einem Konzert, das sie kürzlich gehört habe, noch zusammen mit Jan. Ein kleines Orchester habe gespielt, Kammermusik, nicht speziell anspruchsvoll, aber eingängig, lauter bekannte Stücke. Bald aber sei es ihr nicht mehr um die Musik gegangen, sondern um den ersten Geiger, der gleichzeitig Konzertmeister gewesen sei, ein großgewachsener Mann mit dunklem, dichtem Haar und dunklen Augen, sie habe ihren Blick nicht mehr abwenden können von diesem biegsamen Körper, in dem so viel Einklang mit der Musik gesteckt habe, so viel Rhythmus, Beweglichkeit und Leidenschaft. Wie dieser Mensch mit allerfeinsten Gesten, mit einem leichten Heben einer Schulter oder des Geigenbogens zum Beispiel den einzelnen Musikern die Einsätze gegeben habe, wie er das Orchester gelenkt habe, mit einer Sensibilität, Zurückhaltung und Eleganz, das könne Anna sich gar nicht vorstellen, schwärmte Ruth. Ihre eigene Begeisterung aber sei so weit gegangen, dass sie sich vorgestellt habe, das Orchester spiele ganz allein für sie, und schließlich habe sie sich wie ein junges Mädchen gewissen Bildern hingegeben, über die sie jetzt zwar lachen könne.

»Stell dir vor, in unserem Alter«, wandte sie sich nun Anna direkt zu, die aber nicht reagierte. So fuhr sie in ihrer Schilderung des Konzertes fort. Nachdem der Schlussapplaus verklungen sei und sie wahrgenommen habe, dass Jan sich neben ihr befand, sei sie über seine Anwesenheit nicht nur erstaunt, sondern tatsächlich erschrocken gewesen. Nun legte sie eine kurze Pause ein, bevor sie sagte:

»Es ist doch nicht normal, dass ich mir während eines Konzertes erotische Szenen mit dem ersten Geiger ausmale, der mehr als eine ganze Generation jünger ist als ich selbst. Jetzt, da ich dir davon erzähle, kann ich zwar nur noch lachen darüber, wobei, vielleicht wäre es angebracht, mich zu schämen, was denkst du?«

»Hinter deinem Lachen«, sagte Anna zögernd, »steckt doch was Trauriges. Und schämen musst du dich ganz bestimmt nicht für deine erotischen Phantasien, sei doch froh, dass du welche hast.« Ruth gab ihrer Freundin einen Seitenblick, holte tief Luft und setzte eben zum Sprechen an, als diese äußerte:

»Wo sich wohl Caro jetzt befindet, auf welcher Station ihrer Reise bereits?« Als Ruth nicht antwortete, stand sie auf, betrachtete ein paar Augenblicke die Aussicht und marschierte los.

Das letzte Wegstück zur Alp erwies sich als steil und rutschig, stellenweise war der Pfad kaum mehr zu erkennen, vor ein paar Wochen hatten ihn ein paar heftige Stürme in einen Bach verwandelt und Geröll, Äste und Geschiebe zurückgelassen. Vom Sturmwind gefällte Kastanien versperrten den Weg. Beim Darüberklettern zog sich Anna einen blutenden Kratzer am linken Arm zu, Ruths Wangen glühten vor Hitze und Anstrengung. »Die letzte halbe Stunde war die reinste Plackerei«, sagte sie, als sie die Alp endlich erreichten.

Es befand sich kein Vieh auf der abgegrasten Weide, Fenster und Tür der Alphütte waren verriegelt und verrammelt, Anna und Ruth setzten sich auf die Bank vor der Hütte und atmeten erst durch, bevor sie nach ihren Trinkflaschen griffen.

»Mit dem Ort hier sind wir gewissermaßen verwachsen.« Ruth schaute zu Anna und strich mit einer Hand über die Holzbank. »Wie oft saßen wir wohl schon hier, zu zweit oder zu dritt? Nur Jan hatte nie etwas für kleinere Wanderungen übrig, für ihn musste es immer das große Programm sein. Einmal waren wir sogar zu viert hier, erinnerst du dich, zusammen mit Caro, als sie fit genug war für den Aufstieg, was sie jetzt vermutlich auch wieder wäre.«

»Denkst du?« Anna schaute ihre Freundin zweifelnd an. »Ich jedenfalls mache mir wieder Sorgen, so plötzlich wie sie …«

»Meiner Ansicht nach siehst du Gespenster. Auf mich hat Caro einen guten Eindruck gemacht. Sie wird gebraucht auf dem Hof, hat sie ja erzählt.«

»Vielleicht ist sie sich überflüssig vorgekommen mit uns?« Ruth lachte ein wenig.:

»Entspanne dich bitte. Vielleicht hatte sie keine Lust, sich die Probleme älterer Frauen anzuhören.« Anna nickte und ihre Stimme klang mit einmal seltsam scharf, als sie entgegnete:

»Und du, gib es zu, hast keine Lust mehr, über Caro zu reden. Du denkst wohl wie alle anderen, ich käme nun besser mit der Situation zurecht.«

»Was ja auch stimmt«, warf Ruth ein. Anna aber sprang auf und ging unablässig vor der Bank, auf der Ruth saß, hin und her. Schließlich begann sie zu reden, ziemlich leise, Ruth musste sich anstrengen, damit sie alles verstand:

»Es gibt Dinge, an die man sich nicht gewöhnt. Wenn dein Kind ein beschädigtes Leben hat, hast du das immer wieder von Neuem zu verkraften. Ich muss mir immer wieder sagen, dass Caro sich die Krankheit, die zuunterst auf der Beliebtheitsskala steht, nicht ausgesucht hat. Was nicht heißt, dass sie die Verachtung nicht wahrnimmt, die Menschen wie ihr von überallher entgegenkommt. Meine Schwestern Alice und Anita«, fuhr sie nach einer kurzen Pause fort, in der sie sich vergewisserte, dass Ruth ihr noch immer zuhörte, »sind längst nicht die Einzigen, die sich schütteln vor Abscheu beim bloßen Gedanken, mit Suchtkranken in Kontakt zu kommen. Die glauben nämlich, man könne mit ihnen nicht reden, und fürchten, ihre Pusteln und Ekzeme seien ansteckend. Die denken, es sei weit weniger schlimm, wenn eine sogenannt gescheiterte Existenz stirbt, als wenn ein gesundes Kind tödlich verunglücken würde, zum Beispiel. Für Mütter und Väter von Suchtkranken aber, so sie überhaupt vorhanden sind, verhält es sich nicht so. Für sie stirbt ihr Kind, ob es gescheitert ist oder nicht. Für sie stirbt ihre Zukunft, und sind die Eltern schon alt, ist es noch schlimmer.« Dann schwieg Anna und biss sich auf die Lippen, bis es vermutlich schmerzte.

Sie könne nicht erwarten, dass alle Menschen Suchtexperten seien. Ruth schaute Anna nicht an, sondern wühlte in ihrem

Rucksack, sie suche nach Sonnencreme, erklärte sie, und nachdem sie das Fläschchen in einem Seitenfach gefunden hatte, sagte sie unvermittelt:

»Dein Brief, Anna ... er hat mich ... erstaunt, nein, bewegt. Du hast tatsächlich Schuldgefühle? Weshalb denn? Kranke und Sterbende nehmen doch sehr wohl wahr, dass ...«

»Weißt du was?«, fiel ihr Anna ins Wort. »Darüber möchte ich nicht reden. Ich habe doch gesagt, der Brief ist alt. Ich bin dran, Arnos letztes Jahr zu vergessen. Es zu löschen.« Schnell stand sie auf, schulterte ihren Rucksack und marschierte ohne Absprache los. Erst an der Weggabelung wartete sie auf Ruth. Als sie eintraf, sagte Anna, sie schlage für den Rückweg die leichtere Route vor, über Baumstämme geklettert seien sie heute schon genug. Ruth war einverstanden, hielt Anna aber an ihrem Rucksack fest und schaute sie voller Ernst in den Augen an.

»Es ist falsch, über Wichtiges nicht zu reden und zu glauben, so würde es verschwinden. Arnos letztes Jahr löst sich nicht einfach auf, auch wenn du so tust, als sei es nicht mehr da. Vielleicht hast du dich nicht wie im Bilderbuch verhalten, als er hinfällig wurde, damit musst du zurechtkommen, aber du hast ihn nicht verlassen.«

Anna wandte sich schulterzuckend ab, aber Ruth ließ sich davon nicht beirren.

»Wir beide müssen mit Arnos Tod zurechtkommen, und immerhin haben wir noch uns, mal in besserer, mal in schlechterer Verfassung.« Nun schaute Anna hoch zum Himmel, Wolken waren aufgezogen.

»Bald wird es regnen«, stellte sie fest, »beeilen wir uns.«

Die letzten zehn Minuten im strömenden Regen reichten aus, dass beide nass bis auf die Haut im Ferienhaus ankamen. Nachdem sie geduscht und sich umgezogen hatten, wärmte Ruth in der Küche die Reste vom gestrigen Abendessen auf. Anna bereitete einen Salat zu und schaute dabei immer wieder auf ihr Handy. Am Tisch platzierte sie es direkt neben ihrem Teller.

»Leg doch bitte das Ding mal weg«, bat Ruth. »So fixiert wie du darauf bist, können wir nicht miteinander reden.«

»Und was, wenn ich nicht reden will?«

»Anna … bitte …«, Ruth nahm einen großen Schluck Rotwein, »es gibt ja noch andere Themen als Arno, zum Beispiel …«

»Caro …«, fiel ihr Anna ins Wort.

»Es gibt auch noch andere Themen als Caro.«

»Meinst du Jan?«

Nein, zu Jan sei alles gesagt, sie meine zum Beispiel dieses Haus hier, vor allem das Nebengebäude. Langsam werde es zu einem Thema, sie habe gewisse Pläne damit. Dafür habe sie nun keine Nerven, erwiderte Anna und schaute schon wieder auf ihr Handy. »Wenn sie sich nicht meldet, melde ich mich halt«, äußerte sie, während sie eine Message eintippte. Ruth setzte sich aufs Sofa, zündete sich eine Zigarette an und rauchte, Anna tigerte im Salon herum, ihr Handy in der Hand.

»Anna, bitte. Setz dich doch. Du steigerst dich in etwas hinein, wofür es keinen Grund gibt. Weshalb gehst du immer vom Schlimmsten aus? Vielleicht hat Caro schlicht keine Zeit, sich zu melden … oder keine Lust …«

»Keine Lust!«, äffte Anna ihre Freundin nach. »Keine Lust … Du hast keine Ahnung, hast nicht die geringste Vorstellung davon, was es bedeutet, eine suchtkranke Tochter zu haben … du …« Nun erhob sich Ruth schnell, baute sich in ihrer ganzen Größe vor Anna auf und reagierte in scharfem Ton:

»Das ist nicht wahr, und das weißt du genau. Aber seit Jahren ist Caros Krankheit dein Hauptthema. Vielleicht solltest du dir mal darüber Gedanken machen.« Dann piepte Ruths Handy, das auf dem Glastisch lag. Sie holte es, warf einen Blick auf das Display.

»Caro hat mir eine Sprachnachricht geschickt«, sagte sie. »Hör mal.«

15

Liebe Anna

Wir sind Übriggebliebene. Oder sagt man: Hinterbliebene? Du bist eine Witwe. Ich nicht einmal das. Als Altledige hätte man mich früher bezeichnet. Jungfer Ruth, alt und vertrocknet, die Arme, hat keinen Mann abbekommen, und was ist sie heute: Eine alte Schachtel (sind was Praktisches, Schachteln. Man kann allerhand aufbewahren darin). Ich bin keine Tochter mehr, bin keine Schwester mehr, habe keine Kinder, bin also frei, ohne Altlasten, ohne Anhang. Ein Alleinchen, das bin ich. Mit Eigentumswohnung und einem geerbten Anwesen in der Südschweiz. Klingt gut, nicht? Auch du, liebe Anna, hast zum Glück ausgesorgt: Arno hat dir seine Attikawohnung und eine Rente hinterlassen. Du und ich, wir sind auf der sicheren Seite. Dazu sogenannt gepflegte Erscheinungen. Vermutlich hätten wir noch immer Chancen bei Männern. Denn durchfüttern müsste uns keiner. Wir wären ein guter Fang. Nur, ich für meinen Teil mache mich nie mehr dienstbar für einen Mann. Never ever. Unsereiner weiß doch, wie so was abläuft: Nach den flötenden Anfängen erweist sich der Herzensmann als arschiger Typ und seine Neue darf die hinteren Dienste übernehmen.

Du bist nicht allein. Du hast Caro. Sie ist auch für mich viel mehr als ein Patenkind. Wir beide werden sie nicht ihrem Schicksal überlassen. Auch nicht der Straße. Zeigt sie uns mal wieder die kalte Schulter, warten wir ab. Ich kann das besser als du: Bei aller Liebe zu ihr betrachte ich ihre Suchterkrankung mit mehr Distanz. Du aber fährst seit vielen Jahren mit auf ihrem Karussell. Darüber wollte ich letzte Woche mit dir reden. Doch du bist komplett ausgerastet (was gar nicht zu dir passt). Deshalb schreibe ich dir jetzt (was gar nicht zu mir passt). Ich hab's nicht so mit Schreiben, bin, weißt du ja, bin eine Telefoniererin. Schreiben ist dein Part. Du machst es professionell, bist mir also haushoch überlegen darin. Unsereiner hat sich beruflich mehr aufs Reden verlegt. Nur, man tut, was man kann … also:

Wir waren zu dritt im Ferienhaus. Dann ging Caro. Kaum war sie weg, überfielen dich wieder deine Ängste um sie. Von außen betrachtet gab es keine Anzeichen dafür, dass sie wieder kippt. Klar, man weiß ja nie. Aber wenn es so wäre, so wäre es der normale Verlauf ihrer Krankheit. Du weißt so gut wie ich: Auf ruhige und fast cleane Phasen folgt oft extremer Konsum, auf zugängliche Zeiten Abwendung, eisernes Schweigen, unterbrochen nur von Hilferufen nach Geld. Geht man nicht darauf ein, werden daraus Befehle und Drohungen: Dann werde ich halt kriminell. Das ist die letzte Warnung. Dann sterbe ich halt. Mich wickelt Caro damit nicht mehr um den Finger. Sie ruft nicht mehr an, wenn sie so dran ist (sie sagt: drauf!).

Dass du diesen Druck nicht aushältst, kann ich verstehen. Dass du ihr immer wieder ein letztes Mal Geld schickst. Aber du blendest aus, dass du deiner Tochter damit die Drogen bezahlst. Dass sie mit deinem Geld zu ihren Dealern rennt und sich den Stoff besorgt, den sie braucht für einen Moment Ruhe vor der Welt. Stell dich mal endlich auf die Hinterbeine und sag klar und deutlich Nein, wenn sie wieder Geld will von dir. Das alles habe ich dir vor Kurzem ins Gesicht gesagt. Dann bist du ausgerastet. Du hast dich so was von daneben aufgeführt: Fast wie Caro, wenn sie durchdreht. Nach unserem happigen Streit ist mir erst recht danach, dir mal reinen Wein einzuschenken. So sage ich dir klipp und klar: Komm mal runter! Mach dich nicht verrückt! Atme durch! Denn es geht Caro momentan ganz okay. Sie ist nach den Tagen im Ferienhaus auf direktem Weg zurück auf den Hof gereist. Die Tiere, die frische Luft, einfach alles dort tut ihr gut. Das hat sie mir geschrieben und hat sich erst noch erkundigt, wie es mir geht. Ich habe dir ihre Sprachnachricht abgespielt und damit ist unser Streit erst recht losgegangen. Warum meldet sie sich bei dir und nicht bei mir, hast du geschrien? Weil sie genau weiß, dass du nichts anderes mehr tust, als auf eine Message von ihr zu lauern. Das nervt sie und mich nervt es auch. Oder bist du etwa eifersüchtig, habe ich geantwortet. Die letzte Bemerkung war nicht in Ordnung. Entschuldige bitte, aber vergiss nicht: In letzter Zeit war auch ich nicht gut drauf. Aber zum Rest von dem, was ich gesagt habe, stehe ich. Denn du vergisst das Wichtigste: Es ist Caros Leben, nicht deines. Von außen betrachtet, ein verpfuschtes Leben, aber sie sieht das anders. Sie will es so. Und: Caro hat Medikamente: Gegen Verlangen nach Drogen (Suchtdruck heiße das, erklärte sie mir), gegen Gefühlsdurcheinander und gegen Unruhe. Sie allein ist verantwortlich dafür, diese Medikamente regelmäßig zu nehmen (und sie nicht zu verkaufen oder zu tauschen). Macht sie das, geht es ihr einigermaßen okay. Wenn nicht, kann sie jederzeit Hilfe holen. Sie hat die Nummern der Gassenarbeiter.

Ich weiß, Caro ist dein Kind und du bist ihre Mutter. Nur bist du nicht die Jungfrau Maria, die ihren Mantel ausbreiten und sie beschützen kann. Merk dir doch endlich: Du kannst sie nicht vor dem Leben beschützen. Du kannst nicht alle Knoten lösen. Kannst sie nicht heilen, auch wenn sie dein Kind ist und du dir die Hand oder einen ganzen Arm abhacktest, damit sie ihre Sucht loswürde. Das Leben hat ihr leider schlechte Karten ausgeteilt. Caro wird immer wieder Behandlung brauchen (wie alle chronisch Kranken übrigens). Sie wird nie einen ordentlichen Alltag haben wie Frauen in ihrem Alter oder wie unsereiner. Denn sie kann damit nichts anfangen. Stinklangweilig sei das, sagt sie selbst. Alles geregelt, alles verboten, wo bleibt da der Spaß? Es gehört zu ihrer Krankheit, dass sie vergisst, wie wenig Spaß das Leben macht, wenn sich wieder alles nur noch um

Drogen dreht: Herumgerenne, Geldschnorrerei, Stress. Aber: Es wäre ein Weltwunder, wenn sie es schaffte, unter all das einen sehr, sehr dicken Strich zu ziehen. Vor allem: Sie müsste es wollen. Nicht du.

Ich verstehe, dass du an ihrem Schicksal immer zu beißen hast. Auch ich gebe die Hoffnung nicht auf, dass sie irgendwann den Rank findet und einigermaßen zurechtkommt. So oder so, Caro wird immer einen Platz haben in meinem Leben. Ich schenke ihr auch in Zukunft schwere Schuhe und Gummistiefel, wasserfeste Bekleidung, ein funktionierendes Gebrauchthandy. In guten Zeiten mache ich Ausflüge mit ihr oder wir machen sie zu dritt: Kino, kleine Reisen, Urlaub in meinem Ferienhaus, so Zeug eben. Aber mit dir, meine Liebe, möchte ich noch ganz andere Sachen unternehmen. Denn, schreib es dir hinter die Ohren: Du bist nicht chronisch krank! Du bist gesund. Altern ist keine Krankheit, sondern der gewöhnliche Lauf der Zeit. Damit nehmen wir es doch locker auf und leben hoffentlich noch eine ganze Weile.

Was Caro übrigens am nötigsten hätte, wären Freunde, und zwar nicht solche mit der gleichen Krankheit wie ihre. In der Selbsthilfegruppe stochern sie zusammen in ihren Wunden herum und irgendwann tauschen sie wieder Nadeln. Ja, stimmt: Nun male ich den Teufel an die Wand. Nur, ich will, dass du mir zuhörst. Dass du auf dem Schirm hast, was du mir ins Gesicht gesagt hast: Du hast von allem, was Caro angeht, keine Ahnung. Dieser Satz hat mir wehgetan, und wie, das gebe ich dir hier schwarz auf weiß. Denn er ist falsch wie sonst was. Ich war es, die von Beginn weg dabei war. Ich weiß, was Caro durchmacht und was du durchmachst. Heute nehme ich dir deine Bemerkung nicht mehr krumm. Der Kitt zwischen uns hält das aus. Aber ich zähle fest darauf: Lies diesen Brief! Bis zum Ende, bitte!

Ich mache mir Sorgen um dich. Ist es, wie ich vermute: Du füllst die Lücke, die Arnos Tod in dein Leben gerissen hat, mit der Sorge um Caro aus? Um nicht zu merken, wie traurig du noch immer bist? Nur, lass es dir gesagt sein: Davon wird weder Caro gesund noch Arno wiedergeboren. Auch ich vermisse meinen Bruder, und wie. Aber weißt du was? Langsam reicht es. Das würde Arno genauso sehen, hätte er noch Augen. Glücklich zu sein, sei eine Entscheidung. Das hat er oft gesagt, weißt du noch, und das hat für mich was Wahres. Aber dafür müssen wir was machen. Wir müssen was anpacken. Wir brauchen neue Pläne. Und zwar jetzt. Etwas mit Hand und Fuß, etwas, was uns freut. In neue Partnerschaften (Jan lässt grüßen!) wollen wir uns um Himmels willen nicht mehr stürzen. Aber mir gehen seit Längerem ein paar Ideen durch den Kopf. Wollte im Ferienhaus mit dir darüber reden. Aber du hattest keine Nerven dafür! Kannst du demnächst zum Abendessen kommen? Dann erzähle ich dir mehr. Was du auch noch wissen musst in dem Zusammenhang: In einem Jahr höre ich auf in der Kita. Ich habe meinen Job gekündigt. Seit einiger Zeit nennen mich die Kinder immer mal wieder Oma (aus Versehen, aber sie haben recht). Ich bin zwar nicht Oma, aber im Oma-Alter schon und finde: Jetzt reicht's. Für meine Aufgabe gibt es sehr fähige, jüngere Kandidatinnen in unserem Team, auch einen Kandidaten übrigens. Nun bist du auf dem neuesten Stand und hoffentlich wunderst du dich nicht, dass ich nichts gesagt habe, aber weißt ja: Das Alleinchen ist schon immer selbst in den Brunnen gesprungen und hat den goldenen Ball eigenhändig rausgeholt.

Zwei Stichworte zu meinen Ideen: Erstens, die Lebensküche (deine Bezeichnung): Die Küche im Ferienhaus soll wieder dazu werden! Zweitens: Der *Thé des dames*. Über diese Treffen, die unsere Mutter ins Leben gerufen hatte, haben Arno und ich dir mal erzählt, überhaupt über ihre soziale Ader. Sie soll wieder aufleben. Ich habe schließlich auch ihr Geld geerbt (nicht nur das des Direktors). Mit diesem Geld möchte ich jetzt, an der Schwelle zum Alter, wie man so schön sagt, etwas anfangen, das Sinn und Vergnügen macht. Erahnst du vielleicht die Richtung meines Projekts (so sagt man ja heute zu Plänen)? Grad ist mir in den Sinn gekommen, wie es heißen könnte: *Damenprogramm*. Wollten wir doch schon immer – Damen werden! (Meine Mutter hat in ihrem Leben unzählige Male das *Damenprogramm* mitgemacht an den Konferenzen der hohen Bankherren, zu denen jeweils auch die Ehefrauen mitdurften!) Jetzt bin ich gespannt, ob du dabei bist, hoffentlich, bei allem … Deine Ruth.

PS: Alle diese Als-Noch-Sätze gehen mir gewaltig auf die Nerven: Als wir noch jünger waren, als Arno noch lebte, als Caro noch an der Kunsthochschule studierte, als ich noch mit Jan zusammen war. Was zum Teufel ist mit der Gegenwart los? Wie schon immer lassen wir uns nicht von jedem Lüftchen aus der Kurve tragen. Wir lackieren uns weiterhin die Nägel, tragen ein wenig Makeup auf, Puder und Rouge, tuschen die Wimpern und benutzen Lippenstift. Nur an ganz schlechten Tagen ist uns dieser Aufwand zu viel, denn: Auch wenn wir definitiv nicht mehr jung sind – wir verschwinden noch nicht, sondern zeigen uns. Was nicht heißt, dass wir uns auftakeln, aber wir ordnen weder Frisur noch Garderobe dem Prinzip praktisch und zeitlos unter. Das war einmal. Als die Frauen Berta und Ida und Ottilia hießen und die Männer Karl, Adalbert und Ernst. Was soll's, dass unsere Jugend flöten gegangen ist? Ich für meinen Teil geniere mich nicht, älter zu werden. Das ist mein Vorsatz, seit Jan weg ist. Du hoffentlich auch nicht? Da schickt man sich doch drein, ohne mit der Wimper zu zucken, gibt Schlimmeres, oder?

Klar, bisschen wehmütig ist man schon ab und zu, aber: Nur noch daheimhocken, Trübsal blasen und versauern wegen ein paar Altersflecken und einem müden Busen? Sicher nicht! Wir wollen kein Mitleid und so komische Blicke, nur weil wir älter werden. Niemand soll uns Mandala-Ausmalhefte schenken und uns vor Enkeltricks warnen. Wir lassen uns schon nicht über den Tisch ziehen. Vorläufig haben wir sie noch alle und bringen uns selbst bei, mit Anstand über die Runden zu kommen. Klar, auf den letzten Metern muss wohl auch unsereine Abstriche machen. Vielleicht werden wir wunderlich, was soll's? Auf die Zähne zu beißen wird dann nichts mehr bringen. Immerhin besteht Hoffnung, dass sich unsere Beißerchen nicht in einem Glas auf dem Nachttisch befinden werden, sondern noch immer in unseren Mündern. Überhaupt, vorläufig sind wir noch nicht auf den Mund gefallen und noch ganz gut auf den Beinen, zum Glück. Das müssen wir nutzen. Bist du dabei, liebe Anna? Deine Ruth.

PPS: Noch was: Bin ganz baff: Gerade ist erneut Post von Caro gekommen. Sie hat mir eine Zeichnung geschickt. Auf der Rückseite steht: Liebe Ruth, wie geht es dir, so ohne Jan? Möchtest du dir vielleicht einen Hund anschaffen? Oder mit Mama zusammenziehen? Aber sie hat Angst vor Hunden. Ich denke an dich, Deine Caro.

So, nun drücke ich endgültig auf Senden, Tschüss.

Liebe Ruth

Ich atme auf. Dein langer Brief ist ein Geschenk des Himmels. Du weißt gar nicht, wie erleichtert ich bin. Dass du mir meinen Anfall verzeihst. Ich habe mich hinterher so geschämt dafür. Völlig klar, es wäre an mir gewesen, den ersten Schritt zu machen und mich bei dir zu entschuldigen. Aber ich konnte nicht. Ich habe mich gefühlt wie der eiserne Heinrich im Märchen. Die Klammern um mein Herz nahmen mir den Atem. Ich war wie versteinert, und konnte außer Arbeiten nichts anderes tun als auf dem Balkon zu sitzen und der Zeit beim Vergehen zuzuschauen. Nun hast du mich erlöst und ich komme sehr gerne zum Abendessen zu dir, wann immer du es dir einrichten kannst, um deine Zukunftsideen zu bereden. *Damenprogramm*, über die Bezeichnung musste ich lachen. Passt. Wir sind nicht wie die alte Dame, die herkommt, um sich für erlittenes Unrecht zu rächen. Aber für uns heißt es vielleicht ab sofort: Es ist Damenwahl. Wir tun bloß noch, was uns selbst überzeugt. Dass du deinen Job gekündigt hast, gehört dazu. Auch wenn du ihn, denke ich, zeitweise vermissen wirst. Mir jedenfalls gibt meine Arbeit stets so etwas wie Halt. In schwierigen Zeiten ganz besonders.

Deine Radikalität, mit der du die momentan rein theoretische Möglichkeit einer neuen Beziehung – um nicht die vergiftete Bezeichnung ›Partnerschaft‹ zu gebrauchen – ablehnst, erheitert mich. Ob ich dir das glauben soll? Auch ich bin nicht auf der Suche nach einem neuen Gefährten, denke aber manchmal an einen alten, der noch lebt. Träume, die mich zurückschicken. Vielleicht müssten wir die Liebe neu erfinden. Als Teil des *Damenprogramms*. Eine Liebe, die über der Angst stünde, dass auch der neue Gefährte oder die neue Gefährtin krank und hinfällig werden und bald wieder sterben würde. Für mich der Hauptgrund, eine neue Bindung zu vermeiden. Obwohl mir etwas in der Art fehlt. Klar, nicht mit einem, wie du es nennst, arschigen Typen, aber es gibt durchaus kluge Männer mit einem freundlichen Wesen. Zugegeben, sie sind rares Gut, und einigermaßen okay aussehen müssten sie dann doch auch noch! Ist wohl unser gutes Recht, nun endlich gleiche Bedingungen für alle zu fordern, nicht?

Es gibt noch immer manche Tage, an denen ich ungestört traurig sein möchte. Aber ich weiß, dass ich es mir nicht leisten kann, nicht in den nächsten Tag zu treten. Den wichtigsten Grund dazu kennst du. Offen gestanden habe ich es verlernt, alle Tage allein zu sein. Ohne ein Gegenüber, das mich wahrnimmt. Etwas auszuhalten und gehalten sein dabei, das wünsche ich mir. Wenn allerdings du eine Art Liebesbilanz ziehst, kommst du vermutlich zum Schluss, dass du nie völlig liebesbestimmt gelebt hast. Die Männer an deiner Seite waren vermutlich stets eine Art Beifang. Eine unabhängigere Frau als du es in allen deinen Entscheidungen bist, kenne ich nicht.

Caro! Sie und ich. Alles richtig, was du schreibst über unser Verhältnis. Verschlungen, verstrickt, verdrahtet, verzahnt. Wir beide kommen sogar mir selbst oft vor wie eine kleine Gang. Komplizinnen für immer. Immer in Fühlung miteinander. Mein Leben dreht sich zu stark um sie. Sie selbst möchte das am allerwenigsten. Meine dauernde Sorge um sie machen ihr zusätzlichen Druck. Aber es ist schwer, immer mal wieder den Blick schweifen zu lassen, in die Weite, und nicht stets auf das zu starren, was in nächster Nähe quält. Es stimmt, der Schmerz darüber, dass mein längst erwachsenes Kind mit einer Suchterkrankung geschlagen ist, er ist chronisch geworden. Wahrscheinlich würde ich ihn sogar vermissen, hörte er plötzlich auf zu existieren. Ich neige nicht zu Süchten. Dafür streben meine Ängste in alle Himmelsrichtungen. Man sei für jedes Kind eine andere Mutter, habe ich neulich gelesen. Ob das stimmt? Überprüfen kann ich es nicht, aber was ich weiß: Es gibt in jedem Menschen und somit auch in Caro Gebiete, in die niemand vordringen kann. Obwohl ich mir nichts mehr wünsche, als verstehen zu können, wie und was sie fühlt. Woran es liegt, dass ihr alles schnell zu viel wird. Ihr alles zu nahe kommt. Und sie dann eigenhändig dafür sorgt, dass der Vorhang fällt. Im selben Beitrag übrigens stand auch noch, niemand liebe inniger als Mütter. Stimmt das denn?

Liebe Ruth, ich verspreche dir, mich zu bessern. Meinen Ängsten etwas entgegenzusetzen. Nicht bloß die Arztserien, über die du dich lustig machst, was ich dir nicht etwa übelnehme, auch wenn ich dir immer wieder sage: Die Arztserien, auch Seifenopern genannt, eine Bezeichnung, die mir ganz besonders gut gefällt, sind ziemlich positiver Kitsch. Die mich oft amüsieren. Jede Folge durchschaubar wie sonst was, nach dem immer gleichen Muster gestrickt, dennoch, wie es den Machern gelingt, damit ein Publikum zu unterhalten und vor allem, es zu halten, dahinter möchte ich gerne kommen. Zugegeben, für Kitsch und für Sentimentales war ich schon immer anfällig. Ein rosaroter Abendhimmel, ein Kleinkind an der Hand seines Vaters, ein Haus mit warm beleuchteten Zimmern, an dem man im Dunkeln vorbeigeht, das Bild einer Kuh und ihren Drillingskälbern, das mir neulich ein Freund geschickt hat, eine Chefärztin, die am Bett eines Patienten sitzt und sagt: Sie sind noch nicht über den Berg, aber wir tun alles, was in unserer Macht steht, für Sie: Je nach Verfassung rühren mich solche Dinge oder sie bringen mich zum Lachen. Also, falls du mal Ablenkung brauchst …

Altern ist keine Krankheit, auch damit hast du recht. Es sei eher ein Grundrauschen, das wir je nach Tagesform deutlicher oder schwächer wahrnähmen, habe ich mal gelesen. Stimmt, und der unaufhaltsame Vorgang trifft einen nicht aus heiterem Himmel. Man wächst in den Zustand hinein. Wobei, es ist nicht ein Wachsen, es ist sein Gegenteil. Man schrumpft in den Zustand hinein. Und wächst langsam, aber stetig aus dem Leben heraus wie aus einem allmählich zu klein werdendem Mantel.

Nur, bei aller Einsicht ist für mich Altern eben doch oft ein nadelnder Schmerz. Der mich melancholisch und ungehalten zugleich macht.

Damenprogramm. Habe ich richtig verstanden, du willst in die Fußstapfen deiner gemeinnützig tätigen Mutter treten? Ich habe sie kaum gekannt, als ich mit Arno zusammenkam, war sie bereits tot. Dass sie eine Stiftung gründen wollte, das hast du mir mal beiläufig erzählt. Willst du nun dasselbe tun? Die Stiftung für das Alter *Pro Senectute* gibt es schon, übrigens. Oder willst du mit dem *Damenprogramm* zum Beispiel so verborgene Vorgänge zeigen, wie Frauen in ihren konkreten Körpern altern und damit mehr oder weniger zurechtkommen? Welch widersprüchliche Wünsche, verstörende Ängste und ungewisse Sehnsüchte sie dabei begleiten? Klar, Tabus verschwinden, wenn man über sie spricht (notabene, auch Suchterkrankungen gehören in diese Kategorie!). Welche Rolle soll denn dein Ferienhaus im *Damenprogramm* spielen? Die Lebensküche? Fragen über Fragen, wie du siehst.

Vor Kurzem habe ich im TV einen in Teilen etwas oberflächlichen Beitrag gesehen. Ältere Menschen erzählten mit brüchig-belegten Stimmen vorwiegend lustige Episoden aus ihrem Leben. Als wäre die ganze Zeit alles stets zum Lachen gewesen und obwohl die Frage lautete: Was war die beste Zeit in ihrem Leben? Eine über Achtzigjährige aber sagte: Die beste Zeit in meinem Leben war, als ich fadengerade Mann für Mann verführte. Bedenkenlos. Mich hätte interessiert, wie diese Frau heute lebt und was sie tut. Ihre Katzen füttern und lauwarmen Milchkaffee trinken vielleicht, mausbeinallein? Im weiteren Verlauf der Sendung vernahm ich, ein Marker für rapides Altern und bevorstehenden Tod sei, wenn jemand nicht mehr zehn Sekunden auf nur einem Bein stehen könne. Und die deprimierendste Feststellung kam ganz am Ende aus dem Mund eines Chefs in einem Krematorium: Häufig beobachtete Sargbeigaben alter Menschen seien Plüschtiere, die ihnen im Pflegeheim im Lauf der Zeit ans Herz gewachsen seien.

Liebe Ruth, was immer es auch sein wird, ich bin gespannt auf dein *Damenprogramm*. Klar bin ich dabei. Das wollte ich dir ganz schnell mitteilen. Und wie ich mich freue, dass du mir endlich auch mal geschrieben hast! Ich lese deine Mail und höre dich sprechen, höre Dich lachen. Und nun will ich dich bald sehen. Wann, fragt dich Deine Anna.

16

»Du bist ja gut, Champagner, echt jetzt?«

»Warum denn nicht?« Ruth lächelte, als sie Anna die Flasche präsentierte. »Hat mir Arno mal geschenkt«, sagte sie dazu, und immer noch lächelnd entfernte sie zuerst den Drahtkorb über dem Korken und löste dann durch sanfte Drehbewegungen den Korken selbst aus der Flasche. Sie füllte zwei tulpenförmige Gläser, reichte eines Anna, griff selbst nach dem zweiten.

»Auf uns!«

»Auf das *Damenprogramm*«, erwiderte Anna. »Und ich habe dich, du Mutige, so sehr vermisst. Noch einmal Danke für deinen Brief.«

»Ich danke dir.« Ruth strahlte. »Zum Glück hast du dich gesputet mit deiner Antwort. Und danke dir auch für die Blumen.« Anna hatte einen Strauß Rosen mitgebracht, der noch gebunden auf dem Esstisch lag.

»Die müssen ins Wasser, dringend«, sagte Ruth und eilte mit den Rosen in die Küche, Anna folgte ihr.

»Du brauchst sie nicht anzuschneiden, das hat die Floristin bereits getan«, erklärte sie, als Ruth begann, in einer Schublade nach einem dafür geeigneten Werkzeug zu suchen.

In der Küche roch es bereits vielversprechend. Anna guckte in den Backofen. »Oh, Gemüselasagne, ich bin so was von hungrig.« Auf der Anrichte stand bereits eine Schüssel Blattsalat, daneben ein kleiner Krug mit Dressing,

»Dauert noch ein wenig«, ich habe das Gericht eben erst in den Ofen geschoben. Lass uns wieder ins Wohnzimmer gehen und den Champagner genießen.« Ruth platzierte die gläserne Vase mit den Rosen auf dem Esstisch, sie setzten sich auf das Sofa, Anna griff nach einer bereitstehenden Schale gefüllt mit Rauchmandeln. »Iss nicht zu viel davon, die Dinger verderben den Appetit.« »Sagt wer?« Anna schaute Ruth lachend an und schüttete sich eine ganze Handvoll Mandeln in die hohle Hand.

»Wer wohl?« Ruth zog die Brauen in die Höhe und tat es Anna gleich. Kauend fragte sie schließlich: »Aber sag mal, weshalb nennst du mich ›Du Mutige‹?«

»Weil du deinen Job gekündigt hast. Die erste Kita der Stadt, von dir gegründet und über lange Zeit geleitet, nach einem harzigen Start stets erfolgreich. Dazu das Team, die Kinder, die Mütter, die Väter, alle die Menschen, die dir ans Herz gewachsen sind im Lauf der Jahre, sogar einige Vertreterinnen der Aufsichtsbehörde. Das alles gibst du jetzt auf. Wenn das nicht mutig ist.«

»Das alles geht doch weiter, nur ohne mich.«

»Dennoch. Ich jedenfalls könnte meinen Job nicht aufgeben. Nicht jetzt.«

»Aber das musst du vielleicht.«

»Weshalb sollte ich das müssen?«

»Weil wir das *Damenprogramm* auf die Beine stellen. Da kommt eine Menge Arbeit auf uns zu, vor allem für dich.« Und dann hielt Ruth einen kleinen Vortrag darüber. Sie wolle keine Stiftung gründen, aber ihr großes Ferienhaus öffnen und es zu einem Zukunftszentrum machen. »Und zwar«, nun legte sie bewusst eine Pause ein und gab Ruth einen langen Blick, »für Frauen in unserem Alter, die Interesse haben, sich mit ihrer nahen Zukunft zu beschäftigen.«

»Also ein Alterszentrum?« Anna schaute ihre Freundin ungläubig an. Und was mit Männern sei, die würden schließlich auch älter.

Zu Frage zwei komme sie noch, aber nein, ganz bestimmt kein Alterszentrum, wenn sie damit ein Altersheim meine. Niemand könne für immer in ihr geerbtes Anwesen einziehen und dort in Ruhe alt werden. Sie stelle sich unter dem *Damenprogramm* zweierlei vor: Einen öffentlichen Teil, bestehend aus wechselnden Veranstaltungsreihen zum Thema ›alternde Frauen‹, mal grob umrissen. Der zweite, zentrale Teil beinhalte einen mehrmonatigen Aufenthalt im Haus. Dafür könnten sich interessierte Frauen bewerben, die sich über eine gewisse Zeit eigenen Fragen und Vorhaben zum selben Thema widmen wollen.

»Also zum Thema ›alternde Frauen‹?«, vergewisserte sich Anna, und als Ruth nickte, fragte sie: » Glaubst du, dass da wirklich jemand kommt?«

Ruth ging gar nicht auf die Frage ein, sondern legte dar, dass als Erstes mit Hilfe einer Architektin ein Umbau zu planen sei. Das ungenutzte und bereits etwas verfallene Nebengebäude, das momentan den Mardern und den Siebenschläfern gehöre, werde nach dem Umbau zum Herzen des *Damenprogramms.* Die Viecher müssten ausziehen, denn unten, im ehemaligen Pferdestall würden Ateliers entstehen, in denen die Gäste künftig arbeiten könnten, in der oberen Etage plane sie kleine Wohneinheiten für sie. Die Eingangshalle des Ferienhauses schließlich werde zu einem Veranstaltungsraum umfunktioniert mit direktem Ausgang in den Garten, den man bei schönem Wetter auch nutzen könne. »Du und ich«, resümierte sie nach einer Pause, in der sie nach ihrem Champagnerglas griff, »stellen etwas Sinnvolles auf die Beine mit dem Geld, das ich bloß geerbt habe. Was sagst du dazu?« Anna atmete tief ein, bevor sie mit einer Gegenfrage antwortete:

»Verstehe ich dich richtig, du beabsichtigst, Mäzenin zu werden und dein Geld völlig uneigennützig in ein Projekt mit ziemlich ungewissem Ausgang zu investieren?«

»Mäzenin? Klingt das nicht etwas übertrieben?«

»Meinetwegen. Nenne es, wie du willst. Aber ich nehme an, es geht dir damit nicht um Anerkennung oder gar persönlichen

Profit. Im Gegensatz zu deiner Mutter und ihren wohltätigen Freundinnen, die durch ihre gemeinnützige Tätigkeit weit herum bekannt waren und hohes Ansehen genossen.«

Da liege sie völlig richtig, bestätigte Ruth, weder Geld noch Ehre interessiere sie, sie wünsche sich einzig, dass das große Anwesen vom Spätfrühling bis in den Herbst hinein belebt würde und somit auch andere von ihrem Erbe profitierten. Mit einem Blick auf die fast leeren Gläser nahm sie die Champagnerflasche aus dem Kühlbehälter und schenkte nach. Anna prostete der Freundin nochmals zu. Zum zweiten Mal, auf das *Damenprogramm* und auf seine Mäzenin, obwohl, ihr sei noch immer nicht klar, was das Publikum zu hören bekomme und vor allem, was die eingeladenen Gäste denn täten im umgebauten Pferdestall. Ob das *Damenprogramm* etwas zwischen Seniorinnenuni und Kreativurlaub sei, vielleicht eine Art Sommerakademie.

»Sommerakademie? Was für ein hochgestochenes Wort schon wieder! Es soll ums Leben gehen im *Damenprogramm*, und zwar ums Leben im – Ruth machte eine kleine Kunstpause – reifen Alter.«

»Es gibt also ein Eintrittsalter für eine allfällige Bewerbung?«

»Du nimmst mich nicht ernst.«

»Doch, ich nehme dich ernst. Ich will mir bloß genau vorstellen können, was dir vorschwebt. Das ist mir bislang noch nicht gelungen.« Sie sei doch sonst nicht so schwer von Begriff. Ruth schaute nicht ihre Freundin an, sondern die Rosen, die auf dem Wohnzimmertisch standen. Offenbar hatte sie bemerkt, dass zwei Stiele miteinander verschränkt waren, jedenfalls stand sie auf und arrangierte die Blumen neu, und während sie das tat, setzte sie nochmals zu einer Erklärung an:

»Es ist ganz einfach. Ich möchte Frauen einladen, die sich mit eigenen Fragen und Vorhaben zum Älterwerden beschäftigen und das alles in irgendeiner Form darstellen. Die Ateliers bieten ihnen den notwendigen Raum und je nach Vorhaben auch Material und Werkzeug für die Umsetzung. Da zeigt eine Teilnehmerin vielleicht, was alternde Frauen im Laufe der Zeit auf welche Weise verkörperten …«

»… oder wie sie langsam, aber stetig entkörpern«, warf Anna ein. Ruths Blick drückte Zustimmung aus, als sie fortfuhr. Es brauche von den Gästen neben Fragen und Plänen natürlich auch Ideen, Energie und Geduld, während des Aufenthaltes im Ferienhaus daran zu arbeiten. Zudem müssten die Beteiligten Lust auf Austausch und Begegnungen haben. Jedenfalls wolle sie mit dem *Damenprogramm* nicht lauter Frauen ansprechen, die verbissen und stumm wie Fische an ihrem Ding arbeiteten, ohne nach rechts und links zu blicken. Irgendwie lebenstalentiert müssten sie sein. Ob es das Wort überhaupt gebe, lebenstalentiert? Anna ging nicht auf die Frage ein, in ihr rumorte schon die ganze Zeit eine viel grundsätzlichere Frage, die sie bislang aufgeschoben hatte:

»Warum willst du dieses Projekt in die Welt setzen? Du kannst dein Geld doch auch für etwas Bestehendes spenden, kannst zum Beispiel die Suchthilfe unterstützen …« Das tue sie bereits, Jahr für Jahr überweise sie dafür einen ansehnlichen Betrag, nur …

»… mit deinem *Damenprogramm* halst du dir doch bloß viel Arbeit auf. Und was, wenn sich niemand dafür interessiert?« Eine ganze Weile lang war es still, bis Ruth zu einer Antwort ansetzte mit einer Stimme, in der ein klein wenig Ärger mitschwang.

»Erstens, was heißt hier ›dein‹ *Damenprogramm*? Du bist doch dabei, das hast du mir schwarz auf weiß gegeben. Zweitens wird es deine Aufgabe sein, dafür zu sorgen, dass wir damit auf Echo stoßen, insbesondere auch mit dem Veranstaltungsprogramm. Drittens gibt es jene Förderungen und Residenzen auf der ganzen Welt für junge, begabte Menschen, aber keine für ältere, begabte Frauen. Viertens hat sich mein eigenes

Berufsleben immer um Kleinkinder gedreht. Nun habe ich Lust, gemeinsam mit dir etwas auf die Beine zu stellen für Menschen unserer Altersgruppe. Vielleicht haben wir dabei Spaß.«

»Spaß? Machst du Witze? Was denn findest du spaßig am reifen Alter?«

»Weiß ich noch nicht«, antwortete Ruth, »aber vielleicht finden wir genau das heraus mit dem *Damenprogramm*. Schau mal, es gibt viele Frauen wie wir. Wir waren mal freche, junge Dinger. Aufmüpfig, laut, flink, voller Lust auf die Zukunft. Jetzt haben wir ein paar Jahrzehnte mehr auf dem Buckel – was soll's? Ist unser Leben deshalb vorbei? Uns bleibt doch ein Happen Zukunft. Was wir damit machen, genau darum dreht sich das *Damenprogramm*. Wie das geht, altern, ohne sich still zu ergeben und nur noch darauf zu warten, bis es …«, Ruth gab Anna einen Blick, der Bände sprach …, »bis es ab in die Tagestätte für ganz Alte geht, um dort zu verkindlichen. Noch einmal frech sein, irgendwie, das schwebt mir vor mit *Damenprogramm*, und das mindestens kann doch Spaß machen, ein freches Vorhaben in die Welt zu setzen, nicht?«

»Vielleicht.« Anna klang immer noch nicht wirklich überzeugt, sagte aber: »Als Erstes müssen wir nun selbst die Lektion lernen, bevor wir sie glaubhaft vertreten nach außen: Altern ist keine Krankheit. Und auch wenn wir keine jungen Dinger mehr sind, verstecken oder rechtfertigen müssen wir uns deshalb nicht.« Ruth nickte lächelnd.

»So gefällst du mir schon besser«, stellte sie aufatmend fest. Anna zuckte die Schultern, bevor sie fragte:

»Und was ist mit Tagen, an denen Müdigkeit und Resignation einen im Griff haben?«

»Dann gilt: Sich warm anziehen und Ruhe bewahren.« Anna lachte auf.

»Ganz genau. Ruhig atmen, ein und wieder aus, ein und wieder aus, bald wird es besser, sagt die Oberschwester. Und sie hat ja recht. Hyperventilieren nützt selten was. Ganz ruhig atmen, ein und wieder aus, ein und …« Sie selbst werde dafür sorgen, unterbrach Ruth Annas Anweisung für eine Atemübung, dass hinter den Kulissen alles wie geschmiert laufe. »Das Gesicht des *Damenprogramms* aber«, nun griff Ruth nach Annas Hand, »wirst du sein, denn …« Dann brach sie plötzlich ab, ließ Annas Hand los und schnupperte: »Die Lasagne!« Beide eilten in die Küche.

»Alles im grünen Bereich«, stellte Anna fest, als sie vor dem Backofen standen, in dem das Pastagericht auf seiner mit Parmesan bestreuten Oberfläche leise Blasen warf. Ruth nahm die Auflaufform aus dem Ofen und trug sie ins Wohnzimmer, Anna brachte den Salat und das Dressing. Als Ruth den Amarone entkorkte, ging Anna nochmals in die Küche und kam mit einem gefüllten Wasserkrug zurück.

»Ist wohl klüger, nicht ausschließlich Wein zu trinken, wenn wir heute mit deinen Plänen einen Schritt weiterkommen wollen.« Ruth stimmte zu.

»Echtes Kristall, die Gläser, sagte sie, als sie Rotwein eingoss, »selbstverständlich aus den Beständen des Direktors.« Auch Arno habe solche Gläser besessen, nur stünden sie nun meist unbenutzt im Schrank. Denn allein, äußerte Anna, trinke sie nie Wein, höchstens mal einen Campari in netter Gesellschaft junger Ärzte, die sich ein Gerangel um die Assistenz bei einer prestigeträchtigen OP lieferten.

»Wird wohl bald mal Zeit für ein Gläschen Eierlikör mit dem Chefarzt«, spöttelte Ruth, bevor sie eine ganze Weile lang schweigend aßen, Anna schnell, weil sie schon fast heißhungrig war, Ruth hingegen genießerisch langsam. Es schmecke wunderbar, wie immer, lobte Anna, jede einzelne Kalorie lohne sich.

»Musst ausgerechnet du mich an Kalorien erinnern?« Anna legte sofort das Besteck ab und griff zum Rotweinglas.

»Auf das Ende aller deiner Diäten, du Schöne. Zum Wohl!«

Es gebe zum Beispiel hervorragende Köchinnen, von deren Talent niemand wisse, sagte Ruth unvermittelt. So könnte doch eine von ihnen zum Beispiel im *Damenprogramm* an einem Kochbuch für Ältere jenseits von Grießbrei und Milchreis arbeiten und gleichzeitig ihr Kochtalent zur Geltung bringen. Bei den Leuten aus dem Dorf zum Beispiel, die alle eingeladen werden würden.

»Und diese Veranstaltung hieße dann ›Frau am Herd‹ oder ›Aus Omas Rezepten‹?«, unterbrach sie Anna.

»Ich bitte dich. Was soll schlecht daran sein, wenn einer Frau das Kochen Spaß macht und sie endlich andere Resonanz als gieriges Herunterschlingen dafür erhielte?«

»Nichts. Aber so was klingt in meinen Ohren nach Wohltätigkeitsveranstaltung. Oder geht es darum, mit solch einer Köchin auch gleich eine Haushälterin zu haben für das *Damenprogramm*?«

»Du meinst Helene? Die ist längst tot.«

»Frauen wie Helene«, bekräftigte Anna, »was ist mit ihnen? Denn ein Haus zu halten, das braucht Kraft, vor allem im ›gesetzteren Alter‹, gehoben trifft für diese Sorte Frauen kaum zu?«

»Sorte? Klingt abwertend«, sagte Ruth stirnrunzelnd.

»Richtig«, pflichtete Anna ihr bei. »Deine Mutter aber hat sich zusammen mit ihren reichen Freundinnen gütigerweise genau für diese Sorte Frauen gemeinnützig engagiert. Hat Geld aufgetrieben, um ihnen für ihre Kinder, die sie Jahr für Jahr gebaren, Stoffwindeln zu spendieren und Strumpfhosen. Hat ihnen die Mütterberatung empfohlen und in Härtefällen die Säuglingsschwester vorbeigeschickt. Die ganz Ausgeleierten und Ausgesaugten unter ihnen durften für eine Zeit ins Müttererholungsheim, während zu Hause ein Drache von einer Familienhelferin das Szepter führte. Und sie hat sich wohl keinen Augenblick gefragt, was es für diese Frauen bedeutete, diese mildtätigen Gaben zu empfangen, wie sie sich dabei fühlten. Als diese Frauen später ins Alter kamen, haben sie Lotto gespielt und auf den ersten Preis gehofft, ein Bügeleisen oder eine Salami, haben Kaffeerahmdeckelchen gesammelt und Tauschbörsen organisiert, um ihre Sammlungen zu komplettieren. Das war ihr *Damenprogramm* und es war keine Kunst. Die Töchtergeneration hat Kinderkleiderbörsen und Ludotheken ins Leben gerufen, und ihre Kinder, die heute zum Teil schon selbst wieder Eltern sind und für ihren Nachwuchs zum Glück Kitas, Horte und Mittagstische beanspruchen können, haben als Kinder moniert, weshalb die Ludotheken keine Gameboys verleihen würden.«

»Und was um Himmels willen haben nun Gameboys mit unserem *Damenprogramm* zu tun?« Anna goss das Dressing über den Salat und rührte ihn vorsichtig um. Ihr sei eben eingefallen, antwortete sie, wie lange ihr Caro mit dem Wunsch nach einem Gameboy in den Ohren gelegen habe, bis sie ihr das Traumobjekt endlich habe kaufen können, gebraucht, selbstverständlich.

»Aber du hättest doch …« »Nein, eben genau nicht.« Sie habe nicht gewollt, dass die Patin Ruth ihrem Kind jeden Wunsch erfüllte. Caro sei mit Kleidern aus der Kleiderbörse aufgewachsen, immerhin habe sie die gebrauchten Anziehsachen auswählen dürfen, während sie selbst die Kleider ihrer Schwestern habe austragen müssen, was sie gehasst habe.

»Aber jetzt trägst du doch längst Kleider, die deine Schwestern niemals anziehen würden.«

»Stimmt, aber weißt du«, sagte Anna zu Ruth, während sie sich eine weitere Portion Lasagne auf den Teller legte, »wir hatten keine Hausangestellte zu Hause. Keine Kunst an den Wänden. Keine Bücher in den Regalen, wir hatten überhaupt keine Regale. Wir waren nicht arm, aber meine Mutter hat dennoch zu den gemeinnützigen Damen aufgeschaut, hat sie bestenfalls ehrerbietig gegrüßt, aber es wäre ihr nie in den Sinn gekommen, von sich aus das Wort an sie zu richten.«

»Was willst du damit sagen?«

»Dass wir aus sehr unterschiedlichen Welten kommen. Du und ich. Und dass mir das Gemeinnützige noch immer irgendwie verdächtig ist.«

»Mir auch.« Ruth wischte sich mit der Serviette, die neben ihrem Teller lag, über den Mund. »Und es ist mir unangenehm, dass ich als Tochter einer gemeinnützig tätigen Mutter viel Geld geerbt habe, denn sie und der Direktor haben Arno und mir neben ihrer Villa und dem Ferienhaus auch noch eine ziemlich ansehnliche Summe hinterlassen.«

»Wenn das so ist …« Anna nahm sich Salat und schaute angestrengt auf den Teller, bevor sie äußerte: »Zum Glück habe ich bis heute nicht gewusst, dass du richtig reich bist.« Ruth lachte. Sogar sie selbst, gestand sie, habe die Gegebenheit immer irgendwie verdrängt, habe ihr Erbe nie angerührt, sondern ausschließlich aus dem eigenen Einkommen gelebt, problemlos, wie übrigens auch Arno, der den größten Teil seines Erbes nach dem Tod seiner Frau der Krebsforschung vermacht habe.

»Mit dem Geld des Direktors wollte er nichts zu tun haben«, fügte Ruth nach einer kleinen Pause an, »während ich mich vor Kurzem entschlossen habe, damit was Sinnvolles zu tun, solange mir noch Zeit bleibt.« Anna aß schweigend weiter, was Ruth offenbar irritierte, hatte sie wohl von ihr mehr Zustimmung, vielleicht sogar Begeisterung erhofft für ihr Vorhaben. Jedenfalls klang schon fast nach Rechtfertigung, was sie nun mit eindringlicher Stimme erklärte:

»Der Zweck des *Damenprogramms* übrigens ist nicht gemeinnützig, eher gesellschaftspolitisch, wenn du so willst, kulturell, vielleicht feministisch.«

Anna legte ihr Besteck ab. Es sollen also, sagte sie, ausschließlich ältere Frauen profitieren, die in der Lage sind, sich eigenständig mit dem gewissen Alter und seiner Vielfalt zu beschäftigen?«

»Genau. Und es liegt an dir, eine schlaue Ausschreibung zu verfassen und ein cleveres Veranstaltungsprogramm zu entwickeln, sodass Interessierte wissen, was auf sie wartet.« Anna trank einen großen Schluck Wein, bevor sie reagierte

»Hör mal, Ruth, und was ist, wenn sich auch Jüngere bewerben, die Lust haben darauf, ihren eher vagen Vorstellungen über das Altern nachzugehen und sie zu konkretisieren? Oder ihren Blick auf alternde Eltern, auf Großmütter, auf alte Verwandte und deren alte Freunde zu werfen?«

»Ich weiß nicht so recht … Was würden wir denn mit allfälligen Kindern junger Frauen anstellen? Ich jedenfalls werde keine Kita mehr eröffnen, auch nicht temporär.«

»Du willst also für die Teilnahme am *Damenprogramm* eine klare Alters- beziehungsweise Jugendschranke festlegen?« Anna spürte, dass der Alkohol sie in Fahrt brachte, und so hängte sie gleich noch eine Frage an: »Könnten auch ein paar mürb gewordene Jungs mitmachen oder sind Männer, egal welchen Alters, explizit nicht mitgemeint?« Ruth stand auf, umrundete den Tisch und setzte sich wieder. Es war spürbar, dass es in ihr arbeitete.

»Gemischtes Doppel im *Damenprogramm*, wie soll das denn passen?«

»Ach, ich weiß doch auch nicht«, seufzte Anna. »Das Einfachste wäre, wir würden die Finger davonlassen, uns in Kittelschürzen stürzen, uns eine pflegeleichte Kurzhaarfrisur schneiden lassen und …«

»… und uns auf den Winterschlaf freuen«, fiel ihr Ruth ins Wort. Nur, das Einfache habe sie noch nie interessiert, obwohl, im Moment käme ihr ein Winterschlaf tatsächlich gerade recht, so müde, wie sie sei. Dann gähnte sie und legte ihre Beine auf den gegenüberstehenden Stuhl und fragte:

»Was denkst du, würde sich wohl Arno freuen über unser Vorhaben?« Anna stand auf, stellte sich hinter sie, wuschelte ihr durchs Haar, dann legte sie beide Hände auf Ruths Schultern:

»Gewiss würde er sich freuen, da bin ich mir ganz sicher.« Nun blickte Ruth zu Anna hoch, in ihren Augen schwammen Tränen.

»Sieht so eine Mäzenin aus?«, fragte sie und versuchte zu lächeln.

»Genauso. Du bist der Inbegriff einer Mäzenin, im Übrigen die erste, die ich persönlich kenne und vermutlich wirst du auch die einzige bleiben. Und jetzt koche ich uns noch Kaffee oder machst du schlapp?«

»Natürlich nicht, aber bevor du das tust, erteile ich dir jetzt hochoffiziell einen Auftrag. Du legst am Ende dieses Monats bitte eine Projektskizze *»Damenprogramm«* vor. Das Schriftliche ist schließlich dein Beruf. Selbstverständlich bezahle ich dich dafür und du kannst mit Folgeaufträgen rechnen. Für das Bauliche beauftrage ich eine Architektin, die auch die nötigen Bewilligungen einholen muss, was dauern kann.«

»Bist du jetzt meine Chefin?«

»Nein, nur die Mäzenin. Und Kaffee wäre jetzt wirklich eine gute Idee.

Als sie ihn dann tranken, sagte Ruth, ihr sei etwas aufgefallen.

»Was denn?« Anna leerte ihre Espressotasse in einem Zug aus und schaute zu Ruth.

»Du hast nicht ein einziges Mal auf dein Handy geblickt, und der Name Caro ist nur in einer Randbemerkung gefallen.«

»Stimmt. Ist ja auch noch ein Weilchen hin, bis Caro eine Dame werden wird. Überdies hat sie noch ein paar andere Optionen.«

* * *

Anna lag wach in ihrem eigenen Bett. Ruth hatte ihr zwar angeboten, in ihrem Gästezimmer zu übernachten, aber sie hatte abgelehnt und sich ein Taxi bestellt. Auf die paar Minuten Fahrt durch die späte Nacht bis zu ihrem Zuhause kam es nun auch nicht mehr an. Die Taxifahrerin, eine Frau mittleren Alters – Anna musste über sich selbst lachen, als sie genau das dachte: eine Frau mittleren Alters –, die Taxifahrerin also hatte versucht, mit Anna in ein Gespräch zu kommen:

»Hoffentlich müssen Sie nicht früh raus morgen, ist ja schon ziemlich spät jetzt.« Als Anna nicht reagierte, redete die Frau weiter: »Nach einem geilen Abend nimmt man ein wenig Müdigkeit gerne in Kauf am andern Tag.« In der Tat hätten sie einen schönen Abend gehabt, sie und ihre Freundin, hatte Anna entgegnet und registriert, dass die Fahrerin ihr einen Seitenblick gegeben und dann geschwiegen hatte. Ob sie auch Freundinnen habe, fragte Anna sie nach einer Weile. Sie habe einen Ehemann und zwei Kinder, beide in der Berufslehre. Ihr Ehemann sei leider vor eineinhalb Jahren gestorben, sagte Anna dann. Ach so, das tue ihr leid, reagierte die Fahrerin ganz schnell. Und ja klar, so gesehen habe sie auch Freundinnen, natürlich.

Dieses Gespräch ging Anna durch den Kopf, das *Damenprogramm* ging ihr durch den Kopf und ein Telefonat mit Caro, von dem sie Ruth nichts erzählt hatte. Caro hatte sie tags zuvor wieder mal eindringlich an ihre gemeinsame Norwegenreise erinnert. Das hast du mir versprochen. Dass wir reisen würden, wenn es mir besser ginge. Jetzt geht es mir besser. Viel besser sogar. Darüber freute sich Anna und sie wollte eine Mutter sein, die ihre Versprechen hielt. Obwohl sie sich ein wenig fürchtete vor einer solchen Reise. Die Furcht hatte nichts mit Caro zu tun, Caro war eine Reisebegleiterin mit bescheidenen Ansprüchen in jeder Hinsicht.

Schlaf endlich, sagte sie zu sich selbst. Da tauchte hinter ihren geschlossenen Lidern mit einem Mal Thores Bild in einer Deutlichkeit auf, dass sie die Augen sofort wieder aufriss. Was nichts nützte. Ein Gefühl, als wäre er im Zimmer. Hier, bei ihr. Dieser Thore, dessen Name sie ausradiert hatte und der ab und zu dennoch durchschimmerte in all der Zeit, in der sie sich nicht gesehen hatten. Und als er sie tatsächlich hatte sehen wollen, hatte ihr der Mut zu einem Wiedersehen gefehlt. Sie hatte seinen Brief nicht beantwortet und Jahre später auf seine Message nicht reagiert. Dass ihr das alles nun wieder in den Sinn kam, versuchte sie sich selbst zu beruhigen, hatte wohl mit ihrer Gewissheit zu tun, dass sie die Caro versprochene Reise nicht ewig würde aufschieben können. Dann sprang sie aus dem Bett, ging ins Arbeitszimmer, setzte sich an ihren Computer und begann wie in irrem Furor zu tippen.

Das Damenprogramm

Altern ist eine Leerstelle und lässt Menschen, insbesondere Frauen, in der Bedeutungslosigkeit versinken, bevor ihnen die Luft ganz ausgeht. Altern bedeutet, Falten werfen, Flecken bekommen, spröde Haut und steife Gelenke und dabei zu wissen: Ab jetzt findet das Konzert anderswo statt. Das *Damenprogramm* spielt genau dieses Konzert und fragt: Wie geht Altern? Was stößt einem zu, wenn man in die sogenannten Jahre kommt, und vor allem, was fangen wir damit an? Im *Damenprogramm* spinnen Menschen das Stroh des Bedauerns über das Schwinden der Zeit zu etwas anderem, nicht zwingend zu Gold. Die Mittel dazu sind frei. Hinstehen. Farbe bekennen. Mit offenen Karten spielen. Zähne zeigen und Haut. Angesprochen sind Menschen, die selbst altern und dabei sichtbar bleiben, ohne aber eine Leuchtweste zu tragen. Menschen, die zeigen, was mit ihnen selbst oder mit alternden Eltern / Verwandten / Freundinnen und Freunden passiert, wenn sie passiert, wenn sie in die sogenannten Jahre kommen. Wie es sich anfühlt, das vorgerückte Alter, und wie sich das Vorrücken selbst anfühlt. Wie altern geht. Welche Fragen auftauchen. Und wie mögliche Antworten lauten könnten. Wenn ich schon eine Maus sein soll, so bin ich überall, nage ich alles an, untergrabe jede Sicherheit und zeige, was ich mir wünsche. Was ich liebe und vor allem, was ich hasse. Geduldet werden zum Beispiel und getätschelt wie ein kleiner Hund: Gute Frau, kann ich Ihnen helfen? Nein, können Sie nicht. Ich helfe mir, wenn überhaupt, selbst. Pfeife auf die gelassene Altersweisheit, dumm nur, dass ich nicht pfeifen kann. Jedenfalls benutze ich mein Gehirn noch, oh ja, Memories, Memories, aber bitte keine Kreuzworträtsel. Zum guten Glück bin ich schon lange nicht mehr reproduktionsfähig und längst sind die hormonellen Aufgeregtheiten passé. Altern ist kein Kostüm, das wir nach Belieben an- und wieder ausziehen können, im Gegenteil: In dieses zweitletzte Kostüm unfreiwilliger Tarnung werden wir hineingezwängt. Darin bleiben wir weit unter dem Radar jeglichen sinnlichen Begehrens bis ans Ende unserer Tage. Nur, noch sind wir nicht gestorben. Das *Damenprogramm* ist eine Freakshow. Im Grunde ist alles immer im Übergang, sind Frauen Übergangswesen, ständig in Bewegung, ständig in Veränderung und Abänderung. Das *Damenprogramm* ist eine Änderungsschneiderei, denn Damen schießen nicht mehr in die Höhe, sondern bohren sich hinein in die Tiefe und fördern noch den letzten Rest an Zukunft. Und kann eine nicht schreiben, so kann sie erzählen oder morsen oder funken. Frauenfunk: Wir sind auf Sendung und gleichzeitig auf Empfang im *Damenprogramm*, und wenn eine sprachlose Momente hat, oder ihr ganzes Leben ein einziges sprachloses Moment war, so lösen wir ihre Zunge und kommen dabei ohne Instrumente aus. Wir schwimmen, wir sind Fische, die stets nach unten schauen, Flossenwesen, Kiemenwesen, Tiefessetaucherinnen. Wir haben Echolote, die registrieren, was da unten abläuft, und so kommt viel Material zusammen. Die einen sammeln, und andere setzen um und schneidern neue Kleider für neue Frauen, und so geht das immer weiter, und wer sich bewerben will, bitte sehr, nur zu, wir suchen neugierige Frauen mit neugierigen, unmöglichen, nie gestellten Fragen an das Alter.

Das *Damenprogramm* umfasst einen mehrmonatigen Aufenthalt, möglich jeweils von März bis Oktober, in einem Anwesen im Süden mit eigener Kleinwohnung und Benutzung der gut ausgestatteten Ateliers. Materialwünsche können angemeldet werden. In der Lebensküche kann gekocht werden oder es wird gekocht. Es gibt kein Unterhaltungsprogramm. Für Unterhalt ist gesorgt. Für die Bewerbung skizziere Fragen, mit denen du dich während des *Damenprogramms* beschäftigen, Vorhaben und Pläne, die du anpacken möchtest während deines Aufenthaltes. Erzähle ein wenig über dich. Sag, warum du am *Damenprogramm* teilnehmen möchtest. Eine Jury wählt aus. Du bekommst Bescheid.

Anna legte ihre verschränkten Arme auf den Schreibtisch und bettete ihren Kopf darauf. Sofort fielen ihr die Augen zu. Nach ein paar Augenblicken schreckte sie wieder hoch, überflog das Geschriebene kurz, speicherte es ab und schloss die Datei. Dann öffnete sie das Mailprogram und tippte mit dem letzten Rest an Energie:

Liebe Ruth

Frage: Wann soll denn das *Damenprogramm* starten? Keine Ahnung von den Terminen. Das musst du entscheiden. Du arbeitest noch ein Jahr in der Kita und ich, das habe ich eben entschieden, reise nächsten Sommer nach Norwegen. Mit Caro. Du willst ohnehin als Erstes den Umbau des Nebengebäudes planen, das wird wohl den ganzen Herbst und den Winter über dauern.

Hier angehängt also ein erster Entwurf *Damenprogramm*. Alles bloß skizzig, nächtlich, unausgegoren und ja, sicher habe ich bemerkt, dass ich vom Sie zum wir und schließlich zum ich und dann zur direkten Ansprache gewechselt habe. Geschieht halt in einem Projekt, in dem man selbst irgendwie drinhängt und das nicht rein fiktiv ist, sondern wahr und mit jedem vergehenden Tag noch wahrer wird. So oder so müssen wir eine unabhängige Jury einsetzen, die die Bewerbungen durchsieht und auswählt. Du bist die Mäzenin und ich dein Sekretariat. Kriege ich Nachtzuschlag? Die Mail an dich geht nun los, es ist 4.12 Uhr. Deine Anna.

Am kommenden Vormittag verfasste Anna, nachdem sie viel Kaffee in sich hineingeschüttet hatte, handschriftlich eine To-do-Liste für den Tag:

Porträt *Startup Foodkurier* beenden, Mail an Fotografin, Zahlungen erledigen, Caro anrufen, Ruth anrufen. Und nach einer Weile schrieb sich fast wie von selbst der Name Thore auf die Liste. Während sie hinter den Namen mit ihrer rechten Hand ein paar Fragezeichen malte, öffnete sie mit der linken das Mailprogramm auf ihrem Rechner. Auf Punkt eins ihrer Liste hatte sie derzeit keine Lust. Ruth hatte noch nicht reagiert auf ihre nächtliche Mail, wann denn, meist war sie bereits vor sieben Uhr in der Kita. Anna las nochmals die Mail mit Anhang, die sie ihr in der frühesten Frühe geschickt hatte. Sie stöhnte auf dabei, sie sollte nachts nicht arbeiten, das wusste sie eigentlich. Als sie alles gelesen hatte, schrieb sie sofort eine zweite Mail.

Liebe Ruth

Lösch bitte den Anhang, den ich dir heute früh geschickt habe. Ich verfasse später als Erstes eine seriöse Ausschreibung. Dafür musst du mir drei Fragen beantworten: Wann soll das *Damenprogramm* starten? (Ich denke, realistisch ist übernächstes Frühjahr, nicht? So bleibt genug Zeit für den Umbau, bei dem du, wie ich dich kenne, jeden einzelnen Schritt mitverfolgen willst. Und ich kann getrost nächsten Sommer mit Caro verreisen.) Hältst du tatsächlich an einer Altersgrenze fest? Willst du ausschließlich Frauen dabeihaben?

Danke für baldige Antworten und mach's gut, Deine Anna.

* * *

Nach langen Diskussionen war Ruth schließlich einverstanden, das *Damenprogramm* für Gäste ab fünfundfünfzig Jahren auszuschreiben. Obwohl sie gespannt darauf sei, was die blutjungen Dinger beizutragen hätten zu seiner Thematik.

»Blutjung, mit fünfundfünfzig?« Anna lachte auf. »Zu diesem Zeitpunkt haben sich doch Frauen bereits mehrfach gewandelt und einige haben noch lange mit wellenartigen Auswirkungen der letzten großen Umwälzung zu kämpfen.« Sie habe recht, stimmte Ruth ihr zu, und es sei sonderbar, wie sich die Definition von Jung immer weiter nach hinten verschiebe, je mehr Jahre man selbst auf dem Buckel habe. Apropos Buckel, hakte Anna nach, was mit den buckligen Männlein und ihrem Zutritt zum *Damenprogramm* sei? Ganz bestimmt nicht. Ruth schüttelte heftig den Kopf. No way. Männer würden eine komplett andere Dynamik ins Projekt bringen.

»Aber sie altern doch auch, wie schon mal gesagt«, warf Anna ein. Gewiss, nur gehe es nun für einmal nicht um sie. Überdies bestehe bei Fünfundfünfzigjährigen die Möglichkeit, dass sie sich um Kleinkinder zu kümmern hätten, sie aber, wie auch schon mal gesagt, keine Kita mehr eröffnen werde in ihrem Ferienhaus. Aber was denn mit Frauen sei, die Versorgungspflichten hätten, fragte Anna. Ruth überlegte eine Weile, bis sie äußerte, wenn sie richtig rechne, seien Kinder von fünfundfünfzigjährigen Frauen bestimmt mindestens zwölf Jahre alt, eher älter. Da sei es einfacher, Betreuungslösungen zu finden. Sollten halt die Väter mal ran.

»Falls sie das nicht eh schon tun«, warf Anna ein. »Oder die liebe Großmutter kommt mal wieder zum Zug und hat dann ein ihr auf den Leib geschnittenes *Damenprogramm.*« Ruth ging nur indirekt auf Annas Bemerkungen ein.

»Hat eine Teilnehmerin zusätzliche Kosten für Kinderbetreuung«, erklärte sie, werden sie selbstverständlich übernommen. Weißt du was«, fuhr sie fort, als Anna schwieg, »wir können nicht alle Probleme und Fragen im Voraus lösen. Schauen wir doch, was auf uns zukommt.«

»Du hast Nerven«, kommentierte Anna, worauf Ruth auflachte und äußerte, sie rechne auch beim Umbau mit einigen Überraschungen. Deshalb sei es realistisch, den Start des *Damenprogramms* auf das übernächste Frühjahr festzulegen.

Anna war einverstanden, ließ aber in einem Punkt nicht locker: Was die Teilnahme der Männer betraf. Schließlich einigten sie sich darauf, dass zumindest das Veranstaltungsprogramm allen interessierten Menschen offenstehen würde.

»Dann sehen wir weiter, einverstanden?«, fragte Anna und schenkte Ruth ein vielsagendes Lächeln.

»Sturkopf«, sagte diese und nickte hinterher ganz leicht, was, Anna war sich dessen bewusst, beides bedeuten konnte: Entweder war sie einverstanden, oder aber mehr als überzeugt davon, dass Anna ein Sturkopf war.

»Selber Sturkopf,« gab sie deshalb zurück. Sicherheitshalber.

Damenprogramm – Aufenthaltsstipendium

Damenprogramm umfasst einen dreimonatigen Aufenthalt in einem großen Haus mit Atelier in der Südschweiz, frei wählbar jeweils in der Zeit vom ersten März bis dreißigsten Oktober. Es startet erstmals am 1. März 2024.

Geboten wird:

Eine Unterstützung in der Höhe von CHF 10'000 plus allfällige Kosten für Kinderbetreuung, eine kostenlose Unterkunft (Kleinwohnung), ein großes Atelier mit vier Arbeitsplätzen, gemeinsame Mahlzeiten, die Erstattung der Materialkosten, der Reisespesen sowie die Chance, konzentriert an einem eigenen Vorhaben zum Thema **Altern** zu arbeiten. Es besteht die Möglichkeit, das eigene Projekt nach seiner Fertigstellung in geeigneter Form öffentlich zu präsentieren.

Voraussetzung für die Teilnahme:

Bewerben für das Damenprogramm können sich Frauen ab fünfundfünfzig Jahren, die sich eigenständig mit dem Thema **Wie geht altern?** befassen möchten. Bei den möglichen Antworten gibt es keine Grenzen, unterschiedlichste Vorhaben und eigenwilligste Formen sind möglich, ebenso erwünscht sind neue Fragen und forschende Neugier. Wichtig ist neben der Lust auf lebhafte Auseinandersetzung mit dem Thema die Bereitschaft, sich mit den anderen Teilnehmerinnen und den beiden Programmleiterinnen auszutauschen und sich an den Begleit-Angeboten aktiv zu beteiligen.

Bewerbungsunterlagen:

Motivationsschreiben, Kurbiografie, Beschrieb des eigenen Vorhabens / der eigenen Fragen und der Form, daran zu arbeiten während des Damenprogramms. Eine Fachjury trifft die Auswahl unter den eingegangenen Bewerbungen.

Termin und Adresse:

Bewerbungsschluss ist der 31. Dezember 2023.
Die Unterlagen bitte elektronisch senden an info@damenprogramm.com oder per Post an Damenprogramm, Postfach 1717, 8048 Zürich.

17

Sie nahmen die Luftlinie. Anna hatte Caro den Fensterplatz überlassen, was sie bei dem perfekten Flugwetter bald schon bedauerte. Denn kaum erreichte das Flugzeug seine Flughöhe, nickte Caro ein und schlief während des ganzen Fluges nach Oslo. Anna hingegen liebte, es, aus großer Höhe aus dem Flugzeugfenster auf die weit unten liegende Welt zu schauen, was jetzt nicht möglich war. Caro erwachte erst, als der Sinkflug begann und steckte schon mal Zigaretten und Feuerzeug griffbereit in ihre Jackentasche. Auf ihren Wunsch verließen sie die Maschine dennoch als letzte, Caro ging langsam und mit höchster Aufmerksamkeit durch den schmalen Flur zum vorderen Ausgang und scannte dabei jede Sitzreihe.

»Vielleicht hat jemand etwas vergessen, ein Portemonnaie, eine Kreditkarte, ein Handy«, sagte sie leise, ohne den Blick von den Sitzreihen abzuwenden.

Im Transitbereich des Flughafens Oslo suchte sie immer verzweifelter nach einer Raucherzone. Es gab keine. Ihre Laune schlug um und näherte sich dem Tiefpunkt, als sie ausrechnete, dass sie im besten Fall in fünf Stunden ihre nächste Zigarette rauchen konnte. Es wurden dann sieben, denn der Weiterflug nach Tromsø hatte sich stark verspätet. Auf diesem Flug saß Anna am Fenster. Die Maschine flog relativ tief und durch einen makellosen Junitag hinein in einen Abend ohne Dunkelheit, über ganz Norwegen lag keine einzige Wolke, Anna konnte alles sehen. Das Meer, die langen Arme der Fjorde, die Schären, die Inselchen und die Inseln, die Fjelle, das Plateaufjell der Hardangervidda, die Berge, die hohen Berge und die Gletscher. Als sie über den größten Nationalpark des Landes flogen, über den sich Caro immer wieder Dokumentationen im TV anschaute, war Anna versucht, die erneut Schlafende aufzuwecken, ließ es aber bleiben, da sie wusste, Caro würde keine Augen für Landschaften haben, bevor sie nicht mindestens zwei Zigaretten geraucht hatte.

Der Flughafen in Tromsø befand sich im Umbau. In einem zeltartigen Provisorium war so etwas wie eine Ankunftshalle eingerichtet worden. Hier wartete Anna auf das Gepäck, während Caro draußen rauchte. Anna konnte sehen, wie sie in ihrer Handtasche nach der Sonnenbrille suchte und sie dann aufsetze. Es war zwanzig Minuten nach dreiundzwanzig Uhr, das Sonnenlicht fast grell und es kam nur Caros Gepäck an. Anna regte sich nicht auf, sondern füllte noch am Flughafen auf ihrem Handy einen Suchauftrag für ihren vermissten Koffer aus, dann setzte sie sich zusammen mit Caro in ein Taxi, das sie zu ihrem gemieteten Appartement fuhr.

Anderntags musste sich Anna Unterwäsche, Socken, ein Shirt und eine warme Jacke von Caro leihen.

»Jetzt ist es mal umgekehrt, sagte die Tochter lächelnd, bediene dich einfach in meinem Schrank, ich helfe dir gerne aus.« Hilfsbereit war Caro schon immer gewesen, was Anna aber überraschte, als sie ihren Schrank öffnete: Sorgfältig gefaltet lagen ihre Kleider in mehreren Stapeln in den Schrankfächern, Jeans, Kapuzenpullis und zwei Jacken hatte sie auf Bügel gehängt. Caro war nicht entgangen, dass Anna länger als nötig vor dem Schrank stand, bevor sie nach den Kleidungsstücken griff, die sie brauchte.

»Eigentlich mag ich Ordnung«, erklärte sie ungefragt, »sie macht mir sogar Freude.«

»Mir auch«, sagte Anna und schaute dabei angestrengt Caros T-Shirt-Stapel an, denn ein wenig zitterte ihr Kinn.

* * *

Mitten auf der Tromsøbrua blieb Caro stehen. Sie schaute den jungen Möwen zu, die tief unten über den Sund flatterten, blickte zum Hafen, zeigte dann auf die beidseitig an den Brückengeländern montierten hohen Gitter und sagte irgendwas. Anna stellte sich neben Caro. Die Gitter seien neu, wiederholte nun Caro, sonst sei es hier wie einst. Vorher waren sie beide hintereinander gegangen, der für Fußgänger abgetrennte Brückenbereich war schmal.

Sie erinnere sich noch genau daran, wie sie zu viert zum ersten Mal über diese Brücke gegangen seien, im Gänsemarsch, zuvorderst Thore, gefolgt von Lars, dann sie selbst und hinter ihr als letzte Anna. Sie habe sich ein wenig gefürchtet vor dem Blick in die Tiefe und vor den in beiden Fahrtrichtungen vorbeibrausenden Autos. Schließlich habe sie sich an Lars vorbeigedrängt und Thores Hand genommen. Sofort habe sich Lars an seine andere Seite gezwängt und nach Thores anderer Hand gegriffen. Anna schaute Caro an und nahm ihre Hand. So blieben sie eine Weile stehen, Hand in Hand, sie blickten schweigend zum auf Tromsøja gelegenen Stadtzentrum und bemerkten endlich und zu ihrer Belustigung, dass sie ein Hindernis bildeten für die immer wieder schnaufenden, grellglänzend gekleideten Jogger mit Tunnelblick, die in einem Tempo über die Brücke sprinteten, als ginge es um ihr Leben. Ihnen beiden machte es Spaß, deren Laufrhythmus ein wenig durcheinander zu bringen. Als sie weitergingen, fiel Anna in der Masse der Leute, die ihnen entgegenkamen, einmal mehr die Vielfalt menschlicher Körper auf.

Auf der Storgata wandte sie sich an Caro:

»Als du ein Kind warst, habe ich mich oft gefragt, woran du dich dereinst erinnern würdest. Dass aber dein allererster Gang über die Tromsøbrua auch unter deinen Erinnerungen figurieren würde, sogar die genaue Formation, in der wir diese Brücke passierten, das hätte ich nicht gedacht.« Caro kommentierte die Bemerkung nicht, deckte Anna nur mit einem Blick ein, den sie nicht deuten konnte, und wies sie dann auf das *Perspektivetmuseum* hin, an dem sie eben vorbeigingen. Da wolle sie mal rein, das Haus wirke ungemein anziehend auf sie. Gerne, Anna nickte, aber nicht gleich jetzt, als Erstes brauche sie nun einen Kaffee.

* * *

»Unser Tromsøaufenthalt«, äußerte Caro immer wieder, »wird nur einen einzigen, langen Tag dauern.« Die weißen Nächte voller Licht eigneten sich nicht zum Schlafen, weder Caro noch Anna hatten das Herz, das nächtliche Sonnenlicht auszusperren, indem sie die Fenster mit schwarzen Rollos verdunkelten. Vielmehr konnten sie sich nicht sattsehen am Dauerlicht, und einmal, als sie lange nach Mitternacht auf der kleinen Veranda vor ihrem Appartement saßen, sagte Anna, dass sie diese Reise vor allem gemacht habe, um die überbelichteten Nächte nochmals zu erleben. Dieses Licht, das sie auflade und sie wachhalte, ohne dass sie ermüdete.

»Dann bist du so etwas wie lichtsüchtig. Immerhin eine kleine Schwäche bei all deiner Disziplin. Du rauchst nicht, trinkst nur gelegentlich höchstens zwei Gläser Wein, du isst kein Fleisch und keine Süßigkeiten, und wenn du nicht im Urlaub bist, arbeitest du die ganze Zeit. Wo bleibt da der Spaß in deinem Alltag?«

Sofort leuchteten in Anna Alarmlampen auf. Sie biss sich auf die Lippen, um nicht die übliche Antwort zu geben: Jemand muss ja schließlich arbeiten. Kranke können nicht arbeiten, würde Caro darauf erwidern und beiden verginge auf der Stelle das Lachen. Es stimmte, Caro war krank, aber nicht ausschließlich. Sie war zum Glück viel mehr als diese etappierte Krankheit mit akuten und stilleren Phasen.

Ob sie eingeschnappt sei. Caro schaute Anna an, da sie nicht reagiert hatte auf das von ihr entworfene Porträt. Nein, nein, keine Sorge, aber apropos Spaß, da sage sie nur, Arztserie und Kaffee. Stimmt. Caro lachte.

»Dass du diese dümmliche Serie schaust, in der sich bestimmt Krankenschwestern die ganze Zeit in die Ärzte verlieben und von ihnen nach Strich und Faden ausgenutzt werden.«

»Du kennst die Serie gar nicht, und mir geht es nicht um die Liebesgeschichten.«

»Egal, wenn es dir Spaß macht. Was aber deinen Kaffeekonsum betrifft, bist du hier in guter Gesellschaft. In Norwegen trinken die Menschen literweise davon. Überall stehen Thermoskannen herum, selbst in den Kirchen, wo es sogar WLAN gibt. Das ist mir aufgefallen, gestern, bei der Besichtigung der Kathedrale. Gewiss kommen deswegen mehr Leute in die Kirchen.« Das könne gut sein, allerdings sei der Kaffee dort häufig bloß lauwarm und schmecke abgestanden. Anna schüttelte sich, als sie das sagte. Immerhin komme sie leicht zu ihrem Stoff, warf Caro ein. Diese Bemerkung ließ Anna zusammenzucken, was Caro bemerkte.

»Keine Sorge, ich habe alles im Griff«, warf sie ein und fingerte eine Zigarette aus einer arg zerknautschen Packung, zündete sie an, nahm schweigend ein paar Züge und stellte unvermittelt fest, wobei ihre Stimme einen anderen Klang hatte:

»So bist du also nicht meinetwegen nach Tromsø gereist, auch nicht wegen früher, wegen uns, wegen Thore und wegen Lars, sondern nur, um nochmals all dieses Licht zu erleben, die Mitternachtssonne, die weißen Nächte.«

»Ach Caro«, seufzte Anna und nahm ihre Tochter in den Arm, die plötzlich weinte.

* * *

Sie fühle sich hier unter konstanter Beobachtung, äußerte Caro, wenn sie spüre, dass Annas Blick ab und zu auf ihr ruhe. Dann öffnete Anna entweder ein Fenster oder verließ das Appartement für kurze Zeit, ließ die Tür meist sperrangelweit offenstehen und stellte eigens die schweren Wanderschuhe davor, damit sie der Wind nicht gleich wieder zuschlüge. Die Wohnung brauchte mehrmals am Tag Zugluft, genau wie sie selbst und genau wie Caro. Jedes Mal, wenn sie kurz hinausging auf die Veranda, über die man das Appartement betrat, fiel ihr wieder ein, wie sie zum ersten Mal durch die fremde Tür hineingegangen waren. Wie sie sich sofort angeschaut und genickt hatten: Hier war es gut. Sie mussten sich nicht erst lange einfinden, sie waren bereits angekommen. Und wie sich Anna schon beim ersten Betreten der Wohnung den Augenblick am Ende des Aufenthaltes hatte vorstellen müssen, an dem sie die Tür des Appartements zuziehen und den Schlüssel in die Schlüsselbox werfen würde.

Caro hatte kaum die Schuhe ausgezogen und den Rucksack abgelegt, als sie begann, die Küchenschränke zu inspizieren und was vormalige Mieter zurückgelassen hatten. Sie nahm alles, was sich in den Schränken befand, in die Hand und begutachtete die Füllstände. Selbst jedes Gläschen mit Gewürzen schraubte sie auf und roch daran, sie kostete von der Sojasauce, vom Honig, von einem sirupartigen Süßstoff und von Dingen, die sie nicht identifizieren konnte, da sie auf Norwegisch beschriftet waren.

»Hier kann man überleben«, konstatierte sie, als sie ihre Inspektion beendet hatte. Sie erhoffe sich von diesem Aufenthalt mehr als bloßes Überleben, erwiderte Anna. Caro zuckte die Schultern. In ihrem Leben gebe es selten Upgrades. Dann ging sie ins Bad, ließ die Tür offenstehen und machte sich daran, den Inhalt des Spiegelschränkchens zu untersuchen. Als sie das Klo betrat, lachte sie laut auf.

»Komm mal!«, rief sie, »aber erschrick nicht.« An einer der Klowände hing das Bild eines lebensgroßen Ziegenbocks, der einen aus grimmigen Augen anschaute, wenn man auf der Schüssel saß. Im Wohnzimmer hingegen zeigte sich, dass der Besitzer des Appartements ein großer Marilyn-Monroe-Fan sein musste, waren doch die Wände tapeziert mit riesigen Postern der Ikone.

* * *

Caro war zuckerbesessen, sie genoss hemmungslos Süßigkeiten und Backwaren, genoss aber auch den Schlaf und die Träume. Weckte Anna sie gegen Mittag, wie sie es ihr aufgetragen hatte, sagte sie meist:

»Ich muss meinen Traum noch zu Ende träumen.« Erwachte sie nachts, hatte sie stets Lust auf Essen. Die nächtlichen Überfälle auf den Kühlschrank und die Plünderung der Küchenschränke störten Anna, was Caro wusste, aber sie konnte es nicht lassen. Einzig Alkohol war keine Verlockung für sie, war es nie gewesen. Einmal hatte sie einen Freund gehabt, Raffael, einen Alkoholiker. Sie hatte ihn wohl in einer Therapiestation kennengelernt, wo denn sonst? Dieser Raffael hatte Rotwein aus Arnos Weinkeller geklaut, hatte sich bei den Spirituosen im Wohnzimmer bedient und hinterher die Flaschen mit Wasser aufgefüllt. Bis Arno dahinterkam und ihn zur Rede stellte. Raffaels verdruckste Sätze. Seine durchsichtigen Lügen. Es war klar, er war auf Beute aus. Nicht nur für den Eigenkonsum, das auch, aber den gestohlenen Wein wollte er weiterverkaufen und mit dem Erlös Schnaps kaufen. Und Benzos.

Caro hatte immer wieder Freunde mitgenommen bei ihren Besuchen bei Anna und Arno, zusammengezählt ein ganzer

Trupp. Ihre Begleiter gehörten meist zu jenen, von denen die meisten Menschen nicht allzu viel wissen wollen. Mit Ausnahme von Raffael, der schon schwer gezeichnet war vom Alkohol, sein Körper aufgeschwemmt, sein Wesen träge und unzugänglich, waren ihre Begleiter meist feingliedrige Männer gewesen, in denen Anna ausnahmslos die Kinder hatte sehen können, die sie einmal gewesen oder es immer noch waren. Buben, schüchtern und scheu wie auf dem Heuboden geborene und dort aufgewachsene Katzen, die nie wirklich zutraulich werden. Anständig waren sie alle gewesen, dankbar, einige überaus dankbar, unterwürfig fast, ein paar hatten erzählt, wie sie suchtkrank geworden waren, was gemeinhin noch immer übersetzt wird mit auf die schiefe Bahn geraten, in ihren Darstellungen allerdings war es bloß der einzige Weg, der ihnen offengestanden hatte. Geschichten und Gegengeschichten. Berichte, die Anna nicht vollständig ausleuchten konnte. Außer dem Alkoholiker hatte keiner von ihnen je etwas gestohlen in ihrer Wohnung. Auch Caro nicht.

* * *

In Tromsøs Supermärkten hätte Caro Stunden verbringen können. Dabei ging es ihr nicht ums Kaufen, sie konnte sich bloß nicht sattsehen an den fremdländischen Produkten. Einmal fuhren sie und Anna aufs Geratewohl mit einem Bus zu seiner Endstation weit außerhalb des Stadtzentrums, um hinterher auf Umwegen wieder stadteinwärts zu wandern. An der Endstation gab es allerdings einen riesigen Supermarkt, den Caro vorher unbedingt besuchen wollte, was ewig dauerte und Anna an die Grenze ihrer Geduld brachte. Caro versprach ihr, sich später im Gegenzug mit ihr in ein schönes Café zu setzen und so lange dort zu bleiben, wie Anna es sich wünschte. Allerdings erwies sich das Quartier, durch das sie später gingen, als Industriezone, die schließlich in ein bescheidenes Wohnquartier überging. Anders als im Stadtzentrum gab es hier keine schmucken Holzhäuser und keine Cafés, bloß Quartiertreffpunkte in Form nüchterner Lokale. Ein paar Aluminiumtischchen mit Stühlen standen auf ihren Vorplätzen, essen konnte man hier nichts anderes als in Cellophan verpackte Snacks. Am Tisch einer solchen Bude saßen Anna und Caro endlich, draußen, hier saß man auch bei zehn Grad Celsius draußen und fand es nicht kalt, jetzt war es immerhin sechzehn Grad warm, sommerlich für hiesiges Empfinden. Sandalenwetter. Anna war erschöpft, zudem schmerzte ihr linker Fuß. Caro holte am Tresen Getränke und so hatte sie Zeit, sich darum zu kümmern. Vorsichtig versuchte sie, aus der Sandale zu schlüpfen, was nicht gelang, eine Stelle klebte fest. Mit einem Ruck riss sich Anna schließlich die Sandale vom Fuß, grell durchfuhr sie ein Schmerz, der zuckte und zuckte und in Wellen auch durch den Unterschenkel pulste. In der Sandale klebte ein dicker, rundlicher Hautlappen. Anna betrachtete ihre verletzte Fußsohle, als Caro mit Kaffee, Sprudel und Cola wieder an den Tisch zurückkam.

»Hast du schmutzige Füße bekommen?«, fragte sie und warf einen Blick auf Annas Fuß. Es entfuhr ihr ein kleiner Schrei. »Ein Loch, ein richtiges Loch klafft in deiner Fußsohle. Wie hast du denn das geschafft?» Anna zuckte die Schultern. »Wir brauchen etwas zum Desinfizieren, konstatierte Caro, die Haut ist großflächig durchgescheuert. Was bist du auch empfindlich.« Anna leerte ein wenig Sprudel auf ein Taschentuch, drückte es erst auf die Wunde, band es dann um ihren Fuß, zog die Sandale an und trat probeweise auf. Es war auszuhalten, sie mussten aber den Bus nehmen für die Rückfahrt.

Anderntags raste der Schmerz in Annas Fuß, obwohl Caro die Verletzung gereinigt und desinfiziert hatte. Jetzt nässte die Wunde, ihre Ränder waren dunkelrot.

»Ich häute mich«, sagte Anna zu Caro. Sie sei aber keine Schlange, stellte Caro trocken fest, sie fahre nun in eine Apotheke, um Wundverband zu kaufen und sich beraten zu lassen. Es dauerte lange, bis sie zurückkam. Aber sie brachte Kühlpads mit, ein schmerzstillendes und desinfizierendes Spray, sterile Wundverbände, Mullbinden und ein entzündungshemmendes Medikament. Der Fuß dürfe nicht zu stark gekühlt werden, habe die Apothekerin gesagt, und falls Fieber auftrete, müsse die Patientin unverzüglich die Notfallstation des Krankenhauses aufsuchen. Anna lachte.

»Doch nicht wegen ein paar Blasen an der Fußsohle«, sagte sie, und ihr fiel die Arztserie ein und wie dort immer wieder RTWs mit eingeschalteter Sirene vorfuhren und Menschen mit wirklich gravierenderen Verletzungen auf die Notfallstation eingeliefert wurden, und wie sie zu Beginn nicht gewusst hatte, was die Abkürzung RTW bedeutete, und wie schnell sie sich das Vokabular der Serie zu eigen gemacht hatte und bald genau wusste, was nach der Einlieferung folgte: Der diensthabende Arzt und Schwester Arsa rannten den Rettungssanitätern entgegen, die eben die Bahre mit dem Verletzten in die Notfallstation rollten. »Was haben wir?«, fragte der Arzt, und ein Sanitäter ratterte herunter: »Junger Mann, Sturz aus drei Metern Höhe, initial bewusstlos, Blutdruck achtzig zu hundertzwanzig, stumpfes Bauchtrauma, Radiusfraktur, Verdacht auf Schädel-Hirn-Trauma.« »In den Schockraum, sofort, was hat er bekommen?«, fragte der Arzt, neben der Bahre gehend, und schon befanden sie sich im Schockraum und auf sein Kommando, eins, zwei, drei, wurde der Verletzte auf den Untersuchungstisch umgelagert. Schwester Arsa, melden Sie ihn zum CT an.«

»Zum Glück sprichst du gut Englisch, ich danke dir für alles.«

»Wofür?« Caro schenkte ihrer Mutter einen schnellen Blick und machte sich daran, die Verletzung zu versorgen, es war offensichtlich, dass sie Erfahrung hatte in der Behandlung offener Wunden. Wovon Anna nun profitierte. Jedenfalls klangen die Schmerzen allmählich ab und gegen Abend war sie wieder in der Lage, vorsichtig auf dem verletzten Fuß aufzutreten. Sie bereitete ein paar Pfannkuchen zu, vor allem solche mit Schokofüllung mochte Caro sehr. Beim Essen aber war sie schweigsam, und als Anna sich erkundigte, ob es ihr nicht schmecke, sagte sie, doch, doch, die Pfannkuchen seien köstlich, dann suchte sie Annas Blick und äußerte:

»Ich habe Lars gesehen.«

»Wen hast du gesehen?« Anna starrte Caro an, war aber sicher, sich verhört zu haben. »Lars habe ich gesehen. Lars. Du weißt schon. Lars.« Anna spürte, wie sich ihr Magen augenblicklich verschloss. Keinen Bissen würde sie mehr hinunterbringen.

»Bist du dir sicher?« Caro nickte.

»Ganz sicher. Obwohl ich Lars nicht angesprochen habe.«

»Caro, es ist bald fünfundzwanzig Jahre her, seit du Lars das letzte Mal gesehen hast. Wie kannst du dir da sicher sein, dass er es war?« Sie sei sich sicher, dass der Mann am Würstchenstand, der ihr sofort aufgefallen sei, Lars gewesen sei, es gebe keinen Zweifel, beteuerte Caro. Und sie sei ihm gefolgt. Sie habe ihn an der Storgata gesehen, vor der Würstchenbude, in Jeans und einer Lederjacke, darunter ein weißes T-Shirt, an den Füßen feuerrote Sneakers. Wie ein Blitz sei es durch sie gefahren, als sie den Mann gesehen habe: Lars! Das ist Lars! Sie habe auf der anderen Straßenseite in einem Eingang eines Shops Position bezogen und ihn beobachtet, sei ihm unbemerkt gefolgt, er sei essend durch die Storgata und dann hoch zur Grønnegata gegangen, habe dort die Straße überquert, habe die leere Würstchentüte in einen Mülleimer geworfen und die Bibliothek betreten. Sie habe es nicht gewagt, auch hineinzugehen, habe aber gewartet auf der anderen Straßenseite, um herauszufinden, ob er das Gebäude bald wieder verlassen würde. Was er nicht getan habe. Er habe keine Bücher für die Rückgabe bei sich gehabt, weder eine Mappe noch eine Tüte, nichts. Daraus schließe sie, dass Lars in der Bibliothek arbeite.

»Passt doch zu ihm, Mama, er hat doch schon früher viel gelesen.« Als Anna schwieg, äußerte Caro, und in ihrer Stimme lag Bewunderung:

»Lars hat es also geschafft. Er hat es tatsächlich geschafft.« Anna schaute ihre Tochter fragend an. Was er denn geschafft habe, dieser vermeintliche Lars, was sie denn damit meine. Alles habe Lars geschafft, alles. Das Leben habe er geschafft, und das untrügliche Zeichen, dass es sich ganz bestimmt um ihn, also um Lars handle, seien die roten Sneakers. Lars habe sich früher sehnlichst rote Schuhe gewünscht, daran könne sie sich genau erinnern, auch an den Tag, als sie losgezogen seien, Thore, Lars und sie, am Tag vor seinem achten Geburtstag, um für ihn rote Schuhe zu kaufen, die es aber für Jungs damals noch nicht gegeben habe.

»Lars war ein Kind, als er gerne las und sich rote Schuhe wünschte«, gab Anna zu bedenken. »Menschen verändern sich, ihre Gewohnheiten, ihre Vorlieben, ihr Aussehen.« Sieh doch nur dich selbst an, hätte sie anfügen können, aber sie tat es nicht, sondern fragte, warum sie denn diesen Lars nicht angesprochen habe.

»Er wäre bestimmt schockiert gewesen.«

»Er hätte sich gewiss gefreut.«

»Das glaubst du doch selbst nicht. Oder würdest du dich freuen, wenn du Lars mitten in Zürich antreffen würdest, suchtkrank, mittellos und mit kaputten Zähnen?«

»Natürlich nicht«, antwortete Anna, die aber nicht wirklich über Caros Frage nachdachte, zu unwahrscheinlich kam ihr diese Geschichte vor. Aber sie war erstaunt über ihre Äußerungen. Offenbar war sich Caro bewusst, dass sie eine andere Ausgabe ihrer selbst war als noch vor ein paar Jahren, dass die Krankheit sich deutlich zeigte, offenbar störten sie zum Beispiel ihre defekten Zähne. War das ein kleines Licht? War ihr das Bild, das sie abgab, nicht komplett egal? Spürte sie, dass Blicke an ihr hängen blieben, wenn sie sich im Bus auf einen Sitz fläzte und sofort die Augen schloss, vielleicht irgendetwas vor sich hinmurmelte, unordentlich gekleidet, mit einer Frisur, die mehr als unkonventionell war, mit grauer Haut im Gesicht und tiefen Augenringen? Und ihr Körper so zerbrechlich. Und dann reparierten ihn die Ärzte wieder. In der Serie.

Während Anna darüber nachdachte, wie oft sie früher in Diskussionen mit ihrer Tochter an die Grenze dieser Themen gekommen war und sie deshalb nicht mehr anschnitt, hatte Caro offenbar weitere Fragen gestellt.

»Sag doch was«, forderte sie nun, »sag doch bitte endlich was, Mama!«

»Was soll ich denn sagen?«

»Ob du es tust für mich, das sollst du sagen.« Anna ließ sich nochmals erklären, was Caro von ihr wollte, nämlich, dass sie zur Bibliothek ginge und sich erkundigte, ob es in der Bibliothek einen Mitarbeiter namens Lars Olsen gäbe. Ihr selbst sei es nicht möglich, hinzugehen, aber für Anna müsste es doch kein Problem sein.

»Und wenn ich das tun würde? Und wenn Lars tatsächlich in der Bibliothek arbeitet und an den Schalter träte, was müsste ich dann sagen?«

»Dir würde bestimmt was einfallen.« Dann packte Caro mit den Fingern den Pfannkuchen von ihrem Teller und schlang ihn in großen Bissen hinunter, die Schokofüllung tropfte dabei auf Kinn und T-Shirt, sie wischte sich mit dem Ärmel des Shirts flüchtig über den Mund, stand auf, schnappte sich ihr Handy und die Kopfhörer, stöpselte sie ein und ging auf die Veranda zum Rauchen.

Anna ging trotz der Helle draußen gegen Mitternacht schlafen und erwachte viel zu früh, in einem gepressten Zustand und unglaublich durstig, als hätten die Angstträume ihrem Körper alle Flüssigkeit entzogen. Immerhin waren die Fußschmerzen abgeklungen. Zwar hatte sie nachts sogar im Traum den Verdacht gehabt, zu träumen, denn alles Vertraute erschien ihr zwar in einem anderen Licht, gleichzeitig jedoch wirklich. Sie war ohne jede Ausrüstung auf einem Fjell unterwegs, Winde zerrten an ihr, Kälte schnitt ihr ins Gesicht, sie hatte sich verirrt, über ihr stand der Polarstern, sie hatte Bauchkrämpfe, als stünde die Menstruation bevor. Heidekraut, Buschwerk, Sträucher und Brombeerranken wucherten, ihr Selbst ging fast ein in die Natur. Sie reagierte panisch. War sie im Begriff, den Verstand zu verlieren? Zu einer krüppeligen Birke zu werden? Eine Nebenstimme in ihr stellte solche Fragen, während sie auf dem Fjell immer weiter im Kreis ging. Laut rief sie nach Thore und war wohl über diesen Rufen erwacht.

18

Liebe Ruth

Ein kurzer Zwischenbericht. Wir sind gut angekommen in Tromsø, abgesehen vom Detail, dass mein Koffer erst am dritten Tag eintraf. Sonst ist alles perfekt, das Appartement ein Traum, groß, gut eingerichtet mit einer Küche, in der es an nichts fehlt, und einer Veranda, auf der Caro zu jeder Tages- und Nachtzeit (die es nicht gibt!) rauchen, Möwen anlocken oder Musik hören kann. Für mich unerwartet wird sie hier geflutet von Erinnerungen. Ich staune, an welche Details sie sich noch zu erinnern vermag. Und sie ist besessen von der Idee, Lars, Thores Sohn, gesehen zu haben. Was ich ihr auszureden versuche, aber du weißt ja, wie stur sie sein kann.

Auch in mir taucht das eine und andere Bild wieder auf, stell dir vor, fünfundzwanzig Jahre sind vergangen, seit ich das letzte Mal hier war, Caro war im zweiten Schuljahr, du hast noch als Lehrerin gearbeitet. Weißt du noch, wie sehr sie sich gewünscht hat, zu dir in die Klasse zu kommen, was nicht geklappt hat. Wie auch immer, tempi passati, haben wir doch früher zueinander gesagt, wenn wir allzu nostalgisch wurden.

Bald schreibe ich dir mehr, denn jetzt muss ich auf Caros Wunsch eine Pizza zubereiten. Ich koche, sie macht den Abwasch und räumt auf, das ist unsere Abmachung. Auswärts essen ist zu teuer. Es ist gut, mit ihr hier zu sein. Heute waren wir im *Perspketivetmuseum*, ein großartiges Haus mit einer großartigen Ausstellung. Die Frau, deren Werk momentan gezeigt wird – Zeichnungen, Gemälde, Objekte, insbesondere Spielzeug für ihr einziges Kind, vor allem aber die Bücher, die sie später schrieb und jene, die sie las –, hat als Kind ein paar Jahre in diesem Haus gewohnt, ihr Vater war Marinekommandant, die Familie gewiss nicht arm! Sie bekam mit sechzehn Malunterricht, hat mit fünfundzwanzig Norwegen verlassen, um sich in Paris als Künstlerin weiterzubilden und zu etablieren, hat dort einen schwedischen Bildhauer geheiratet, sie bekamen ein Kind, sie hatten kein Geld, sie begann zu schreiben, publizierte journalistische Texte für norwegische Zeitungen, die Familie zog nach Schweden, das Paar ließ sich scheiden, kämpfte um den Sohn, der schließlich bei ihr lebte, sie erfuhr, wie schwer alles war: Gescheiterte Künstlerin, aber Schriftstellerin zu sein, und Mutter, und ohne Mann und ohne Geld. Erst nach der Scheidung begann sie, Prosa zu publizieren, eine Romantrilogie, autofiktionale Texte, damals, 1926. Cora Sandel, ihr Pseudonym, blieb in Schweden, sie lebte zurückgezogen und schrieb; den Traum, eine Malerin zu sein, hatte sie längst aufgegeben, sie besuchte Tromsø nur noch sporadisch, obwohl sie nach und nach als norwegische Dichterin wahrgenommen wurde, sie starb 1974 in Uppsala.

Liebe Ruth, Cora Sandel wäre ein Paradebeispiel gewesen für das *Damenprogramm*. Eine Traumteilnehmerin. Und ich halte es nicht für einen Zufall, hier in Tromsø auf sie gestoßen zu sein. Sie steht schon mal auf der Liste für ein erstes Begleitprogramm: Eine Porträtreihe zu Frauen, ihrer Zeit weit voraus und Vorbilder für uns. Cora Sandel zum Beispiel kämpfte vor hundert Jahren um dasselbe, wie wir es heute noch immer tun. Jedenfalls, ich bin mit den Kuratorinnen der Ausstellung schon mal im Gespräch und informiere mich, welche Bücher von Cora Sandel übersetzt worden sind. Dazwischen arbeite ich an den kurzen Texten für unseren Webauftritt *Damenprogramm*. Die Webdesignerin behilft sich im Moment noch mit Blindtext.

Seit Kurzem treffen zu meiner Freude erste Bewerbungen per E-Mail ein, was du bestimmt gesehen hast. Falls auch welche auf dem Postweg zu dir kommen, kannst du sie mir bitte umgehend scannen und mailen? Denn es ist hilfreich für mich, eine Ahnung zu bekommen, in welche Richtung das Interesse der Bewerberinnen ungefähr geht. So kann ich ein dazu passendes Begleitprogramm konzipieren und die Onlinetexte entsprechend formulieren. Andere Frage: Wie weit ist der Umbau eigentlich fortgeschritten? Und du? Wie geht es dir? Mit dir und mit dem sich konkretisierendem *Damenprogramm*? Pass gut auf dich auf und arbeite nicht zu viel, auch wenn es dir schwerfällt. Schwerer jedenfalls, als gedacht …, aber du musst üben, für später (!), sagt Dir wie immer, Deine Anna.

* * *

Bewerbung Damenprogramm Hella Holle: Ich bin kein Mängelexemplar

Ich bin Textilkünstlerin. Schneide auseinander, was es schon gibt, und setze neu zusammen. Ich patchworke, quilte, webe, spinne, stricke, sticke, nähe, kombiniere, knüpfe und knote. Aktuell arbeite ich mit alten Unterhosen, mit Klodeckelbezügen, WC-Umrandungen, Badezimmermatten, schimmligen Duschvorhängen, grau gewordenen Waschlappen, fleckigen Topflappen, mit Küchenschürzen und dünn gewordenen Handtüchern. Ich bin gerne eine Frau. Ich bin gerne im Haus. Weil sich dort mein Atelier befindet. Also bin ich auch gerne eine Hausfrau. Mein Pseudonym ist Hella Holle. Ich bin hell im Kopf, habe ein helles Gemüt, und Frau Holle ist meine liebste Märchenfigur. Es schneien lassen. Passiert oft, wenn ich aus alten Bettdecken die Lebensspuren ausschneide. Flecken von Blut, Sperma und anderen Körpersäften. Auch, wenn ich den schweiß- und speichelfleckigen Bezugsstoff eines Kopfkissens zerschneide, lasse ich es schneien in meinem Atelier. In meinem Kopf ohnehin. Das macht mir Spaß. Oft bleiben Reste im

Bezug. Federleichte Träume und schwere Gedanken von Schlaflosen haben sich vermischt und verklumpt. Ich klaube die Klumpen aus dem Bezug, forme sie mit Hilfe einer Leim-Gips-Mischung zu fedrigen Bällen und bemale sie. In jüngster Zeit forme ich daraus Brüste. Federbrüste. Traumbrüste. Auch das macht mir viel Spaß. Überhaupt macht mir meine Arbeit Freude. Ich leide nicht, wenn ich in meinem Atelier arbeite. Ich habe meine Arbeiten schon ein paarmal ausstellen können. Zu den Ausstellungen erscheinen jeweils Berichte in den Medien. Texte und Bilder ausgewählter Arbeiten und meist ein Porträt von mir. Immer wird meinen Arbeiten Humor attestiert. Auch Fröhlichkeit. Wohl, weil sie farbig sind. Oder weil ich lache auf den Fotos. »Sie findet ›leichthändig‹ die Balance zwischen Humor und Traum«, schrieb da eine vor Kurzem.

›Leichthändig.‹ Klingt wie hopp, hopp, und schon ist eine Arbeit da. Wenn die wüssten, wie viel Zeit ich für jedes kleinste Objekt brauche. Wie lange ich tüfteln muss, wie viele Exprimente ich mache, um unterschiedliche Materialien zu kombinieren. ›Leichthändig‹! Wenn die meine Finger ansehen würden. Zerstochen. Zerkratzt. Geschwollen. Stets heilen ein paar Blasen und Schrunden ab, denn mein Material bietet Widerstand. Lässt sich nicht ohne Weiteres zerschneiden und zerteilen. Nur, stimmt, es sind bloß meine Hände, die oft an der Oberfläche lädiert sind. Aber unter der Haut, inwendig, bin ich intakt. Ich bin wohl zu wenig verletzt, um richtig gut zu werden als Künstlerin. Mir fehlt ein Trauma. Mir fehlt ein grundlegender Mangel. Mir fehlen Ängste. Bislang hat mich kein Mensch grundlegend beschädigt. Das Leben hat mich nicht vernachlässigt. Niemand hat mich verspottet, misshandelt, vergewaltigt. Meine Eltern waren normal. Haben meinen Bruder und mich geliebt. Ich war gerne ein Mädchen und bin, wie gesagt, gerne eine Frau. Ich habe zum Glück keine Gewalt erlebt und keine einzige Katastrophe überlebt. Ein paar banale, körperliche Schmerzen, ein paarmal ein wenig Kummer, den ich, im Atelier arbeitend, schnell vergaß. Ein paar unerfüllte Träume, ein paar

Sehnsüchte. Aber das alles zusammen, denke ich, sind schlechte Voraussetzungen, um Erfolg zu haben als Künstlerin. Denn ich leide nicht. Mein Leben ist okay und keine große Aneinanderreihung von Dramen. Ich bin weder reich noch arm. Ich bin geschieden, aber die Scheidung war keine Katastrophe. Mein Exmann ist im Laufe der Zeit zu einem guten Bekannten geworden. Kinder haben wir keine. Es haben sich keine eingestellt und wir haben es dabei bewenden lassen. Ich habe viele Freundinnen und Freunde. Das Schönste ist, wenn sie einzeln ins Atelier kommen und sich ein wenig umschauen, während ich weiterarbeite und ihre Anwesenheit fast vergesse und dennoch nicht allein bin.

Ich möchte am *Damenprogramm* teilnehmen, um mal an einem anderen Ort zu arbeiten. Allein oder mit andern. Und um über solche Dinge wie oben erwähnt nachzudenken und mich mit andern auszutauschen. Fragen zu diskutieren wie: Können verhältnismäßig glückliche Frauen Künstlerinnen werden? Ist oberflächlich, wer nicht leidet? Entstehen bedeutende Werke stets aus Leiden, aus einem Gefühl des Mangels heraus? Steht hinter jedem Tableau ein Trauma? Hinter jeder Installation eine Angst? Hinter jedem Quilt ein für immer unerfülltes Bedürfnis? Hinter jeder Zeichnung brennende Beschämung oder grenzenlose Wut?

Reicht das, um ins *Damenprogramm* aufgenommen zu werden? Ich hoffe es und bin voller Zuversicht. Ihre Hella Holle.

Bewerbung Damenprogramm Linda P.: Gute Gründe

Ich bin zwanzig Jahre jünger als mein Mann. Er ist jetzt sechsundsiebzig. An seinem fünfzigsten Geburtstag hat er beschlossen, nicht älter als achtzig zu werden. Mit achtzig gehe ich, sagte er damals, sagt er heute, sagt er jeden Tag. Uns würden nur noch vier Jahre bleiben. Mein Mann ist gesund. Im Vollbesitz seiner geistigen Kräfte, wie man so sagt. Körperlich keine Einschränkungen. Mit sechzig wurde ihm das erste, mit fünfundsechzig das zweite künstliche Kniegelenk eingesetzt. Ohne jede Komplikation. Er wandert problemlos vier Stunden. Über Stock und Stein. Etwas langsamer als die Vierzigjährigen, gewiss, abwärts benutzt er Wanderstöcke, ja, aber er hat so viel Glück gehabt bis jetzt. War nie krank. Nie ein Burnout. Er hat Freunde, deren Körper vom Krebs zerfressen sind. Andere, deren Herzen mehrfach verklammert sind. Und einer, jünger als er, der nicht nur ihn, sondern auch seine eigenen Kinder nicht mehr erkennt. Ich halte das nicht mehr aus. Diese tickende Uhr. Ich beginne, meinen Mann zu hassen. Wobei, nicht ihn, aber seine Entscheidung. Ich muss konsequent sein, sagt er, wenn ich versuche, mit ihm darüber zu reden. Ein Mann ein Wort, sagt er, wenn unsere erwachsene Tochter ihm aufzählt, was er alles verpassen würde. Zu unserem Schwiegersohn sagt er: Was soll ich denn noch auf einer Welt, die jeden Tag mehr zugrunde geht? Ein Esser weniger auf dem Planeten. Einer weniger, der Energie verschwendet und Ressourcen nutzt, die für die nächste Generation gedacht sind. Einer weniger, der dem Staat zur Last fällt und den Generationenvertrag mit Füßen tritt. Ich brauche Unterstützung bei der Suche nach guten Gründen, die meinen Mann überzeugen, die selbstgewählte rote Linie zu verschieben. Das erhoffe ich mir vom *Damenprogramm*, für das ich mich hiermit bewerbe. Freundlichst, Linda P.

Bewerbung Damenprogramm Urs A.: Das Gegenbeispiel

Ich bewerbe mich für das *Damenprogramm*, weil ich finde, ich sei hier richtig. Irgendwie. Denn ich habe fast mein ganzes Leben als Erwachsener im *Damenprogramm* verbracht. Nein, wenn ich genauer überlege, hat es schon vorher begonnen. Ich bin mit vier Frauen aufgewachsen. Drei Schwestern, über mir zwei, unter mir eine. Zuoberst meine Mutter. Unser Vater ist verunglückt, als ich vier

Jahre alt war. Motorradunfall. Ich bin Grundschullehrer geworden. Genau, wie es Vater und Mutter schon waren. Und genau wie meine drei Schwestern. Und zu allem Überfluss habe ich auch noch eine Lehrerin geheiratet. Sie hat an der Berufsschule unterrichtet, war also quasi über mir und hat mehr verdient als ich. Das war der Grund, dass ich nach der Geburt unseres ersten Sohnes, Hannes, viel mehr Hausarbeiten übernommen habe als sie. Ich habe sogar mein Pensum reduziert, was unüblich war damals. Vor dem Unterricht habe ich Hannes jeweils zu meiner Mutter gebracht, meine Frau ging früher aus dem Haus als ich und hatte dafür keine Zeit. Gut zwei Jahre später kam Claudia zur Welt. Schwierige Geburt. Sauerstoffmangel. Claudia ist beeinträchtigt. Bei ihr verlief alles verzögert. Gehen konnte sie erst mit drei, sprechen noch später, und ob sie denken kann, wussten wir lange nicht. Sie kann es, auf ihre Weise kann sie es. Eine Weile lang betreute meine Mutter beide Kinder, dann gaben wir Claudia tagsüber in eine Institution für beeinträchtigte Kinder, aber sie, die bislang ruhig und zurückgezogen war, führte sich dort auf wie ein kleines Hexchen. Sie schlug, trat und biss die anderen Kinder. Ich kapitulierte, gab meinen Job auf, während Daniela, meine Frau, das ›Karriereleiterchen‹ hinaufkletterte. Schließlich wurde sie Rektorin der Berufsschule, engagierte sich in der Bildungspolitik, wurde zu einer gefragten Expertin der beruflichen Weiterbildung, war oft eingeladen zu Vorträgen, Tagungen und Konferenzen. Wenn meine Mutter es sich einrichten konnte, übernahm sie die Kinder und ich durfte meine Frau ab und zu begleiten. Es gab ein *Damenprogramm:* Kleine Ausflüge. Besichtigungen von Schokoladenfabriken oder Schaukäsereien. Anspruchslose Wanderungen. Führungen in Dorfmuseen. Degustation von regionalen Wurstwaren. Einmal ein Besuch bei einem Künstler. Und ich dabei und immer in Begleitung von Damen, deren Ehemänner Rektoren oder Politiker waren. Ich war ungern Hahn im Korb, was die Damen schnell merkten und aufhörten, mich zu necken, zu bemitleiden oder zu bewundern. Mit der Zeit mieden sie mich, ich störte sie, das ließen sie mich spüren, auch dass sie sich Gedanken machten, weshalb eine so erfolgreiche Frau wie Daniela, ein solches Würstchen von einem Mann an ihrer Seite beziehungsweise im Rücken hatte. Nur auf dem Parkett konnten wir es allen zeigen. Denn Daniela und ich tanzten fürs Leben gern und waren auch richtig gut. Bis sie mich eines Tages nicht mehr mitnahm zu ihren Tagungen. Bis sie mir vorwarf, auf der Stelle zu treten. Mich für nichts zu interessieren als für Sonderangebote und Preisvergleiche. Sie langweile sich mit mir. Dann zog Hannes aus, weil er in Brüssel Internationale Beziehungen studieren wollte, was Daniela stolz machte. Claudia arbeitet, seit ihrem siebzehnten Lebensjahr, auf dem zweiten Arbeitsmarkt und hat dank der Wohnhilfe eine eigene kleine Wohnung. Wie ich. Nur habe ich weder Wohn- noch sonstige Hilfe. Während Daniela nun einen jüngeren Partner hat. Der ihr nicht nur intellektuell etwas zu bieten habe, hat sie gesagt. Klar, sie sei mir dankbar. Und ja, der jetzige Mann an ihrer Seite sei kein virtuoser Tänzer, dafür sonst nicht ohne.

Nochmals: Ich bewerbe mich für das *Damenprogramm*, weil ich finde, ich sei hier richtig. Irgendwie. Vielleicht eigne ich mich als Gegenbeispiel. Vielleicht finde ich hier Menschen, die Ähnliches erlebt haben. Urs A.

Bewerbung Damenprogramm Petra B.: Unüberwindbarer Gap?

Eva und ich waren Jugendfreundinnen. Wir haben uns in einem Urlaub kennengelernt. An einem Strand der Costa Brava. Wir waren zwölf Jahre alt und wohnten für zwei Wochen zusammen mit unseren Familien in derselben Feriensiedlung. Wieder zu Hause haben Eva und ich täglich telefoniert. Wir wohnten fünfzehn Kilometer entfernt voneinander. Später waren wir am selben Gymnasium, aber nicht in derselben Klasse. Eva belegte die neusprachliche Richtung, ich die naturwissenschaftliche. Zu meiner Überraschung entschied sich Eva später für das Studium der Wirtschaftswissenschaften, ich, wenig überraschend, für Biologie. Eva und ich haben uns schon mit siebzehn geschworen, gegenseitig im Falle einer Heirat Trauzeuginnen zu werden und, was uns damals zum Kichern brachte, weil unvorstellbar, auch Patentanten für allfällige Kinder. Eva hat dann die erste Station übersprungen und ist ohne Trauschein mit zweiunddreißig Jahren zum ersten Mal und zwei Jahre später zum zweiten Mal Mutter geworden. Zwei Töchter. Jana und Carla. Ich, seit fünfunddreißig Jahren mit Peter verheiratet – selbstverständlich war Eva meine Trauzeugin – bin die Patentante von Jana, die heute achtundzwanzig Jahre alt ist. Peter und ich sind mehr oder weniger bewusst kinderlos geblieben und leben gut damit. Vor fünfzehn Jahren habe ich Eva und ihre Töchter zum letzten Mal gesehen, in Köln, wo die drei damals wohnten, in der Nähe des Kindsvaters, der mit einer neuen Partnerin Zwillinge aufzog. Nach diesem letzten Besuch folgten noch ein paar Ansichtskarten, Weihnachts- und Neujahrsgrüße übers Handy, und seit mehr als zwölf Jahren habe ich weder zu Eva noch zu Jana Kontakt. Die drei haben alle analogen und digitalen Kontaktmöglichkeiten mit mir blockiert. Sie haben die Beziehung zu mir nicht einschlafen lassen, sondern sie bewusst gekappt. Eva hat mir damals in Köln gesagt, eine Kinderlose könne sich in das Leben einer Mutter nicht einfühlen, mehr noch, sie habe nicht die geringste Vorstellung davon, was das bedeute. Ihr selbst bringe es außer dem Austausch von Erinnerungen auch nichts mehr, mit einer Kinderlosen befreundet zu sein. Als Mutter sei sie automatisch von Müttern, von ein paar Vätern und von Omas umgeben. Tagesmutter, Kita, Kindergarten, Schule. Lauter Elternstationen. Kinderlose verirrten sich nie an solche Orte. Sie bewegten sich in einer anderen Welt.

Wir sind nun über sechzig Jahre alt, Eva und ich. Heute gibt es immer mehr Frauen, die sich bewusst gegen die Mutterschaft entscheiden. Auch Männer, die sich gegen die Vaterschaft entscheiden. Auch deshalb beschäftigt mich Evas Behauptung wieder stärker.

Ich selbst hatte nie das Gefühl, mir fehle etwas Entscheidendes, ich sei als Frau inkomplett, weil ich keine Mutter bin. Aber ich möchte herausfinden, ob der Gap zwischen Frauen, die Mütter geworden sind, und Frauen, die es nicht geworden sind, selbst im vorgerückten Alter unüberwindbar ist und es bleibt. Ob es Dinge gibt, die die einen den andern nicht begreiflich machen können. Nicht mit rationalen Argumenten jedenfalls. Was es ist, was die beiden Gruppen trennt, wenn dann die Trennung überhaupt existiert. Am Beispiel der Geschichte zwischen Eva und mir möchte ich solchen Fragen nachgehen im *Damenprogramm.* Wie, weiß ich noch nicht so recht. Und dabei vielleicht Eva und ihre Töchter wiederfinden ... Danke. Petra B.

Bewerbung Damenprogramm Mathilde S.: Altersknatsch

Habe von ihrem *Damenprogramm* gehört. Möchte fürs Leben gern teilnehmen. Möchte mich einfach nur etwas erholen. Von meinem Mann. Vor drei Jahren ging er in Rente. Zwar haben wir vorher extra einen Kurs gemacht. Damit man sich nicht auf die Nerven geht und so. Dass man aufteilt, wer was macht. Funktioniert aber nicht. Seit er immer daheim ist, hat sich alles gewandelt zwischen uns. Wir kefeln und keifen den ganzen Tag. Da ist nur noch Kälte, Abneigung, manchmal reiner Hass. Er mischt sich in alles ein. Räumt hinterrücks die Küchenschränke anders ein. Tassen neben Töpfen, Vorräte neben Gläser. Wo vorher alles eine Gattung machte, ist jetzt alles durcheinander wie Kraut und Rüben. Er kontrolliert die Vorräte. Führt über alles Listen. Wann was verbraucht werden muss. Wann was eingekauft. Wann wer angerufen hat. Wann der Rasen gemäht, die Pflanzen gegossen und der gepflasterte Pfad zu unserem Haus gekehrt werden muss. Jetzt schreibt er sogar auf, wie oft er aufs Klo geht, in zwei Rubriken, überschrieben mit ›dick‹ und mit ›flüssig‹. Ist das denn noch normal? Würde ich gerne herausfinden.

Ehrlich, kann echt nicht mehr. Brauche dringend Ferien von meinem Mann. Will wissen, ob es andern auch so geht. Wie sie es schaffen, aneinander vorbeizukommen ohne tägliche Gedanken an Rattengift. Bitte, nehmen Sie mich auf ins *Damenprogramm*! Danke! Mathilde S.

Damenprogramm – was soll das?

Schon immer habe ich gerne anderen in die Suppe gespuckt. Ist wohl meine Rolle. Sagt mal, was soll das mit dem *Damenprogramm?* Habt ihr keine anderen Probleme? Wollt ihr euch tatsächlich monatelang mit Falten, Flecken und Boskophaut beschäftigen? Ist das euer Ernst? Glaubt ihr, ihr würdet Menschen dafür finden, die ihre Zeit hergeben, um sich mit solchen Luxusproblemen auseinanderzusetzen? Offenbar seid ihr reich und wisst nichts Besseres anzufangen mit eurer Kohle? Ich schon. Ich lebe seit Jahrzehnten am Existenzminimum zusammen mit Freundinnen und Freunden. Nur zu, wenn ihr Geld übrighabt. Wir sind dankbar für jeden Schein, auch für den kleinsten. Wir brauchen das Geld nicht für uns selbst, sondern für unsere Tiere. Verletzte, geschundene Kreaturen, die auf unserem Gnadenhof leben dürfen bis zu ihrem Tod. Und wenn euch das nicht passt und ihr lieber Menschen unterstützen wollt: Auch in der Schweiz ist jede zwölfte Person von Armut betroffen. Übrigens auch Männer, und die besagten Frauen werden sowieso nie Damen werden, nicht mit und nicht ohne euer bescheuertes Programm. Das sagt euch Dora.

Einzahlungsschein liegt bei.

Bewerbung Damenprogramm Hildegard G.: So viel Neugierde

Ich habe keine leichte Zeit hinter mir, aber nun sehe ich Horizont. Herzerkrankung? Nein, Darm. Obwohl, Herz wäre mir lieber gewesen. Klingt edler, irgendwie nach zu viel Zumutung und nach zu viel Sensibilität. Aber ich habe Darmkrebs. Zu üppig, zu fett, von allem zu viel. Krankheiten haben mich schon immer interessiert. Und kaum hatte ich mich über eine informiert, bekam ich sie auch. Gürtelrose, Angina, Diabetes, Blasenentzündung. Seit ich wirklich krank bin, ist es vorbei mit der Hypochondrie. Darmkrebs zu bekommen ist echt fies. Die Arschkarte gezogen, sagt meine Cousine. Ich nehme es meinem Körper voll übel, sich die peinlichste aller Krankheiten zugezogen zu haben. Als der ganze Marathon an Untersuchungen begann, fragte ich mich oft: Womit hast du das verdient, diese Darmstrafe? Bist du tatsächlich ein schlechter Mensch? Als wüsste das ein CT oder würde eine Darmspiegelung Antworten liefern. Ich bin wohl gemischt, bin nicht Mutter Teresa, aber auch nicht ihr Gegenteil. Das Leben ist halt oft nicht so wie erwünscht. Im Moment geht es mir gut. Ich habe das volle Programm absolviert. OP, Chemo, Bestrahlung. Nein, ich suche keine Selbsthilfegruppe, auch keine Psycholiga. Aber ich bin jetzt begierig auf das Leben. So voller Neugier. So voller Lust, nochmals und nochmals und nochmals zu beginnen. Sehnsucht nach neuen Freundschaften vielleicht. Lust auf Menschen, die nicht dauernd mit gesenkter Stimme fragen: Wie geht es dir? Um dann die Stimme noch etwas abzusenken: Und dem Gedärm? Ich möchte Zeit verbringen mit Menschen, die nichts von alledem wissen. Früher habe ich gesungen. Und gezeichnet. Stimme und Strich wiederfinden, ganz ohne Ambitionen, könnten Nebenwirkungen des *Damenprogramms* sein. Jedenfalls, ich bewerbe mich. Voller Zuversicht. Hildegard G.

Bewerbung Damenprogramm Vera N.: Wie geht altern?

Seltsame Frage. Sie beantwortet sich von allein. Die Haut ist ein Spiegel. An der Art, wie jemand geht, lässt sich sein Alter ablesen. Von selbst geht das, altern. Brauchst gar nichts zu tun, brauchst nicht mal hinzuschauen, und schon ist es passiert. Geh mal zu einem Klassentreffen, drücke dich nicht davor. Ich weiß, was passieren wird. Du glaubst, nur du selbst seist jung geblieben, alle andern sehen tatsächlich so alt aus, wie sie geworden sind. Nur, das glauben alle. Jeder und jede hält sich für die einzige Ausnahme. Auch ich. Warum das so ist, möchte ich herausfinden.

Ich bin Fotografin. Ich bin immer hingegangen zu allen Klassentreffen. Alle fünf Jahre haben sie stattgefunden. Immer in der Kleinstadt, in der ich aufgewachsen bin. Ich habe jedes Mal das Klassenfoto gemacht. In der immer selben Aufstellung. Heidi stand immer in der zweiten Reihe, links von Marianne und rechts von Klara, hinter ihr stand immer Heiner. Einmal war plötzlich sein Seitenscheitel verschwunden. Aber Heiner war noch da. In kahl. Es sind von Beginn weg nie alle achtundzwanzig gekommen, aber doch erstaunlich viele. War jemand vom harten Kern einmal verhindert, wurde seine Position auf dem Foto bewusst leer gelassen. Auch wenn jemand für immer weg war, ließen wir eine Lücke dort, wo sein Platz gewesen war. Seit drei Jahren finden die Treffen jedes Jahr statt und die Lücken werden größer. Letztes Mal sind noch zwölf erschienen. In drei Jahren werden wir achtzig Jahre alt. Ein Jubiläumstreffen. Ich werde wieder fotografieren, auch dieses Mal bestimmt nicht mit Selbstauslöser. Wie immer werde ich nicht auf dem Klassenfoto figurieren, jemand muss schließlich das Bild machen. Das ich noch immer selbst entwickle. Ich werde die Bilder mitnehmen. Wir werden sie zusammen betrachten. Vielleicht werden wir anhand der Bilder herausfinden, wie altern geht. Und warum wir glauben, es betreffe nur die andern. Ich bin auch bereit, das *Damenprogramm* fotografisch zu begleiten, falls Sie interessiert sind. Vera N.

Bewerbung für das Damenprogramm Susanne R.: Lebenslänglich

Mein Sohn war schon immer ein Querschläger. Ich bin jetzt zweiundsechzig und als seine Mutter ist es meine Pflicht, mich um ihn zu sorgen. Sein Vater hat schon lange aufgegeben, wir haben keinen Kontakt mehr. Momentan ist David wieder im Gefängnis wegen Hausfriedensbruch, Bedrohung eines Menschen, Diebstahl, Hehlerei, Alkohol am Steuer und weiteren Vergehen. Ich besuche ihn wöchentlich und bringe ihm Zigaretten, Schokolade und solche Sachen ins Gefängnis. Ich frage, wie geht's, er sagt, es geht, er fragt nicht, wie geht es dir? Ich bin froh, dass er dort ist, in einer Zelle, so weiß ich wenigstens, wo er ist und dass er nicht friert und etwas zu beißen bekommt. Aber ich bin auch wütend auf ihn und einfach sehr müde. Ganz ehrlich, ich habe es satt, immer seine Mutter zu spielen, die sich kümmert, anschleppt, Löcher stopft, rennt, rennt ..., auch wenn meine Beine nicht mehr mögen. Muss man das? Ich möchte im *Damenprogramm* die Frage besprechen, die mich geradeheraus gesagt, immer mehr beschäftigt: Hört das Muttersein nie auf, auch nicht, wenn es einem verleidet ist? Wie und wo macht man den Punkt? Susanne R.

Bewerbung Damenprogramm Louise G.: Nach Glück fragen

Ich bin seit drei Jahren Witwe. Ich habe keine Kinder. Oft frage ich mich jetzt, da die Trauer über den Verlust meines Mannes zwar bleiben wird, der Schmerz aber nicht mehr täglich von Neuem hochschießt: Was bleibt mir noch? Was soll ich kinderlose Witwe noch anfangen mit meiner Zeit? Bei mir wächst nichts nach. Blumen sterben, Pflanzen, Tiere, irgendwann ich selbst. Wo sind Vorbilder, von deren Heiterkeit bis ins hohe Alter ich mir ein Scheibchen abschneiden könnte, um wie sie eine alte Dame zu werden und es zu bleiben bis ans Ende meiner Tage? An wem nehme ich Maß? Ich will nicht bitter werden. Nicht schimpfen, wenn ein Kind durch mein Gärtchen rennt. Nicht hinter dem Vorhang stehen und beobachten, wer in der Morgenfrühe das Haus der jungen

Nachbarin verlässt. Ich bin keine Großmutter geworden, obwohl ich das fragliche Alter dazu längst erreicht habe. Wie gesagt, es wächst nichts nach bei mir. Enkelkinder zu hüten, behüte vor dem Gefühl der Leere, sagen meine Bekannten, die welche haben. Es vermittle so viel Sinn. Und es erhalte jung. Ich verordne mir nichts mehr, das mich jung erhält. Wozu dieses Getue? Die Wahrheit ist, ich bin alt. Dreiundsiebzig. Und falls Altsein ein Fehler ist, habe ich ihn längst begangen und wiederhole ihn täglich. Was sicher ist, ich will keinen neuen Mann mehr. Jene, die ich erinnere, genügen mir vollkommen, mit ihnen verfahre ich ganz nach Belieben. Es gibt Tage, die sind ohne Sinn und ohne Kopf, und andere, die sind übervoll.

Ich habe es nicht so mit der Kunst. Dennoch nähme ich gerne am *Damenprogramm* teil. Ich möchte nichts herstellen. Aber ich möchte gerne dabei sein, möchte zuschauen, zuhören, beobachten und ins Gespräch kommen mit den andern. Wie kommt ihr mit euch selbst zurecht, würde ich gern fragen. Vor allem dann, wenn das Leben auf Eis gelegt ist und das Glück grad mal Pause macht. Und überhaupt, was ist denn Glück? Antworten und Gegenfragen blieben wohl erst mal aus. Vielleicht dächten die Frauen erstmal, ich sei nicht mehr richtig im Kopf. Nach Glück zu fragen! Glück ist ein Reizthema, nicht nur im vorgerückten Alter. Man muss zufrieden sein, lautete die Standardantwort, als ich selbst viel jünger war und gelegentlich alte Menschen nach ihrem Befinden gefragt hatte. Nie hat jemand geantwortet: »Ich bin glücklich.« Müssen nun wir das, zufrieden sein (worüber eigentlich), uns bescheiden und nicht mehr nach Glück schielen? Wo liegt der Unterschied zwischen Zufriedenheit und Glück und seinen Gegenteilen? Solche Fragen würde ich gerne stellen, habe aber noch keinen Plan, was ich mit den Antworten tun würde. Sie sammeln jedenfalls, sie weiterreichen und mir eine Form ausdenken, damit sich die Glücksfrage wie ein roter Faden durchs *Damenprogramm* zöge. Als Vorbeugung zu dro-

hendem Gejammer, als sein Gegengift gar. Denn klar, nachts erwachen wir mehrmals und morgens lockern wir als Erstes unsere steifen Gelenke und schütteln verwundert den Kopf darüber, dass wir noch immer da sind. Wir haben kein Rezept. Nicht für die alten Tage. Und erst recht nicht für die jüngste Nacht.
Louise G.

19

Anna und Caro befanden sich schon seit mehr als zwei Stunden auf einer Wanderung durch das Tromstal, beide ausgerüstet mit gutem Schuhwerk, Anna hatte die Wunde an der Fußsohle vor dem Start von Caro nochmals verpflastern lassen und verspürte keine Schmerzen mehr. Wandernd sprachen sie wenig zusammen, der Weg führte durch einen lockeren Wald mit niederstämmigen Laubbäumen und schlanken Kiefern, dazwischen rankten sich Schlehdorn und dornige Hagebuttensträucher, Heidekraut und Buschwerk bedeckten den Waldboden. Auf der einen Talseite erhob sich die östliche Flanke des Storsteinen, durchschnitten von Wasserfällen. Diese speisten kräftige Bäche, die alle in den hochwasserführenden Fluss im Talboden mündeten, den Tromsdalselva. Auf der anderen Talseite begrenzte ein langegezogenes Plateaufjell den Blick. Es war wohl weiter entfernt, als es den Anschein machte und lag in einem fast rötlichen Licht. Nun blieb Caro stehen und blickte hoch zum Storsteinen, dann zum noch tief verschneiten Tromstalstinden am südlichen Ende des Tales, das für heute ihr Wanderziel war. Sie habe mit Lars noch eine Rechnung offen, sagte sie unvermittelt. Ob sie nicht glaube, dass diese Geschichte längst verjährt sei, fragte Anna. Immerhin sei es bald ein Vierteljahrhundert her, seit sie zum letzten Mal hier gewesen seien, auch wenn es ihr im Moment erscheine, als wäre es erst gestern gewesen.

»Es ist aber keine Geschichte, sondern mein Leben.« Caro stapfte wieder los, ohne sich umzublicken, kurze Zeit später hielt sie aber an, zeigte zum Tromstalstinden und sagte: »Der verdammte Berg ist in all der Zeit, in der wir auf ihn zugehen, nicht das winzigste Stück näher gerückt.« Es war eine halbe Stunde vor

Mitternacht, 20. Juni, die Sonne leuchtete an einem hellblauen Himmel, und im Wald umgab sie ein in allen Grüntönen gefärbter, später Frühling, in den man hineinschlüpfen konnte wie in ein Lieblingskleid. Mit einem lauten Klatsch tötete Caro eine Stechmücke, die sich auf ihrem linken Arm niedergelassen hatte.

»Du hattest Hunderte Mückenstiche nach unseren Nächten im Zelt irgendwo hier in diesem Tal, erinnerst du dich auch daran noch?« Caro zuckte die Schultern, nahm aber das Stichwort Zelt auf.

»Wäre großartig«, schwärmte sie, »jetzt ein Zelt dabeizuhaben und es unten am Fluss aufzustellen.«

»Und dich von den Mücken auffressen zu lassen?«

Es gebe Schlimmeres. Allerdings hätten die Viecher schon damals stets nur sie gestochen, Lars sei verschont worden.

»Thore hingegen war auch ihr willkommenes Opfer«, äußerte Anna und machte dazu eine Handbewegung, von der nicht klar war, ob sie damit Mücken oder Erinnerungen verscheuchen wollte. Caro aber legte ihren Kopf in den Nacken, schaute hoch zum hellen Himmel und äußerte mit dünner Stimme:

»Dennoch, die beiden Sommer mit Thore, Lars und dir hier in Nordnorwegen gehören zum Besten, was ich je erlebt habe.« Anna überlegte eine Weile, bis sie fragte:

»Caro, kann es sein, dass du diese Zeit verklärst? Kann es sein, dass du ausblendest, wie es wirklich war? Hast du vergessen, dass Lars und du oft Streit hattet? Dass dich die Angst vor dem Verkehr ohne Ende auf der großen Brücke jedes Mal überfiel? Dass du oft nicht schlafen konntest und eine schlimme Krise erlebtest, als du hier deinen Stoffhasen verlorst?«

Caro drehte sich, plötzlich blass geworden, abrupt um, machte zwei Schritte auf Anna zu, starrte sie an und ihre Stimme nahm einen scharfen Klang an.

»Kann es sein, dass du gerade dabei bist, mir auch noch meine Erinnerungen zu vermiesen, weil du es auch nach fast einem

Vierteljahrhundert noch immer nicht erträgst, dass Thore dich nicht mehr gewollt hat?« Ohne Bescheid zu sagen, was sie beabsichtigte, warf sie ihren Rucksack ab, verließ den Wanderweg und verschwand Richtung Fluss. Nach einer Weile folgte ihr Anna, was beschwerlich war, da sie sich mit beiden Rucksäcken bepackt hatte. Die Böschung zum Fluss hinunter war steil und bewachsen mit schief gewachsenen krüppeligen Kiefern und Gestrüpp. Der Tromsdalselva rauschte laut, sein Wasser war klar und bestimmt eiskalt. Es war hier nicht möglich, das unterbrochene Gespräch fortzuführen, man verstand sein eigenes Wort nicht, zudem war es am besten, Caro nach solchen Stimmungskippern eine Weile in Ruhe zu lassen. Sie hatte Anna nun gesehen und schrie irgendwas von Steinen, der Rest des Satzes ging im Wassergetöse unter. Anna kletterte nur mit ihrem eigenen Rucksack am Rücken wieder hoch, ging zurück zum Weg und setzte sich auf den verkrauteten Boden. Ihr war heiß, obwohl es nicht mehr als zwölf Grad warm war. Der Boden war feucht, es hatte ein paarmal geregnet die letzten Tage, sie suchte nach ihrer Wasserflasche, trank ein wenig, aß ein paar Nüsse, es konnte lange dauern, bis Caro wieder erschien. Sie sammelte wohl schöne Steine, grub Pflanzen aus, schaute sich nach Tieren um und hoffte, wie schon damals, ein Elch würde auftauchen. Was nie passiert war. Anna hatte bereits zu frieren begonnen, als sie wiederkam, ohne ihren Rucksack, ihre Jacken- und Hosensäcke beulten sich aus.

»Gute Ausbeute? Und dein Rucksack?« Caro schaute sich suchend um, und als sie realisierte, dass der Sack noch unten am Fluss lag, zuckte sie die Schultern. Sie habe nicht gesagt, dass sie ihn dort unten brauchen würde. Holen würde sie ihn bestimmt nicht, und zum Zeichen, dass es ihr Ernst war, marschierte sie los und verschwand hinter der nächsten Kurve.

In Anna stieg Wut auf. Soll dieser Rucksack doch unten am Fluss liegen bleiben. Gleichzeitig stellte sie sich vor, was sich darin befand: Regenjacke, Regenhose, eine warme Fleecejacke, ein Taschenmesser, bestimmt auch das Handy, die Medikamente, das Portemonnaie, das zwar bis auf ein paar Kronen leer sein würde, aber Caros Personalausweis enthielt und ein paar andere wichtige Papiere. Warum war sie so blöd gewesen, Caro den Rucksack nachzutragen? Und wie alt war Caro eigentlich, dass sie sich aufführte wie ein trotziges Kind? Anna stieg nochmals ab zum Fluss, es war nun einfacher, konnte sie doch ihren eigenen Spuren folgen. Unten angekommen, entdeckte sie Caro, die weit entfernt suchend am Ufer hin- und herging und manchmal heftig einen Stein wegkickte, was kein gutes Zeichen war. Anna hob Caros Sack auf und kämpfte sich so beladen vorwärts, es gab keinen Weg, nur Buschwerk, Gestrüpp und dornige Ranken. Dazu tausend Mücken. Als Anna die Tochter eingeholt hatte, übergab sie ihr wortlos den Rucksack. Caro durchwühlte ihn, bis sie ihr Handy fand.

»Fuck, nur noch sieben Prozent Akku«, schimpfte sie.

»Hier hast du ohnehin keinen Empfang.« Anna schlug sich auf den Arm, ohne die Mücke zu treffen. Caro wühlte wütend weiter und fand schließlich, wonach sie so hektisch gesucht hatte: Ihre Dose mit den Medikamenten, die sie regelmäßig einnehmen musste, alle abgepackt in kleine, verschließbare Plastikbeutelchen und mit Datum und Uhrzeit beschriftet. Caro riss jenes Beutelchen auf, das an der Reihe war, unaufgefordert reichte ihr Anna die Wasserflasche, damit sie die Kapseln mit einem großen Schluck hinunterspülen konnte, was sie tat, dann zündete sie sich eine Zigarette an und starrte auf den Fluss. Warum sie so schlecht drauf sei, fragte Anna. Weil alles so krass sei. Es sei krass, wirklich hier zu sein. Das Licht sei krass. Und das Tal. Die Scheißmücken seien krass. Die ganze Landschaft sei krass und am krassesten seien die aufzuckenden Bilder: Lars, Thore, Anna und sie selbst, siebenjährig, tatsächlich, sieben oder acht sei sie auf diesen Bildern, und das Allerkrasseste sei, für Hundertstelsekunden fühle sie sich wieder genau so, nein, sei sie wieder die Sieben- oder Achtjährige. Bloß, sie könne nicht wirklich zurück in ihr Kinderleben. Anna machte einen Schritt auf Caro zu. Ob sie das denn wollen würde.

»Deine total bescheuerte Frage beweist einmal mehr, dass du keinen Schimmer hast. Wie kannst du bloß so blöd sein und so was fragen?« Anna zog den Reißverschluss ihrer Jacke hoch bis zum Kinn.

»Wie sprichst du eigentlich mit mir? Du bist echt krass. Und weißt du was, das willst du doch, genau das: Krass sein, in allem. Und mich vor den Kopf stoßen, was dir immer und wieder gelingt.«

»Vielleicht«, äußerte Caro, »vielleicht will ich das, vielleicht aber, und das ist die wahrscheinlichere Variante, geschieht es einfach«, und zu Annas Überraschung hakte sie sich bei ihr unter. Nur war es unmöglich, so den Hang wieder hinaufzukraxeln, Arm in Arm, zurück zum Wanderweg. Als sie ihn endlich erreicht und auf dem Rückweg den guten Gehrhythmus gefunden hatten, sagte Caro, wahrscheinlich habe sie die Dosierung ihrer Medikamente zu schnell und zu stark reduziert mit der Folge, dass ihr alles wieder viel näher rücke, sie sei nicht mehr immun gegen Gefühle, was gut und schlecht sei zugleich.

»Du möchtest«, fuhr sie fort und schaute dazu auf den Boden, »wieder mehr fühlen, kriegst aber dauernd auf die Fresse. Läufst wieder mit offenerem Herzen durch die Gegend und was kriegst du dafür? Schläge, Schmerzen, neue Wunden und die alten beginnen wieder zu eitern.« Logisch habe sie den Abbau unter fachlicher Kontrolle durchgeführt, antwortete sie auf Annas Nachfrage, auf eigene Faust zu experimentieren mit der Dosierung wäre viel zu riskant. Anna stimmte ihr zu und überlegte einmal mehr, wie es sein konnte, dass sie selbst gesund war, ihr viel jüngeres Kind hingegen krank.

»Mama«, fragte Caro plötzlich, »möchtest du das manchmal nicht auch, dass ich nochmals ein Kind wäre?«

»Das bist du doch«, entgegnete Anna, ohne zu überlegen, und als Caro nicht reagierte: »In gewisser Weise bist du doch noch immer ein Kind. So ungestüm, wie du lebst.«

» Jaja, aber das meine ich nicht.«

»Ach Caro«, erwiderte Anna.

»Ach Mama, äffte Caro sie nach, halb lachend zwar, aber, ging Anna später auf, als sie endlich im Bett lag gegen vier Uhr in der Frühe, vielleicht war es auch halb weinend gewesen. Zudem war die überraschende Nähe zwischen ihnen plötzlich verpufft, denn kaum im Appartement angekommen, hatte Caro sie wissen lassen, das sei ein Scheißtag gewesen, und als sie dann auch noch merkte, dass ihre Energydrinks alle waren, steigerte sie sich in eine Wut hinein, die alles in den Schatten stellte, was bislang geschehen war. Caro schrie herum, fegte, was sich im Kühlschrank befand, auf den Boden, dabei platzte eine Milchpackung auf, sie stand alsdann in einer Milchlache und stampfte mit den Füßen so heftig auf, dass die auf dem Boden herumfließende Milch auch noch die Wände und die Schränke verspritzte.

Anna hatte Caro in der Küche stehen lassen und war ins Bett gegangen, nachdem sie ihr in scharfem Ton befohlen hatte, aufzuräumen und zu putzen. Den Geräuschen nach zu schließen hatte sie das später getan.

Wofür steht diese Wut, fragte sich Anna und wusste nicht, fürchtete sie sich mehr vor diesen Anfällen oder vor der Antwort auf diese Frage. »Und erlöse mich von der Schuld.« Sie hatte wohl etwas Grundsätzliches übersehen, davon war sie überzeugt, nein, noch schlimmer, sie hatte es gesehen, aber nichts unternommen. Schon als Caro ein Kind war, konnte sie zugänglich und voller Zärtlichkeit sein und im Handumdrehen voller Vorwürfe und Wut. Aus dem Nichts heraus schrie und tobte sie plötzlich. In solchen Momenten kam es Anna so vor, als wäre ihr Kind nicht aus einem Stück gefertigt.

Sie versuchte, sich von allem abzukoppeln, sich neu zu kalibrieren und sich in die Nacht zurückzuziehen. Aber es gab keine Nacht, die gegenwärtige Morgenfrühe strahlte seltsame Helle und überirdische Stille aus. Genau das hatte Thore so sehr geliebt. Genau das hatte er ihr zeigen wollen. Genau das hatten sie zusammen erlebt: Die früheste, überhelle Morgenfrühe, gefüllt einzig mit Stille. Lars und Caro hatten geschlafen, im Zelt, und sie beide waren immer noch oder schon wieder wach gewesen und hatten sich mit ihren Schlafsäcken als Decke vor das Zelt gesetzt. In diese Frühe. In dieses Licht. Sie hatten nicht geredet, sich nicht einmal berührt, dennoch war an diesen Morgen zwischen ihnen zarteste Nähe. Nie mehr später hatte Anna einen vergleichbaren Moment mit einem anderen Menschen erlebt, auch nicht mit Arno, und es war das erste Mal, dass sie sich das eingestand und sofort Gewissensbisse bekam. Die Trauer über Arnos Tod befiel sie noch immer stoßweise, sie wäre nicht nach Tromsø gereist, wenn er noch gelebt hätte. Arno hatte sich nichts aus dem Norden gemacht und ein Frühaufsteher war er nie gewesen, somit hätte er das frühe Licht gar nie erlebt. Anna wusste, wie dünn diese Argumentation war. Die einfache Wahrheit lautete: Arno war nicht Thore gewesen, die Liebe zu ihm eine andere, und momentan vermisste sie Thore heftiger als ihn. Sie hatte sich wohl bei Caro ›angesteckt‹. Oder Caro hatte schon immer besser Bescheid gewusst als sie.

* * *

Ein ruhiger Sonntag. Nachdem Caro aufgestanden war, erzählte sie Anna, dass sie geträumt habe. Von einem Baby. Es war sehr beweglich, sagte sie, noch sehr klein, und es gehörte niemandem. Aber dann sei eine uralte Frau erschienen, die sich als seine Mutter ausgegeben habe, obwohl sie dafür nicht nur zu alt, sondern dazu auch viel zu schwach gewesen sei, sie hinkte stark. Sie selbst habe im Traum die hinkende Alte in einen tiefen Wald geführt, sie auf einen Stein gesetzt und sie dort sich selbst überlassen. »Und dort muss sie nun für immer bleiben, an diesem dunklen Ort. Das ist die Rache der Kinder«, schloss Caro die Nacherzählung ihres Traumes ab.

»Und das Baby?«, wollte Anna wissen.

»Es gehörte mir, im Traum, für immer, und jetzt bin ich bereit für einen Spaziergang.«

Sie gingen an der Eiskathedrale vorbei, über die Brücke, zum Hafen und dann durch die sonntäglich verlassenen Gassen der Innenstadt. Caro war hungrig und schlug einen Besuch bei Burger King vor, ausnahmsweise und seit ewigen Zeiten mal wieder, bitte, Mama. Anna ließ sich erweichen und sie besorgten sich am Tresen des Lokals einen Burger für Caro, Pommes und Getränke für beide und setzten sich damit an einen Tisch am Fenster. Anna schob ihre Pommesschale sehr schnell zu Caro rüber, die das Fast Food sichtlich genoss, während Anna zwei Jungs beobachtete, sie waren vorpubertäre elf, saßen zu zweit an einem Tisch, breitbeinig, in der einen Hand die Burger, in der anderen ihre Handys. Mit dem Daumen der Handyhand scrollten sie unablässig über die Displays, bissen wieder in die Burger, legten sie kurz ab, griffen blind nach den Bechern gefüllt mit Cola, nach den Pommes in einer Tüte vor ihnen auf dem Tisch, die sie abwechslungsweise in die Ketchup- und Mayoklackse stippten und dann zum Mund führten, sie sprachen kein Wort miteinander, manchmal hielt der eine dem andern das Handy hin, ein Blick auf das Display, ein anerkennendes Grinsen, runtergespült mit einem großen Schluck Cola. So funktionieren Männerfreundschaften, dachte Anna, nur stecken die beiden Elfjährigen dazu noch in zu kleinen Körpern.

An einem anderen Tisch saßen eine junge Frau, ein Mann und fünf Kinder. Es sah nach Fütterung aus. Die Frau und der

Mann aßen nichts, sondern schauten sich immer wieder an, verliebt und voller Lust auf ein paar Momente zu zweit, aber die Kinder verlangten ununterbrochen nach ihrer Aufmerksamkeit, die beiden Kleineren ausschließlich nach jener der Frau, die drei Größeren nach jener des Mannes. Es war klar, dass die fünf nicht die gemeinsamen Kinder des Paares waren.

»Wie lügt man eine Familie zusammen?«, fragte Caro, die das Geschehen am Nachbartisch auch verfolgte. Als Anna mit einem Schulterzucken antwortete, fügte sie an: »Familie wird eh überschätzt, findest du nicht auch?« Auch dazu sagte Anna nichts, was Caro wohl provozierte, jedenfalls hatte ihre Stimme einen aggressiven Unterton, als sie weiter bohrte: »Oder willst du etwa behaupten, du und ich seien eine Familie?«

»Kommt darauf an, wie man Familie definiert.« Caro verzog das Gesicht, Anna tat, als hätte sie es nicht bemerkt. »Wir waren mal eine klassische Familie, als Max noch mit uns lebte, Vater, Mutter, Kind«, fuhr sie unbeirrt fort. »Das ist lange her und du kannst dich wohl kaum daran erinnern. Jetzt sind wir Mutter und Tochter. Und als Arno noch lebte, waren wir zeitweise zu dritt. Oder zu viert, zusammen mit Ruth, die immer zu uns gehört, irgendwie. Eine improvisierte Familie, vielleicht etwas seltsam besetzt, was denkst du?« Caro schwieg und starrte auf die leicht fettige Tischplatte aus Kunststoff. Sie schüttelte heftig den Kopf, als Anna sie fragte, ob sie sich noch einen Milchshake holen wolle. Die einzige Zeit, in der sie so etwas wie ein Familiengefühl gehabt habe, sei in der Zeit zu viert gewesen: Lars, Caro, Thore, Anna. LaCaThAn heiße noch heute ihr einziges Passwort, das sie überall verwende, wo eines erforderlich sei und es klinge erst noch wie ein Medikament.

»Ach Caro«, sagte Anna und griff nach der Hand der Tochter, die sie ihr sofort entzog. »Zusammenleben ist ein schwieriges Werk. Thore und mir ist es nicht gelungen, leider, vielleicht, weil wir es uns nicht mehr zugetraut haben nach beidseitigen Fehlschlägen.« Caro machte eine wegwerfende Handbewegung. Wie auch immer, jedenfalls seien nun die Junkies und die Hunde ihre Familie und das Gassenzimmer ihr Zuhause, sagte sie und es klang hämisch. Und ja, sie nehme nun doch einen Strawberry King Shake.

* * *

Liebe Ruth

Danke für deine Mail mit den angehängten Bewerbungen. Bist du auch so gespannt wie ich auf die Entscheide der Jury? Klar, es bleibt ja noch viel Zeit bis dahin, und gewiss wird sich die Auswahl noch vergrößern. Ich jedenfalls rechne damit, dass weitere Bewerbungen eintreffen werden. Du auch? Dennoch finde ich es gut, dass wir die Ausschreibung so früh lanciert haben und nun wissen, dass unser *Damenprogramm* auf Interesse stößt.

Wie es mit Caro so laufe, hast du gefragt in deiner Mail. Hier nun eine etwas ausführlichere Antwort als letztes Mal. Unser Tromsøaufenthalt gestaltet sich einfacher als erwartet. Und ab und zu schwieriger. Einfacher, weil Caro meist die Hälfte des Tages verschläft und in der Nacht herumgeistert, wenn ich schlafe oder es zumindest versuche. Einfacher, weil sie die Stadt mag und die Natur des Umlandes. Weil die simpelsten Dinge für sie ein kleines Glück sind, das sie genießt. Weil sie keine großen Ansprüche hat an Unternehmungen, Unterhaltung und Essen. Und weil wir WLAN haben. Und sie wieder liest und collagiert und strickt und ich innerlich singe vor Freude, wenn sie das tut. Auch, wenn ich ihre Hände betrachte. Sie sind nicht mehr aufgedunsen, die Finger weisen keine russigen Hautstellen mehr auf, die Fingernägel sind nicht mehr schwarz, die Ekzeme auf der Haut bilden sich zurück. Keine Angst, ich glaube so wenig an Wunder wie du! Caro ist freundlich und zugänglich. Die meiste Zeit zumindest. Schwieriger als erwartet gestaltet sich der Aufenthalt dann, wenn sie aus dem Nichts heraus wütend wird und völlig außer sich gerät, als wäre sie wieder drei Jahre alt. Sie versteht wohl diese Anfälle selbst nicht, eine Art Triangel aus Wut, Angst und Liebe und die bestimmt auch mit dem Abbau ihrer Medikamente zusammenhängen. Beim Wort ›Triangel‹ fallen mir die vielen Triangel in den Jeans ein, mit denen sie als Kind nach Hause kam. Manchmal war unter dem zerrissenen Stoff auch die Haut aufgeschürft, manchmal war ein wenig Blut in den Stoff gesickert. Was ist denn passiert, habe ich sie gefragt. Weiß ich nicht, lautete ihre Antwort, nicht schlimm, tut nicht weh. Wehleidig war sie nie, bis heute nicht, und bis heute nimmt sie ihre Blessuren nicht ernst.

Mir fallen viele Dinge auf an Caro. Dass Pause ihr Lieblingswort ist und sie tatsächlich viele Pausen braucht, sie ist schnell erschöpft. Und dass ihre Körperpflege zu wünschen übrig lässt. Bist du wasserscheu geworden? Du duschst dich nie. Du schläfst in den gleichen Kleidern, die du tagsüber getragen hast, du putzt deine Zähne nicht, das alles würde ich gerne sagen, aber ich sage es nicht. Um Konflikten aus dem Weg zu gehen, klar, obwohl ich mich oft frage: Soll ich Caro wie eine Kranke oder wie eine Gesunde behandeln? Was soll ich ihr zumuten, was von ihr verlangen? Auf Kranke nimmt man Rücksicht, die Grenze, ihnen etwas zuzutrauen oder etwas zuzumuten ist schmal. Zudem ist mir bewusst, sie kämpft. Und sie ist empfindsam und innerlich nicht roh, auch wenn sie oft unwirsch und hart reagiert. Gehen wir zusammen durch die Stadt, schaut sie jeden Hund an und möchte jeden Einzelnen streicheln. Während ich in jeden Kinderwagen schaue, um in das Gesichtchen eines Babys zu blicken. Seinen Blick zu erhaschen. Ein mögliches Lächeln. Caro findet mich peinlich. Was sie aber nicht im Geringsten peinlich findet und ihr gar nicht bewusst ist: Sie führt dauernd Selbstgespräche.

Bestimmt die Hälfte ihrer Äußerungen sind nur für sie selbst gedacht, wohl weil sie schon lange allein lebt. Manchmal, hat sie erzählt, leiste ihr irgendein Hund Gesellschaft, der bei ihr unterkomme, wenn sein Besitzer für eine Weile aus dem Verkehr gezogen worden sei. Von den Scheißbullen, die keine Ahnung hätten vom Stress, den sie ihm damit bescherten.

Gehen wir durch besiedeltes Gebiet, betrachten wir die farbigen Holzhäuser mit ihren Veranden, die sich oft ums ganze Haus ziehen, aber meist ohne Menschen sind. Dafür steht in allen Gärten ein Trampolin für Kinder, die sich warmhüpfen, und zu fast jedem Haus gehört ein kleines Gartenhaus, im selben Stil und derselben Farbe erbaut, was so wirkt, als hätte das Haus ein Kind bekommen. Caro und ich lieben es, Männern zuzuschauen, die hingebungsvoll ihre Autos waschen und polieren. Gestern haben wir viel Zeit auf einem großen Friedhof nahe dem Sund verbracht, haben uns schön klingende Namen wie Olea, Thorid oder Fjella zugerufen und überlegt, was die verschiedenen Grabinschriften wohl bedeuten könnten. *Guds tremd* zum Beispiel hat Caro mit ›Gottes Trend‹ übersetzt, der digitale Translator lieferte ›Gottes Gnade‹ an.

Caros Launen wechseln so schnell wie das Wetter hier. Stabil ist einzig das Licht. Und das ist großartig. Und man muss seine Schönheit aushalten. Ich verstehe nicht, weshalb du noch nie im Norden warst. Das muss sich ändern. Wenn du deiner Kita endgültig den Rücken zukehren wirst. Wenn du dich nicht wieder erweichen lässt, deine Zeit dort doch nochmal zu verlängern. Während des Umbaus deines Anwesens wird deine Präsenz dort doch bestimmt nicht ununterbrochen erforderlich sein, nehme ich an. Richtig? Nein, wir frieren hier nicht, und auch du würdest nicht frieren, denn es gibt Daunenjacken und winddichte Kleidung, versichert Dir, Deine Anna.

* * *

Gegen Abend gingen Caro und Anna trotz eines angekündigten Sturmes nochmals gemeinsam zum Fluss, wählten aber eine leichter zugängliche Stelle weiter nördlich. Hier erschien es Anna, als wäre der Fluss ein Körper. Ein blauer, langgezogener, äußerst biegsamer Körper, jeden Tag in anderen Blau- und Grüntönen gekleidet. Ein rauschender Körper, der brüllte, wenn ein Gewitter niederging. Lichttaumelig saßen sie an seinem Ufer, Anna machte ein paar Bilder und überlegte, die gelungenste Aufnahme an Thore zu schicken, aufs Geratewohl, seine Handynummer hatte sie noch immer unter ihren Kontakten gespeichert, ob sie allerdings noch gültig war, wusste sie nicht. Sie zögerte, spürte plötzlich ein Flimmern im Kopf, dann bekam sie echte Kopfschmerzen und Caro bekam Hunger, aber sie hatten nichts dabei, kein Schmerzmittel, kein Essen, nur eine gefüllte Wasserflasche.

Immer noch ließ sich Caro nicht von der fixen Idee abbringen, dass sie Lars gesehen habe und dass er in der Bibliothek arbeite. Schließlich schrieb sie ihm einen Brief, den sie Anna überreichte mit der eindringlichen Bitte, sich in der Bibliothek nach Lars zu erkundigen und ihm den Brief auszuhändigen. Irgendwann gab Anna nach und erkundigte sich bei einer freundlichen Mitarbeiterin am Empfang der Bibliothek auf Englisch nach Lars Olsen. Sie selbst sei relativ neu hier und kenne erst einen Arvid Olsen, sagte die Frau, aber sie schaue gleich nach. Sie tippte umgehend etwas in den Computer ein und sprach dann einen Kollegen an, der auch am Empfang arbeitete. Anna konnte nur die Namen Lars und Arvid Olsen aus dem Gespräch heraushören, Norwegisch verstand sie nicht. Es tue ihr leid, ein Lars Olsen arbeite hier nicht, auch nicht aushilfsweise, ob sie Arvid Olsen rufen solle, vielleicht, und nun lächelte sie, sei er ja zufälligerweise der Bruder des von ihr gesuchtem Lars, obwohl … hier heiße fast jeder zweite Olsen. Lars Olsen habe keinen Bruder, erwiderte Anna nun auch lächelnd, bedankte sich bei der Frau und verabschiedete sich. Auftrag erfüllt, dachte sie, Caro würde enttäuscht sein, würde aber vermutlich noch immer nicht aufgeben und auf eigene Faust nach Lars suchen in der Stadt. Aber so war es nicht.

»Weiß Thore, dass wir in Tromsø sind?«, fragte sie, als Anna ihr den Brief an Lars zurückgab und ihr schilderte, wie die Sache gelaufen war in der Bibliothek. Wie sie auf diese Idee komme. Sie habe keinen Kontakt zu Thore, seit ewigen Zeiten nicht mehr. Okay, Caro nickte und dann schien die Suche nach Lars für sie abgeschlossen zu sein.

* * *

An ihrem letzten Tromsøabend, die Koffer schon gepackt, saßen Anna und Caro auf der Veranda des Appartements und ließen sich noch einmal vom Licht der Mitternachtssonne aufladen. Da sagte Caro unvermittelt:

»Lars gehört zu meinem Leben, noch immer, und das möchte ich ihm sagen. Denn es ist doch sonderbar, dass er das nicht weiß.«

»Bist du dir da so sicher?« Anna schaute zu Caro, die lange den Himmel betrachtete.

»Schade, gibt es hier jetzt keine Sterne«, antwortete sie, »aber man kann ja nicht alles haben.« Und mit einem Seitenblick zu Anna: »Dein Satz.«

20

Liebe Caro

Wir waren in Tromsø. Du und ich. Diese vor langer Zeit geplante und immer wieder aufgeschobene Reise ist wahr geworden. Niemand kann sie uns mehr nehmen. Wir waren über einen Monat lang in dieser Stadt hoch im Norden, in hellen Sommernächten unterwegs in ihrer wilden Umgebung, wir wohnten in diesem Appartement mit Fotos von Marilyn Monroe an den Wänden und dem Bild eines lebensgroßen Ziegenbocks im Klo. Ich habe dir Milchreis gekocht, und du hast mir über ein Schneefeld geholfen auf dem Abstieg vom Storsteinen. Wir haben das Abfahrtssignal der Hurtigroutenschiffe vernommen und auf langen Spaziergängen Männern zugeschaut, die ihre Autos polierten. Wir haben uns ein paarmal gestritten, du hast dich wieder beruhigt, was dir noch vor Kurzem äußerst schwerfiel, dann haben wir uns wieder versöhnt. Das ist nicht das Ende vom Lied. Das weißt du und ich weiß es auch. Aber vielleicht bleibt es für lange Zeit seine beste Strophe.

* * *

Liebe Mama, ich habe dir nie die Wahrheit gesagt, jedenfalls nicht die ganze. Ich wollte es tun, unbedingt, in Tromsø, ich wollte dir alles sagen, aber es ging nicht. Weil, alles war wieder da. Alles. Und so verdammt deutlich. Wie du so getan hast, als wäre es dir egal, dass Thore nicht mehr mit uns sein wollte. Dass er dich verlassen hat für Lars. Weil Lars mit der Situation nicht klarkam. Er war eifersüchtig auf dich und auf mich und seine

Mutter hat ihn auch noch dazu angestachelt, dich und mich total blöd zu finden. Am Anfang war es nicht so. Aber da waren Lars und ich kleine Kinder auf der Suche nach Spielgefährten. Da waren wir froh umeinander. Was zwischen dir und Thore lief, haben wir nicht mitbekommen. Aber ich merkte schnell, dass Lars bei seinem Vater immer an erster Stelle kam. Anders als ich bei dir. Ich musste mich immer hinten in der Schlange anstellen. Bei dir kam zuerst die Arbeit. Von irgendwas müssen wir leben, hast du gesagt. Auf Platz zwei standest du selbst. Ich brauche auch mal Zeit für mich. Diesen Satz habe ich in den Ohren. Immer, als ich dich fragte, ob du mit mir ein Spiel spielen würdest. Platz drei: Ruth. Du hast jeden Tag mit ihr telefoniert. Jeden einzelnen verdammten Tag. Eine Freundin fürs Leben zu haben sei wichtig, hast du gesagt. Vielleicht hatte ich deswegen lange keine wirklichen Freunde, Freundinnen schon gar nicht. Mädchen und ihr Getue fand ich schon immer doof, bis Katja in unsere Klasse kam. Die hatte echt was drauf. Mit der war es lustig. Du hattest keine Ahnung. Obwohl du die ganze Zeit nervtest mit: »Du darfst Katja nicht zu sehr vereinnahmen. Sie gehört nicht dir«. Egal, ich bin nicht so der Typ für Freundinnen. Weiß ich inzwischen. Egal, aber was ich immer noch nicht weiß: Warum hast du immer so getan, als wärst du unverletzlich? Unkaputtbar? Weshalb hast du die Zeit mit Thore und mit Lars plötzlich klein gemacht? War ja auch mühsam, dieses Hin und Her, hast du gesagt, als es das Hin und Her von einem Tag auf den andern nicht mehr gab. Weil Thore es nicht mehr wollte. Denn du hättest es noch gewollt, das spürte ich ganz genau. Richtig, oder? Warum hast du so getan, als wäre das alles nichts gewesen? Warum warst du nicht ehrlich zu mir? Egal, auch ich habe dir nicht die Wahrheit gesagt. Ich habe dir nie gesagt, dass ich Lars wieder getroffen habe. Dass er nach über neun Jahren zurückkam aus Norwegen. Weil er es dort nicht mehr ausgehalten hat. Wegen seiner Mutter. Sie hat er nicht mehr ausgehalten. Ihr Totalverbot, mit Thore Kontakt zu haben. Sie waren nach Norwegen gezogen für ein ganz neues Leben. So der Plan seiner Mutter. Was Lars nicht wusste vorher: Damit hatte er sich für sie und gegen Thore entschieden. Das hat ihn fast zerrissen. Irgendwann ist die Sehnsucht nach seinem Vater zu groß geworden. Er ist abgehauen. Dann ist er hier aufgetaucht an unserer Schule. Er war der älteste der Klasse, und der coolste. Sprach fließend Englisch. Hörte geilen Sound. Rauchte. Wollte Außenseiter bleiben und keinen Kontakt mit uns Kids, wie er uns nannte. Auch mit mir wollte er nichts zu tun haben. Er mochte mich nicht. Er gab mir oder dir oder uns beiden die Schuld für seinen Umzug nach Norwegen. Dann habe ich mich, wie Ruth sagen würde, auf die Hinterbeine gestellt. Habe ihm alles an den Kopf geschmissen. Seine Eifersucht auf mich. Meinen ganzen verdammten Schmerz. Meinte er doch, er habe Schmerz ganz allein für sich gepachtet. Dann sind wir in den Wald. Er hat mir die Stellen mit den Zwergenhäuschen gezeigt. Lars wohnte nicht bei Thore. Er hatte in der Nähe eine eigene winzige Wohnung. Vater und Sohn mussten sich erst wieder aneinander gewöhnen. Und da ist Thore irgendwie komisch geworden. Spießig. Halt irgendwie auch eine Enttäuschung. Jedenfalls, Lars blieb nicht lange an der Schule. Alkohol. Kiffen. Ecstasy. Ein Crashkurs für mich. Ich war aber auch begabt wie keine Zweite. Dann GHB, Liquid Ecstasy also, und Experimente, die Droge selbst herzustellen. Damit flog er auf. Dann hat Thore Lars aus dem Verkehr gezogen. Er verschwand total von der Bildfläche. Ich wurde vorgeladen. Musste zum Rektor. Auch Arno und ein paar andere Typen waren bei der Verhandlung dabei. Wusste ich zum Glück nicht vorher, sonst wäre ich garantiert nicht hin. Damit ich an der Schule bleiben konnte, musste ich unterschreiben, auf den Kontakt mit Lars zu verzichten. Ich unterschrieb. War zum Glück grad achtzehn. Arno, ich weiß es, hat dir von diesem ganzen Zeug nichts erzählt. Er vertraute mir. Jetzt weißt du fast alles. Was ich weder dir noch Arno je erzählt habe: Auf der Farm in Lappland arbeiteten auch einige Menschen, die Entzug und Therapien hinter sich hatten. Dass ich mich deswegen entschied, dort hinzugehen, in der absurden Hoffnung, ausgerechnet dort Lars wiederzufinden. Er war natürlich nicht dort. Dafür Magnus. Er war mein Unglück. Oder mein Glück. Mein Verhängnis, mein Schicksal. Alle auf der Farm haben mich gewarnt. Alle haben alles getan, um zu verhindern, dass ich wieder Drogen nahm. Hartes Zeug dieses Mal. Aber Verlockung, Neugierde, Faszination und Sehnsucht, mit Magnus alles zu teilen über alle Grenzen hinweg, waren stärker. In Lappland, das sehe ich jetzt, hab ich Lars wohl zum dritten Mal verloren. Irgendwann bin ich dann abgereist. Hab alle meine Kraft und den Rest an Verstand zusammengenommen. Gerade noch davongekommen. Habe ich gedacht. Was Magnus betraf, der zu Gewalt neigte, wenn er nicht drauf war, stimmte es. Den Rest kennst du ja. Deine Caro.

* * *

Anna und Ruth standen vor dem umgebauten Nebengebäude und verfolgten die Demontage des Baugerüstet. Sie glaube, sie sei tatsächlich betrunken, obwohl erst Vormittag sei. Ruth lächelte ihre Freundin an, als sie das sagte. Diese schaute sie erstaunt an und fragte, was sie denn so früh am Tag bereits intus habe.

»Zwei Gläser Prosecco. Aus lauter Vorfreude und auf leeren Magen.« Anna nahm Ruths Hand.

»Wir essen was nachher«, schlug sie vor, »und gleich wird es dir besser gehen.« Dann schaute sie wieder zum Nebengebäude. Sie bewunderte, mit welcher Sicherheit die Gerüstarbeiter vorgingen, sie konnte ihren Blick kaum lösen von dem, was sich vor ihren Augen vollzog. Klar, es waren lauter Spezialisten am Werk, dennoch bangte sie um die beiden Männer in ihren orangefarbenen Overalls, die auf den obersten Gerüstbrettern standen und im Begriff waren, das sie schützende Geländer zu zerlegen und die Einzelteile nach unten an ihre Kollegen weiterzureichen.

»Lass uns besser gehen«, sagte sie nach einer Weile zu Ruth. »Lass uns was kochen in der Lebensküche.«

»Gerne.« Ruth nickte. »Morgen«, erklärte sie, »kommt die Putzequipe für die Baureinigung. Hernach werden Möbel geliefert. Und in drei Wochen ziehen die ersten Gäste ein. Ich freue mich unglaublich.«

»Freu dich nicht zu früh«, warnte Anna lachend. »Bis es so weit sein wird, wartet noch viel Arbeit auf uns.« Dann wandten sich beide vom Nebengebäude ab, und als sie Hand in Hand die paar Schritte über den Plattenweg zum Ferienhaus gingen, blieb Ruth plötzlich stehen.

»Ich wünschte mir so sehr«, äußerte sie, »Helene hätte jetzt für uns beide gekocht. Sie stünde auf dem schmalen Balkon vor

Mutters winzigem Büro, hielte nach uns Ausschau und winkte uns zu.« Anna ließ Ruths Hand los und suchte ihren Blick.

»Tempi passati«, sagte sie. »Werde nun mal du nicht allzu innerlich, ich bitte dich. Heute musst du mit meinen Kochkünsten vorliebnehmen.« Ruth nickte, blieb aber stehen und ihr Blick klebte noch immer am kleinen Balkon, auf dem bloß ein Terracottatopf mit einem noch zarten Oleander stand. Anna bemerkte es, legte der Freundin einen Arm über die Schultern und sagte: »Ich versuche gerade, mir unsere künftige Tafelrunde vorzustellen. Wie wir zum ersten Mal zu siebt am Tisch sitzen. Dann steht Vera auf und macht die ersten Aufnahmen von uns Bildern von Frauen.«

»Besonders fotogen war ich zwar noch nie«, erwiderte Ruth, die ihren Blick endlich gelöst hatte vom Balkon und sich nun wieder ihrer Freundin zuwandte. »Aber was soll's, es ist wunderbar, hat die Jury Veras Bewerbung berücksichtigt. Sie war auch eine meiner Favoritinnen. Und du, auf wen freust du dich am allermeisten?«

F.f.

Dank

Ich danke meinen Freundinnen und Freunden für viele Gespräche über das Jungsein, über das gemächliche Glück und die Schmach des Alterns. Und meiner Lektorin Ina Brueckel danke ich für alles…

Verlag und Autorin danken:

Unterstützt vom
Kanton Zug

Stadt
Zug

macht Kultur

Der Verlag edition bücherlese wird vom Bundesamt für Kultur mit einer Förderprämie für die Jahre 2021–2024 unterstützt.

eb

buecherlese.ch

Lektorat: Ina Brueckel
Korrektorat: Thomas Hack
Autorenfoto: Ayşe Yavaş

Gestaltung und Satz: Benedikt Troxler
Druck und Bindung: Pustet, Regensburg

ISBN 978-3-906907-79-6

1. Auflage 2023